In seinen Afrika-Romanen entwirft Edgar Wallace ein Zustandsbild Zentralafrikas zu Beginn unseres Jahrhunderts. Die Romanfiguren sowie die geschilderten Ereignisse, wiewohl fiktiv, entsprechen den damals herrschenden Verhältnissen, authentische Personen oder Ereignisse zu Beginn des Jahrhunderts dienten dem Autor als Vorlage. Edgar Wallace schrieb diese Bücher ab 1911, zu einer Zeit also, in der die europäischen Kolonialmächte Afrika zum Großteil unter sich aufgeteilt hatten. »Kolonialpolitik« und »Kolonialismus« waren längst noch keine verwerflichen Begriffe; der Aufbruch Schwarz-Afrikas zu nationaler und politischer Selbstbestimmung lag noch in weiter Ferne.

Es war nicht nötig, die Bände von Grund auf zu verändern; behutsam wurde nur da eingegriffen, wo es unumgänglich war. Die Afrika-Romane von Edgar Wallace bleiben, was sie sind: erzählerische Meisterleistungen auf dem Gebiet der Abenteuerliteratur.

Der Herausgeber

In neuer Bearbeitung erscheinen:

Sanders vom Strom (6435)
Bosambo (6436)
Bones in Afrika (6437)
Leutnant Bones (6438)
Sanders (6439)
Bones vom Strom (6440)
Sanders der Königsmacher (6441)
Hüter des Friedens (6442)

EDGAR WALLACE

Sanders

Wilhelm Goldmann Verlag

Autorisierte Übersetzung von Richard Küas
Titel des englischen Originals: Sanders
Herausgeber: Franz Schrapfeneder

Made in Germany · 1/82 · 1. Auflage · 1.–20. Tsd.

Umschlagentwurf: Atelier Adolf & Angelika Bachmann, München
Umschlagfoto: Studio Schmatz, München
Satz: IBV Lichtsatz KG, Berlin
Druck: Mohndruck Graphische Betriebe GmbH, Gütersloh
Verlagsnummer: 6439
Lektorat: Franz Schrapfeneder · Herstellung: Peter Papenbrok
ISBN 3-442-06439-2

Inhaltsverzeichnis

Die Magie der Furcht

I

Alles dieses ereignete sich während des Amtswechsels zweier Gouverneure, sonst hätte es sich überhaupt nicht ereignen können.

Seine Exzellenz, der zurücktretende Gouverneur der »Reservierten Gebiete«, war abgereist unter dem Donner der Geschütze und unter den Klängen der Nationalhymne, die von einer kleinen Schar Musiker gespielt wurde, von denen besonders der Kornettbläser die Neigung hatte, einen halben Ton zu tief zu spielen. Die neue Exzellenz litt unterdessen in ihrem Hause in Budleigh Salterton in Devonshire an der Gicht, und ihre Abreise von England war auf unbestimmte Zeit verschoben worden.

Ein Wechsel in der Verwaltung machte wenig oder gar keinen Unterschied für das Volk vom Großen Fluß. Hauptmann Hamilton von den Königshaussa zum Beispiel war sich dieser Lücke kaum bewußt, als er wütend der Hütte zustrebte, die sein jugendlicher Leutnant bewohnte.

Sein Ärger war sehr gerechtfertigt, denn Leutnant Tibbetts hatte, eine Schwäche von ihm, das unsühnbare Verbrechen begangen, für Zeitungen zu schreiben. Hamilton triefte vor Wut, denn die Nachmittagssonne brannte die Welt zu Blasen, und als er die gelbe Ofenplatte querte, die man Exerzierplatz nannte, drang die Hitze durch seine Schuhsohlen und folterte ihn.

Die Baracken, die eine Seite des Vierecks bildeten, tanzten und zitterten in dem Flimmern der Hitze. Er sah die Kronen der Isisipalmen wie durch einen Nebel. Sogar die Webervögel waren still. Und wenn es den Webervögeln zu heiß zum Schwatzen wird, dann muß es in der Tat sehr heiß sein.

Hamilton stieß die Tür der Hütte seines Leutnants auf, trat ein und schnaubte sich seinen Verdruß von der Seele. Mr. Tibbetts, der sonst Bones (Knochen) hieß, lag, das Gesicht nach oben, auf seinem Bett – in einem unverzeihlichen Anzug, denn selbst Salomon in all seiner Pracht trug keine purpurroten Pyjamas mit abwechselnd grün- und ockergelben Streifen.

Hamilton schleuderte das Papier in seiner Hand auf den Tisch. Bones öffnete ein Auge.

»Morgen, Sir!« sagte er, leicht benommen. »Regnet's noch?«

»Morgen!« schnappte Hamilton. »Es ist eine Stunde vor dem Mittagessen, und ich habe Ihnen etwas zu sagen, Bones!«

Bones sank in seinen Schlaf zurück.

»Wachen Sie auf und verstecken Sie Ihre fürchterlichen Flossen!«

Die Augenlider des Schläfers zuckten, er murmelte etwas wie, er verstehe die Pointe nicht; schließlich hatte er die Zeitung bemerkt und die in gotischen Buchstaben gedruckte Überschrift erkannt.

»Die Pointe ist die, Bones«, sagte Hamilton erhaben, »niemand weiß besser als Sie, daß es für jeden x-beliebigen Offizier ein Vergehen ist, einen Artikel über ein x-beliebiges Thema für die Zeitung zu schreiben. Das hier«, er klatschte die zusammengefaltete Zeitung auf den Tisch, »das ist eine Schmach.«

»›Surrey Star‹ und ›Middlesex Plain Dealer‹, Sir«, murmelte Bones, die Augen geschlossen, ein Bild der Geduld, Verzeihung und Ergebung, »mit dem der ›Sunbury Herald‹ und ›Mosley Times‹ vereinigt ist, Sir.«

Sein langer Leib lag wollüstig ausgestreckt, seine Hände waren unter seinem Kopf gefaltet, seine großen roten Füße hingegen hingen über das Bettende hinaus. Er hatte das Aussehen und Gebaren eines Menschen, dem größtes Unrecht angetan worden war, und der seinen Feinden vergab.

»Es handelt sich nicht darum, für welche Zeitung Sie schreiben...«

»Mein lieber, alter Offizier...«

»Auf! Sie widersetzlicher Teufel, und stellen Sie sich auf Ihre großen Füße!« zischte der Haussahauptmann.

Leutnant Tibbetts öffnete nicht einmal seine Augen. »Ist das eine freundliche Erörterung oder nicht, lieber, alter Herr? Ist das ein freundschaftlicher Besuch oder ein Kriegsrat, lieber, alter Ham?«

Hamilton packte ihn an dem seidenen Kragen seiner Pyjamajacke und riß ihn auf seine Füße.

»Tätlicher Angriff!« sagte Bones ruhig. »Hauptmann, wütend vor Eifersucht, schlägt strebsamen, glänzenden jungen Offizier. Kriegsgericht spricht netten alten Hauptmann schuldig, dieser nimmt Gift!«

»Ein Zeitungsschreiber werden Sie niemals«, sagte Hamilton. (Hier verbeugte sich Bones feierlich.) »Schon weil Sie nicht orthographisch schreiben können.«

»Das konnte der liebe alte Napoleon ebensowenig«, sagte Bones selbstsicher, »wie der schneidige alte Washington. Richtig orthographisch schreiben ist Zeichen eines Schwachkopfs. Ich gebe zu, daß Sie richtig orthographisch schreiben können, lieber alter Demosthenes...«

»Die Pointe ist die – und ich meine es vollkommen ernst...« Hamilton schubste seinen Untergebenen auf das Bett, der dort zusammenfiel. »Sie dürfen keine politischen Artikel schreiben, in denen Sie fordern, der Staatssekretär solle kommen und ›mit seinen eigenen Augen‹...« Hamilton suchte nach der anstößigen Stelle und las sie vor – » ›die Arbeit ansehen, die von jungen, von niemandem (außer von den sie verehrenden einheimischen Eingeborenen) gekannten und geehrten jungen Offizieren geleistet wird...‹ und dergleichen Stuß mehr!«

Bones zuckte seine schmalen Achseln. Sein Schweigen war beleidigend respektvoll.

»Sie werden also keine dieser für Sie selbst Propaganda machenden Briefe mehr schreiben, Bones! Weder an den ›Stern‹ noch an den ›Komet‹, den ›Mond‹, die ›Sonne‹ oder an irgendein anderes Mitglied des Sonnensystems.«

»Bitte, schalten wir Religion aus der Erörterung aus!« sagte Bones mit gedämpfter Stimme.

Es ist zweifelhaft, ob Mr. Nickerson Haben überhaupt jemals von der Existenz solcher Organe des öffentlichen Gewissens wie dem »Surrey Star« oder dem »Middlesex Plain Dealer« gehört hatte. Er war keineswegs der Mann, der einer Zeitung Beachtung schenkte, die weniger als eine halbe Million Abonnenten zählte.

Und doch, das Auftauchen von Bones' erstem schriftstellerischem Versuch fiel zeitlich zusammen mit einem besonders kritischen Augenblick in Nickerson Habens Leben. Und die Folge entschuldigte beinahe den späteren Jubel des »Surrey Star« und trug wesentlich dazu bei, der Behauptung seines Schriftleiters: »Was der ›Star‹ heute denkt, tut die Regierung morgen«, eine Berechtigung zu geben.

Denn Nickerson Haben machte sich beinahe sofort daran, die Gebiete mit seinen eigenen Augen zu besichtigen. Er war Mitte der Dreißig und hatte den Erdball zu seinen Füßen. Wie das zuging, darüber gab sich niemand Rechenschaft.

Haben war ein engbrüstiger und bleicher Mann, mit rabenschwarzem Haar, von dem sich eine Locke in Augenblicken rednerischen Überschwanges über seine Stirn legte. Er hatte tiefliegende Augen, schmale Lippen, ein hageres Gesicht und lange, weiße Hände. Nickerson war durch einen rednerischen Wirbelwind in das Unterhaus gefegt worden, der eine Phalanx nüchterner Männer und konservativer Bürger niederwehte, die zwischen diesem und ihm gestanden hatten. Treuherzig oder aalglatt, je nach den politischen Vorurteilen, trug er die Macht seiner Überredungskunst und seiner Kritik in die keusche und bewegungslose Atmosphäre des Parlaments. Minister zuckten unruhig zusammen unter der Rasiermesserschärfe seines Spottes, und die Einpeitscher, die sich vorher im Foyer versammelten, wurden bei Erwähnung seines Namens nervös. Als Parteimann verfiel er nie in den Fehler, die Empfindlichkeit seiner eigenen Führer zu verwunden. Wenn er diese überhaupt kritisierte, wiederholte er lediglich in einem Ton von Bestimmtheit die von ihnen bereits halb eingestandenen Irrtümer.

Wenn eine Regierung stürzte, verließ Mr. Haben seinen sicheren

Sitz, bekämpfte West Monmouth Grafschaft, warf das diese augenblicklich vertretende Mitglied hinaus und kehrte im Triumph nach Westminster zurück. Die neue Regierung machte ihn zum Unterstaatssekretär, zuerst der Landwirtschaft, dann des Auswärtigen. Er hatte die Witwe Cornelius Beits geheiratet, eine amerikanische Dame, die fünfzehn Jahre älter war als er; eine kluge Frau mit einem sprühenden Temperament und einer umfassenden Kenntnis der Männerwelt. Obwohl sie in Carlton House Terrace wohnten, war ihr Eheleben nicht glücklich. Ihn kannte sie nur zu gut. Sein Temperament war keins von den besten. Er besaß alle Anmaßung eines Selfmademan, an dem sich dieser Prozeß nur etwas zu schnell vollzogen hatte. Einmal erzählte sie einem ihr nahestehenden Freunde, daß Nickerson einen Einschlag von Gemeinheit habe, den sie schwer ertragen könne, und es war sogar von Scheidung die Rede. Das war gerade vor ihrer Blinddarmoperation. Der beste Chirurg ganz Englands führte diese aus; ihre Wiederherstellung war niemals in Zweifel gezogen. Unter dem Eindruck ihrer Wiedergenesung ging Nickerson ins Parlament und hielt eine seiner besten Reden über Belutschistan.

Drei Tage später war sie tot. Einer jener sonderbaren Rückfälle hatte sich ereignet, die für den Laien so unerklärlich und von den Ärzten so gefürchtet sind.

Haben war wie zermalmt. Die, die ihn haßten – und ihrer waren viele – fragten sich, was er nun, da die Hauptquelle seines Einkommens versiegt war, beginnen würde. Man hatte nur für eine Vermutung von sehr kurzer Dauer Gelegenheit, da die Angelegenheit bei der Testamentseröffnung dahin erledigt wurde, daß ihm alles vermacht war, außer einem Legat für eine Zofe.

Diese Tragödie ereignete sich zwischen jenem Amtswechsel der Gouverneure. Nickerson Haben ging mit dem ersten fälligen Afrikadampfer hinaus, um Geschäft mit Erholung zu vereinen, Fehler zu finden und Vergessen.

Leutnant Tibbetts von den Königshaussa war der Nachrichtenbringer der Residenz des Distriktsgouverneurs Sanders. Die schlanken Beine dieses schmächtigen Burschen hatten schon viele, meist übertriebene Botschaften der Freude und des Unglücks übermittelt.

In diesem Augenblick flog er über den zitronenfarbigen Sand der Küste, einen Postbeutel in der Hand, seinen Tropenhelm im Genick, eine überraschende Neuigkeit auf den Lippen.

Er nahm die fünf Stufen der Treppe in einem einzigen Satz, flitzte in das große, kühle Eßzimmer, in dem Hamilton gerade beim Frühstück saß, und ließ den Beutel in dem Augenblick in Hamiltons Schoß fallen, als der Hauptmann seine Kaffeetasse zierlich auf seinen Fingerspitzen balancierte.

»Bones!« schnappte Hamilton bissig und tastete nach seinem Taschentuch, um den heißen Mokka von seinen weißen Drellbeinkleidern abzuwischen.

»Er kommt, Ham!« rief Bones, nach Atem ringend. »Sah meinen Brief, mein Lieber, packte seinen netten alten Koffer, nahm den ersten Zug...!«

»Wer kommt, Sie linkshändiger Wechselbalg?« fragte Hamilton zwischen Zorn und Neugier.

»Haben, alter Herr!... Unterstaatssekretär, lieber, guter Ham!« Bones redete ein wenig ohne Zusammenhang. »Sah meinen Brief in dem netten alten ›Star‹... Befindet sich eben beim Gouvernement. Das bedeutet eine Distriktsgouverneursstelle für mich, Ham, alter Knabe! Aber ich nehme nichts an, außer sie geben dem alten Ham das gleiche...«

Hamilton deutete ernst auf seinen Stuhl. »Setzen Sie sich und beenden Sie Ihren Anfall von Hysterie! Wer hat Sie mit diesem Quatsch vollgestopft?«

»Der zweite Offizier der ›Bassam‹, der die Post an Land brachte. Haben war schon auf dem Wege zum Sitz des Gouvernements, da er mit demselben Schiff fuhr.«

Für einen Augenblick vergaß Hamilton seine kaffeebefleckten Beinkleider.

»Kommt mir verdammt ungelegen!« sagte Hamilton unruhig. »Gerade, wo Sanders im Busch ist... Was ist das für ein Typ, dieser Haben?«

Bones, der seine eigenen Ziele im Auge hatte, wünschte ein schmeichelhaftes Bild von dem Besuch zu entwerfen; er empfand, daß ein Mann, der so unmittelbar der mit seinem Namen gezeichneten Aufforderung einer Zeitung folgte, für ihn nur Gutes bringen konnte. Bones selbst hatte dieselbe Frage an den zweiten Offizier des Dampfers gerichtet, und der zweite Offizier hatte mit seemännischer Offenheit in zwei Worten geantwortet, von denen das eine von Rabelais stammte und das andere in Druck nicht wiederzugeben ist. Denn Mr. Haben glänzte nicht in den Augen von Leuten, die gesellschaftlich unter ihm standen. Seine Diener haßten ihn, seine Privatsekretäre wechselten jeden Monat, und ein Mitglied des Oberhauses, der Pferdeliebhaber war, faßte sein Urteil über ihn in den Worten zusammen: »Haben ist das Futter nicht wert.«

»Nicht so schlecht!« log Bones.

Am nächsten Morgen, in der Frühe, brachte Sergeant Ahmet Mahmed eine graue Taube zu Hamilton, und der Haussahauptmann schrieb eine Botschaft auf Zigarettenpapier:

»Haben vom Auswärtigen Amt unterwegs. Befindet sich Gouverneurssitz. Kehrt Unterstes zuoberst. Halte für besser, Sie kommen sofort zurück und beschäftigen sich mit ihm.«

Hamilton war in einem Brandungsboot zum Dampfer gefahren und hatte mit dem Kapitän gesprochen. Mr. Nickerson Habens Charakter war danach kein Geheimnis mehr für ihn.

Er befestigte das Papier an dem roten Beinchen der Taube und warf sie in die heiße Luft.

»Hüte dich vor Habichten, kleiner Soldatenfreund!« sagte er gewohnheitsmäßig.

2

Sehr innig verknüpft mit dem Leben und dem Schicksal des Unterstaatssekretärs Mr. Nickerson Haben war (obwohl er sich das nicht träumen ließ) das Leben und Schicksal Agasakas, des Chimbiriweibes. Mr. Haben war vom besten Schneider in Savile Row gekleidet; Agasaka war nackt, bis auf den Schurz aus getrocknetem Gras, der um ihre schöne Taille baumelte.

Sie war ein großgewachsenes Mädchen, von sehr schmächtigem Körperbau, mit sehr ernst dreinschauenden Augen. Männer existierten für sie nicht. Sie hatte eine große Leidenschaft für etwas Unwägbareres, als es ein Mann ist; sie war schrecklich klug, was Geister und Dämonen anging; gerade gewachsen, mit kleinen Brüsten, von Kindern geliebt, war sie so stark und geschickt, daß sie einen Speer weiter werfen konnte als irgendein junger Mann. Das war Agasaka, das Chimbiriweib, Tochter des N'kma-n'kimi, des toten Waldmenschen.

Für eine Jungfrau war sie schon etwas ältlich, da sie siebzehn Lenze zählte; sie war auf alle Arten von den Männern umworben worden; sie war freundlich zu allen gewesen und erhörte keinen.

Sie lebte mit M'suru, ihrem Bruder, dem Jäger, zusammen; dessen Weiber haßten sie, weil sie niemals log und offen zu ihrem Bruder über deren zahlreiche Liebhaber sprach. Sie hätten sie gern verprügelt, aber sie fürchteten die Stärke ihres Speerarmes. Was die Fäuste nicht wagten, wagten die Zungen, aber keiner ihrer Anwürfe haftete. Wenige Männer waren so dumm, daß sie zugaben, andere hätten Erfolg gehabt, wo sie selbst abgewiesen worden waren.

Sie hatte viele Jahre lang mit ihrem Vater im dichtesten Urwald gelebt; in der Gegend, wo M'shimba M'shamba, der fürchterliche, ungestüme Dämon, hauste, der die Bäume mit einer Hand ausreißt, während sein Maul von geschmolzenem Feuer trieft, und wo andere finstere Mächtige in der Nähe wohnten: N'guro, der kopflose Hund, zum Beispiel, und Chika-laka-m'bofunga, der den Mond auffrißt – tatsächlich alle, ausgenommen die Feuerechse, deren bloßer Blick tötet. Und N'kema hatte sie die Mysterien des Lebens gelehrt und den Ursprung alles Lebens und den Boden, auf dem es gesät wird. Sie kannte die Männer in ihrer Roheit und in ihrer Stärke. N'kema lehrte sie die Art, in der sie schöner werden könne als irgendein anderes Weib: die Magie, die von Mund zu

Mund gelehrt wurde – jene Magie, die schon uralt war, als man den ersten Grundstein zu den Pyramiden legte.

Die Männer fürchteten sie; sogar Oboro, der Zauberdoktor, mied sie.

Denn darin bestand ihr wirksamster Zauber, daß sie die Macht hatte, die Augen der Männer und Weiber Dinge sehen zu lassen, die sie am allerwenigsten zu sehen begehrten.

Einmal verfolgte ein kleiner Häuptling sie den Pfad am Fluß entlang, wo das Gras kinnhoch steht. Er hatte gewisse Absichten auf sie, und im rechten Augenblick schlich er, wo es recht einsam war, aus dem Versteck, ließ seine Speere ins Gras fallen und packte sie so fest an ihren Armen, daß sie sich nicht bewegen konnte, obwohl sie sehr stark war.

»Agasaka«, sagte er, »ich habe eine Hütte in diesem Walde, die noch niemals die Stimme eines Weibes vernommen hat...«

So weit war er in seiner Rede gekommen, dann sah er, über ihre seidige Schulter hinweg, drei schwarze Leoparden Seite an Seite den engen Pfad entlangkommen, ihre Köpfe geduckt, ihre goldbraunen Augen gierig nach Beute.

Sofort gab er sie frei und floh zu seinen Speeren.

Als er sich wieder umwandte, waren Weib und Leoparden fort.

Aliki war der Jäger ihres Dorfes, auf dessen Bekanntschaft man nichts gab, denn er war mit allen Arten Zauber vertraut und ging oft des Nachts in den Urwald, um mit Dämonen zu verkehren. Eines Nachts sah er eine Erscheinung im Feuer, eine mächtige rote Eidechse, die mit ihren großen schweren Augenlidern blinzelte. Aliki sah sich in seiner Familie um, auf der kaltblütigen Suche nach einem Opfer. Denn Calichi, der Feuerdrachen, ist der gutmütigste der Dämonen und nimmt einen Stellvertreter für den Mann oder das Weib an, dem er mit seinen roten, zwinkernden Augen die Todesbotschaft gesandt hat.

In diesem Lichte betrachtete Aliki seine drei Weiber, seinen Vater und einen Onkel, der viele Tagereisen weit zu einem Jagdzug hergekommen war; und keiner von diesen schien ihm gut genug für sein Vorhaben, denn Calichi ist ein gefräßiger Dämon, nur das

Schönste und Beste will ihm gefallen. Jenseits dieser Gruppe saßen andere Gruppen um das rote Feuer herum und aßen aus dem großen Topf, der in der heißen Asche stand. Die Dorfstraße von Chimbiri läuft vom Urwald zum Fluß als breiter Zugang, der mit Hütten umsäumt ist, und vor jeder Hütte brannte ein Feuer, und vor jedem Feuer hockten die Männer und Weiber des Hauses.

Die Nacht war gekommen. Über den riesigen Gummibäumen war der Himmel mit funkelnden Sternen besetzt, die wie Calichi, nur schneller, blinkten und winkten.

Aliki sah die Sterne und rieb die Flächen seiner Hand am Staub der Erde, damit er Glück hätte, und in diesem Augenblick kam ihm das zweite Weib seines Nachbarn zu Gesicht, ein großes Weib von achtzehn Jahren, eine Nymphe, aus Mahagoni geschnitzt, schlank wie eine Gerte, nackt bis zur Hüftlinie ihres Graslendenschurzes. Und Aliki fand, daß er in ihr einen geeigneten Ersatz gefunden habe, und murmelte ihren Namen, als er in die Augen der Feuerechse sah. Darauf wurde die Erscheinung des Ungeheuers schwächer und verschwand, und Aliki wußte, daß der Feuerdämon seine Wahl guthieß.

Später in der Nacht, als Loka, das Weib M'surus des Jägers, zum Flusse ging, um Wasser für den Bedarf des Hauptweibes zu holen, fing Aliki sie ab.

»Da ist niemand so schön wie du, Loka«, sagte er, »denn du hast die Beine eines Löwen und die Kehle einer jungen Antilope.«

Er zählte andere körperliche Vorzüge auf, und Loka hörte lachend zu. Sie hatte sich an diesem Tage mit dem ersten Weib ihres Gebieters in den Haaren gelegen, und M'suru hatte sie gezüchtigt. Sie war schrecklich empfänglich für Schmeicheleien und reif für solche Abenteuer, an denen Weiber Freude finden.

»Hast du keine Weiber, Aliki?« fragte sie angenehm berührt. »Nun, ich will dir Agasaka, die Schwester meines Mannes, zuführen; die ist sehr schön und hat niemals die Schulter eines Mannes berührt.«

Das sagte sie aus Ärger, denn sie haßte Agasaka, und es ist die Gewohnheit des Weibes, Fremden gegenüber die Vorzüge jener

Schwestern zu loben, die sie anwidern. »Was Agasaka – und andere Weiber anlangt...« – er machte eine Gebärde der Verachtung – »so gibt es kein anderes Weib wie dich – nicht einmal in der Hütte des alten Königs jenseits der Berge, die das Ende der Welt sind«, sagte Aliki, und Loka lachte von neuem.

»Nun weiß ich, daß du verrückt bist, wie M'suru sagt. Auch daß du fremde Gesichte siehst, die andere nicht sehen können«, sagte sie mit ihrer tiefen, glucksenden Stimme. »Und nicht nur M'suru allein, nein, alle Männer behaupten, daß du die Krankheit ›Mongo‹ hast.«

Es war richtig, daß Aliki krank war und blitzartige Schmerzen hatte. Er sah andere Dinge als Eidechsen.

»M'suru ist alt und ein Narr«, sagte er. »Ich habe ein Ju-Ju, der meine Augen Wunder sehen macht. Komm mit mir in den Urwald, Loka, und ich will dich Magie lehren und dir solche Liebe schenken, wie sie ein alter Mann nicht zu vergeben hat.«

Sie setzte ihre Kalabasse (Gefäß aus Kürbisschale) nieder, verbarg sie an einem mit Elefantengras bestandenen Flecken nahe am Flußufer und ging hinter ihm in den Wald. Und dort tötete er sie. Er zündete ein Feuer an und sah die Eidechse darin. Sie schien zufriedengestellt. Aliki reinigte sich im Fluß, ging in seine Hütte zurück und schlief.

Als er am Morgen aufwachte, tat es ihm leid, Loka ermordet zu haben, denn von allen Weibern der Welt war sie in seinen Augen die schönste gewesen. Das Dorf war halb leer, denn Lokas Kalabasse war gefunden worden, und Fährtenfinder waren ins Gehölz gegangen, um nach ihr zu suchen. Man fand sie, aber kein Mensch hatte sie in den Tod gehen sehen. Einige dachten, sie sei von Ochori-Fischersleuten geraubt worden, andere zogen es vor, an einen Dämon zu glauben, der für seine Bosheiten in Liebeshändeln berüchtigt war. Man brachte den Leichnam die Dorfstraße entlang zurück, und alle verheirateten Weiber machten sich Unterröcke aus grünen Blättern und tanzten den Tanz des Todes, wobei sie unheimliche Weisen sangen.

Aliki hockte an seinem Feuer und beobachtete neugierig den

Zug. Es tat ihm leid, dieses Etwas, das man da auf den Schultern trug, getötet zu haben, und als er in das glimmende Feuer stierte, wurde ihm noch mehr leid, denn der Feuerdrachen schielte ihn daraus an, und seine triefenden Augenlider blinzelten ihm zu.

Also hatte er das falsche Opfer gebracht.

Als er seine Augen vom Feuer erhob, blieben sie an der schmächtigen Gestalt eines Weibes haften, die sich mit einer Hand am Türpfosten der Hütte ihres Bruders festhielt. Und damit überkam Aliki eine fürchterliche Gewißheit.

Der Feuerdämon war aus dem Innern des Feuers verschwunden, als Aliki hinunterstarrte.

Da war keine Zeit zu verlieren. Er stand auf und ging auf das Mädchen von Chimbiri zu.

»Ich sehe, du bist hier, Agasaka«, sagte er. »Es ist schändlich, zu deines Bruders Haus zu kommen, denn die Leute sagen, daß dieses Weib, die Loka, einen Liebhaber besaß, der sie ermordet hat.«

Sie wandte ihm langsam ihre großen Augen zu; diese waren braun und erfüllt mit einem wundersamen Leuchten, das darin zu zittern schien, wenn sie jemand ansah. »Loka starb, weil sie eine Närrin war. Aber der sie tötete, war ein noch größerer Narr. Ihre Pein ist vorüber, seine kommt erst. Bald wird Sandi Malaka, der braune Würgervogel, kommen und wird dem Manne, der das getan hat, die Augen aushacken.«

Aliki haßte sie, aber er war klug genug, zustimmend mit dem Kopf zu nicken.

»Ich bin weise, Agasaka«, sagte er. »Ich sehe Wunder, welche kein anderer sehen kann. Nun, ehe Sandi mit seinen Soldaten kommt, will ich dir einen Zauber zeigen, der diesen Bösewicht an deines Bruders Tür bringen wird, sobald der Mond so steht und der Fluß so hoch ist.«

Ihre braunen Augen ruhten auf den seinen; der Klang der singenden Weiber dröhnte vom Dorfende her; ein Hund winselte im Dunkel einer Hütte, und alle Gesichter waren dem Flusse zugekehrt, wo man den Leichnam in ein Kanu legen würde, um ihn auf die kleine Insel inmitten des Flusses zu bringen, wo die Toten in ihren seichten Gräbern ruhen.

»Laß uns gehen!« sagte sie und ging hinter ihm durch ein holpriges Maisfeld; sie erreichten das schützende Gebüsch hinter dem Dorfe und, auf unbequemen Wegen, die Vorposten des Waldes, wo es keinen Mais gab. Denn dieser Platz war zu traurig für die Webervögel und den Behausungen der Menschen zu nahe für die kleinen Affen, die weiße Bärte haben. Noch immer ging er vor ihr weiter, bis sie einen Flecken gelber Blumen erreichten, die in einer Lichtung wuchsen. Hier waren die Bäume sehr hoch, und zehn Männer hätten, einer auf dem Kopf des andern, gegen die glatten Stämme gelehnt stehen können, und der oberste würde nur den untersten Ast erreicht haben.

Er blieb stehen und wandte sich um. In diesem Augenblick rauschte es unruhig in den Wipfeln; ein kalter Windstoß kam, und Donnergegroll ließ sich hören.

»Wir wollen uns setzen!« sagte er. »Zuerst will ich zu dir von Weibern reden, die mich geliebt haben, und wie ich nicht vor ihnen her gehen wollte, weil ich immer an dich gedacht habe. Und dann wollen wir zusammen eine Liebschaft haben...«

»Darin liegt kein Zauber, Aliki!« sagte sie. Er sah, daß sie ihm abgeneigt war, und erhob seinen Speer.

»Du stirbst, wie Loka starb; der Feuermann hat mir den Befehl erteilt«, sagte er und nahm seine Schulter zurück zum Speerwurf.

»Ich *bin* Loka!« sagte das Mädchen; er starrte sie an, seine Kinnlade sank herab. Denn es war wirklich Loka, das Weib, das er gemordet hatte. Loka mit ihren listigen Augen, Loka mit ihren schlanken Fingern. Und sie hatte Lokas Art, eine rote Blume hinter ihr Ohr zu stecken, und Lokas schlanke, wie Seide schimmernden Beine.

»O Ko!« sagte er voll Weh und ließ seinen Speer fallen. Agasaka bückte sich und hob ihn auf und wurde in diesem Augenblick wieder sie selbst. Die Blume war fort, und ihre Finger waren auch kürzer, und wo das listige Lächeln gewohnt hatte, thronte jetzt der Ernst des Todes.

»Dieses ist mein Zauber. Nun gehe du vor mir her, Aliki, Mörder Lokas, denn ich bin nicht geschaffen für Liebe, sondern für eine dunkle Macht!«

Ohne ein Wort ging der verwirrte Mann den Weg zurück, den er gekommen war; und Agasaka folgte und fühlte währenddessen die Schneide des breiten Speerblattes. Obwohl sie es nur leicht berührte, zeigte sich ein Blutstreifen an der Stelle des Daumens, wo Speerblatt und Haut miteinander in Berührung gekommen waren. Es wurde finster im Walde, der Wind war abwechselnd ein Schrei oder ein Wimmern.

In der Nähe des Sumpfes am Urwaldrand schwang sie den Speer rückwärts über ihre linke Schulter, wie ein Kavallerist seinen Säbel schwingt, und er drehte sich halb nach dem Geräusch um, das das verursachte...

Das Hauptweib ihres Bruders kam an den Sumpf, um die Cassada zu holen, wo sie sie zum Wässern ins Wasser gelegt hatte. – Alikis Kopf fiel vor ihre Füße, als der erste Blitz durch die finsternisverhängte Welt zuckte.

3

Die Sonne war vier Stunden alt, als ein Flußkanonenboot, ein weißes und schimmerndes Ding, um jenen Schroffen bog, der seiner Gestalt halber »der Fisch« genannt wurde. Die dunklen Wasser des Flusses stauten sich an seinem Bug zu einem an den Rändern rot gefärbten gläsernen Hügel, denn die »Zaire« lief gegen einen Sechsknoten-Strom an. Jeder Fluß von den Isisi bis zu den Mokalibi war ein Wirbel, und wo Tiefen gewesen waren, lagen jetzt Sandbänke, und an Stellen, wo die Krokodile mit weit geöffnetem Rachen geschlafen hatten, als Distriktsgouverneur Sanders das letztemal hier heraufkam, war jetzt tiefes Wasser.

Sanders stand neben dem Mann am Steuer, eine schmächtige, elastische Gestalt, in tadelloses Weiß gekleidet, seinen Tropenhelm nach hinten geschoben, denn eine Elefantenfliege hatte ihn in der letzten Nacht in die Stirn gestochen, und die dadurch verursachte Schwellung schmerzte bei der geringsten Berührung. Zwischen seinen regelmäßigen weißen Zähnen schaukelte ein langer schwarzer Nikotinstengel. Sanders hatte eben gefrühstückt, und eine Ordonnanz räumte gerade die silberne Kaffeekanne und den Fruchtteller weg. Der Himmel strahlte in leuchtendem Blau. Aber das Barometer fiel mit beunruhigender Schnelligkeit, und Sanders hätte gern den sicheren Ankerplatz unter hohem Ufer und den Schutz hoher Bäume erreicht, den ihm eine kleine Bucht südlich von Chimbiri versprach.

»Lo'ba, ko'lo ka! Ein Faden Wasser beim Erbarmen Gottes!«

Der mit schläfrigen Augen am Bug sitzende Schwarze zog seinen nassen Peilstock herauf.

Sanders' Hand schoß nach dem Griff des Maschinentelegraphen und zog daran, und Yoka, der Maschinist, schickte rasselnd seine Bestätigung herauf.

»Ein halber Faden!«

Bums!

Das Fahrzeug stoppte von selbst, sein Heckrad schlug rückwärts, aber die Nase steckte im Sande, und eine seitliche Strömung warf das Heck herum, bis es breitseit zu einer Sandbank lag. Dann, als das Steuer herumgeworfen wurde, fing die »Zaire« an, sich nach dem rechten Ufer des Flusses zu zu bewegen, und streifte die Untiefe, bis der Bug wieder tiefes Wasser fand.

»Herr!« sagte der Mann am Steuer mit würdevollem Unmut, »diese Sandbank ist aus der Hölle heraufgekommen, denn sie war nicht hier, solange ich nackt ging.«

»Paß nur auf den Fluß auf!« erwiderte Sanders, der zum Schwatzen nicht aufgelegt war.

Und jetzt sah Sanders über den vorragenden Baumwipfeln den heranrollenden Dunst von Wolken, gelben Wolken, die sich überwarfen und stürzten und lohfarbene Banner vor dem herannahenden Wind entfalteten. Das stille Gesicht des Flusses wurde in kleine weiße Fetzen zerrissen, die hoch liefen und zu Gischt zerstoben. Sanders schob seine Zigarre von einem Mundwinkel in den anderen, nahm sie aus dem Munde, betrachtete sie bedauernd und warf sie über Bord. Sein Diener stand hinter ihm und hielt ihm einladend den wasserdichten Mantel hin. Sanders fuhr hinein, reichte dem Boy den Tropenhelm und nahm dafür den Südwester, den er unterm Kinn festband. Die Hitze war unerträglich. Der Sturm trieb einen Glutofenhauch heißer Luft vor sich her, um seine Wut anzukündigen. Sanders war naß bis auf die Haut, seine Kleider klebten an ihm.

Ein Band blendenden Lichtes lief quer über das Firmament und spaltete sich in ein Netz von Armen. Das Krachen des Donners war betäubend; es schien Sanders, als drücke ein schweres Gewicht auf seinen Kopf; wieder ein Blitz und wieder und immer mehr. Bläulich fuhren die Blitze über beide Ufer hin, feurige blaue Schreie von Licht, die, zackig zerrissen, vom Himmel zur Erde liefen. Die gelben Wolken waren schwarz geworden. Nächtliche Finsternis lag über der Welt, eine Finsternis, die noch verdichtet wurde durch den unheimlichen schrägen Schein, der von einem entfernten Horizont kam, an dem sich die Wolken teilten.

»Backbord!« sagte Sanders kurz; »Steuerbord wieder – jetzt Backbord!«

Sie hatten den Schutz des Ufers erreicht, als der erste Regen fiel. Sanders schickte ein Dutzend Leute mit der Bug- und Hecktrosse über Bord und ließ an den riesigen Gummibäumen festmachen, die unten am Flußufer wuchsen.

Innerhalb einer Sekunde war das Deck mit Wasser überflutet, und die weißen Schuhe des Distriktsgouverneurs wurden erst taubengrau und dann schiefergrau. Er schickte nach Yoka, dem Maschinisten, der gleichzeitig sein Bootsmann war.

»Bringe noch eine andere Vertäutrosse raus und halte Volldampf auf!« Sanders sprach Küstenarabisch, eine Sprache, in der man sich gewählt ausdrücken konnte.

»Herr, soll ich die Hupa-Hupa (die Sirene) schreien lassen?« fragte Yoka. »Ich sehe, daß diese diebischen Akasavaleute zu bange sind, im Regen herauszukommen und Deine Lordschaft zu begrüßen.«

Sanders schüttelte den Kopf. »Sie werden schon kommen – das Dorf ist eine halbe Meile entfernt, und sie werden deine Hupa-Hupa nicht hören«, antwortete er und ging in seine Kabine, um Atem zu schöpfen. Ein Orkan, Windstärke neunzig Knoten die Stunde, hatte ihm zehn Minuten lang durch die Zähne geblasen, und zehn Minuten ist eine lange Zeit, wenn man nicht Atem holen kann.

Die Kabine hatte zwei lange Fenster, an jeder Seite eins. Das zur linken, über dem kleinen Sofa, auf das er sich fallen ließ, gestattete ihm eine Aussicht auf den Urwaldpfad, den entlang früher oder später ein Eingeborener kommen und hernach todsicher dem Häuptling eine Meldung bringen würde.

Es blitzte noch immer unaufhörlich; der Regen kam in solchen Massen herunter, daß Sanders versucht war zu glauben, er sei unter einem kleinen Wasserfall vor Anker gegangen. Aber die Beleuchtung hatte sich geändert, und die schwarzen Wolken vorn waren zu einem dichten Grau geworden.

Sanders riß die Türen auf, die er vorhin hinter sich geschlossen hatte. Der Wind wehte in Stößen, aber schwächer. Er langte nach einer anderen Zigarre, steckte sie sich an und faßte sich in Geduld.

Der Fluß hatte eine Stromgeschwindigkeit von acht Knoten die Stunde. Bis zum Dorfstrand würde man das Fahrzeug an Schleppleinen mit der Hand schleppen müssen. Er hoffte, daß man Holz für ihn aufgestapelt hatte. Das Chimbirivolk war faul, und das letztemal, als er hier oben gewesen war, hatte man ihm einen Stoß Holz gezeigt; grünes Zeug und wenig Brennbares.

Yoka und seine Mannschaft hörten den Teufelsschrei der Hupa-Hupa gern, aber Sanders wußte ganz genau, wieviel Dampf darauf verschwendet wurde.

Seine Augen suchten den Pfad längs des Flußufers ab – und das in einem sehr wichtigen Augenblick. Denn er erblickte acht Männer, die paarweise nebeneinander gingen und auf ihren Schultern eine zusammengebündelte Gestalt trugen.

Ein elektrisches Chrysanthemum entfaltete sich zu blendender Blüte, als Sanders ans Ufer sprang; die sprühenden Staubfäden wandten sich nach jeder Richtung und gaben Helle genug, so daß Sanders die Last, die man da trug, deutlich erkennen konnte, lange, ehe er den Pfad erreichte und breitspurig im Wege der acht finsteren Männer und des Gesindels stand, das dem Sturm getrotzt hatte, um in einiger Entfernung zu folgen.

»O Männer!« sagte Sanders sanft – er zeigte gewöhnlich seine Zähne, wenn er in dieser Weise sprach –, »wer seid ihr, daß ihr das Geisterzeichen auf dieses Weibes Gesicht gesetzt habt?«

Denn das Gesicht ihrer Last war mit weißer Kreide beschmiert. Niemand antwortete. Er sah, wie ihre Zehen sich nervös hin- und herbewegten, mit Ausnahme eines einzigen, und diesen redete er an.

»M'suru, Sohn des N'kema! Was ist das für ein Weib?« M'suru räusperte sich. »Herr, dieses Weib ist die Tochter meiner eigenen Mutter, und sie tötete Aliki; auch tötete sie zuvor mein Weib Loka.«

»Wer hat das gesehen?«

»Herr, mein erstes Weib, die mir eine treue Gefährtin ist, seitdem ihr Liebhaber ertrunken ist; sie sah Alikis Kopf fallen. Sie hörte auch Agasaka sagen: ›Geh, Mann, wohin ich Loka gesandt habe, da du gesehen hast, wie ich sie erschlug, und du das am besten weißt‹.«

Sanders ließ sich dadurch nicht beeinflussen. »Laß das Weib los, damit sie vor meinen Augen stehe!« Man band das Mädchen los, und auf seinen Befehl wischten sie das Femezeichen von ihrem Gesicht.

»Erzähle!« befahl Sanders.

Sie sprach sehr natürlich, und ihre Erzählung war glaubhaft, dennoch...

»Holt mir das Weib, das die schlimmen Dinge reden hörte!«

Das Weib wurde unter den letzten des Zuges aufgestöbert und drängte sich, sehr wichtig tuend, durch; sie erschrak aber, denn die kalten Augen Sanders' konnten einen nervös machen, und wurde geschwätzig, als sie ihre Sprache wiedergefunden hatte.

Der Mann im Ölzeug, an dem das Wasser niederrann, hörte mit

geneigtem Kopfe zu. Agasaka, das schlanke Weib, stand ernst vor ihm. Scham kannte sie nicht – der Schurz von Gras war fort, und sie stand so da, wie ihre Mutter sie zuerst gesehen hatte. Bald darauf beendete M'surus Hauptweib ihre Erzählung.

»Sandi, das ist die Wahrheit, und wenn ich eine Lüge sage, dann sollen mich ›die Langen‹ zum Boden des Flusses holen und mich den Schlangen zum Fraße geben!«

Sanders beobachtete sie, er sah ihre braune Haut stumpf und grau werden, sah ihren Mund offen in starrem Schrecken.

Was er nicht sah, war ›der Lange‹, das gelbe Krokodil, das durch das Gras auf die Meineidige zukroch, seine kleinen Augen funkelten, und sein nasser Rachen war offen, um die grausamen weißen Spitzen der Zähne zu zeigen.

Nur das Hauptweib M'surus sah es und fiel schreiend und sich windend zu Füßen ihres Mannes nieder und umklammerte dessen Füße.

Sanders sagte nichts, aber er hörte viel, das im Widerspruch zu dem ersten Bericht stand.

»Komm mit mir, Agasaka! An Bord meines feinen Schiffes!«

Er wußte, daß Zwist entstehen konnte, wenn er das Mädchen bei ihren Leuten ließ. Schon um geringerer Ursachen willen waren Kriege entstanden.

Er nahm sie an Bord der »Zaire«; sie folgte ihm demütig.

In dieser Nacht kam eine müde Taube aus dem Hauptquartier, und Sanders, der die Botschaft las, war weder erfreut noch ärgerlich.

Hohe Beamte, besonders die, die in einem Lehnstuhl saßen, beunruhigten ihn ein wenig, aber er hatte solche entzückende und verständige Gentlemen unter ihnen angetroffen, daß er allmählich etwas von seiner Furcht vor ihnen verloren hatte. Weit mehr beunruhigten ihn die Berichte über die dunklen Kräfte Agasakas, die ihn aus zuverlässiger Quelle erreichten. Er hatte manche sonderbaren Dinge erlebt auf dem Fluß; die Wunder des Lokolis, dieses ausgehöhlten Baumstumpfes, durch den Botschaften über einen Erdteil weitergesandt werden konnten, waren immer noch so etwas wie ein Rätsel für ihn. Unerklärbare Magie, manchmal von umwälzender Natur, war eine alltägliche Erscheinung. Manches darunter war nur roher Hypnotismus, aber es gab höhere Dinge, die jenseits seines Verständnisses lagen. Viele davon waren im Laufe der Jahrhunderte, von Ägypten und weiterher, auf uns gekommen. Abraham hatte Gebräuche aus den wüsten Ländereien um Babylon herum mitgebracht, die zu religiösen Gebräuchen wurden bei einem Volk, das noch keine Schriftsprache hatte.

Die »Zaire« dampfte am nächsten Tage nach Hause, als Sanders Abibu, seine Ordonnanz, rufen ließ.

»Hol mir dieses Chimbiriweib her!« befahl er.

Man holte sie aus dem kleinen Proviantraum, wo sie Gefangene und gleichzeitig Gast war.

»Man erzählt mir dies und jenes von dir, Agasaka«, sagte er und erzählte ihr das ihm Berichtete und nannte ihr die Quellen, aus denen er es hatte.

»Herr, es ist wahr«, sagte Agasaka, sobald er geendet hatte. »Mein Vater lehrte mich diese Dinge, wie sein Vater sie ihn gelehrt hatte. Denn, Herr, er war der Sohn M'kufusus, des Sohnes Bongfongu-m'linis, des Sohnes N'sambis...«

Sie zählte dreißig Generationen her, ehe er ihr Einhalt gebot – oberflächlich gerechnet sechshundert Jahre. Darob war sogar Sanders verblüfft, obwohl er einmal einen alten N'Gombimann getroffen hatte, der ihm die genauesten Einzelheiten über einen Mann erzählte, der in den Tagen Saladins gelebt hatte.

»Laß mich deinen Zauber sehen, Weib!« befahl er.

Aber zu seinem Erstaunen schüttelte sie den Kopf. »Herr, dieser Zauber kommt nur, wenn ich mich fürchte.«

Sanders ließ seine Hand zum Browning hingleiten und zog ihn halb aus dem Lederfutteral. Er saß unter dem über die Brücke gespannten Sonnensegel. Der Steuermann war am Steuerrad, und am Bug befand sich der Kanujunge mit seinem langen Peilstock zum Messen der Wassertiefe. Absichtlich sah Sanders nicht auf das Weib, sondern richtete seinen Blick auf den Rücken des Mannes am Steuerrad.

Seine Hand hatte sich kaum um den braunen Griff geschlossen, als er, fast unmittelbar vor seinen Füßen, etwas sah, was er über alles in der Welt haßte – eine Puffotter, buntfleckig und geschwollen, den Kopf zurückgeworfen zum Biß.

Zweimal knallte sein Browning. Der Mann am Steuer sprang, um sich schreiend Schutz zu suchen, und ließ die »Zaire« gierend in der starken Strömung zurück.

Da war nichts zu sehen – nichts als zwei kleine Löcher im Deck, so dicht nebeneinander, daß sie sich zum Teil deckten. Sanders sprang an das Steuerrad und brachte das Fahrzeug auf den Kurs. Und dann, als der Rudersmann zurückgerufen war und der lotende Junge aus dem Schutze des Holzstoßes hervorkam, hinter dem er sich verkrochen hatte und zitterte, ging Sanders zu seinem Stuhl zurück und winkte Abibu ab, der, Gewehr in der Hand, zur Rettung seines Herrn herbeigeeilt war.

»Weib!« sagte Sanders ruhig, »du kannst wieder in dein kleines Haus gehen.«

Und Agasaka entfernte sich ohne ein Zeichen des Triumphes, das manches geringere Weib, als sie war, geäußert hätte. Sanders hatte sie nicht angesehen – hier war kein Hypnotismus im Spiel.

Er beugte sich nieder und untersuchte die Kugellöcher, zu verstört, um sich genarrt zu fühlen.

Am selben Nachmittag schickte er wieder nach ihr, gab ihr Schokolade zu essen und sprach über ihren Vater. Sie saß an Deck, zu seinen Füßen, und einmal, als er glaubte, ihr Zutrauen gewonnen zu haben, ließ er seine Hand leicht auf ihren Scheitel fallen, wie er seine Hand schon auf so viele junge Köpfe hatte fallen lassen.

Die Puffotter war da; so nah, daß sie beißen konnte; den dreieckigen Kopf zurückgeworfen, ihre Ringe starr.

Sanders stierte auf das Ding und bewegte seine Hand nicht, und dann sah er, durch den schimmernden Körper der Schlange hindurch, die Deckplanken und das weiche Harz, wo Planke an Planke stieß, und dann war die Viper verschwunden.

»Du fürchtest dich doch nicht?« fragte er sanft.

»Herr... ein wenig; aber jetzt fürchte ich mich nicht, denn ich weiß, daß du Frauen nicht weh tust.«

Am dritten Tage, zwei Stunden vor Sonnenaufgang, ging die »Zaire« mit ihrem sonderbaren Fahrgast längsseits der Regierungswerft. Hauptmann Hamilton, ärgerlich, vor Wut schäumend, wartete, denn er war der widerwillige Wirt eines Menschen, dem es an Manieren fehlte.

4

»Er ist ein richtiges Schwein«, sagte Hamilton. »Nichts ist ihm gut genug; er machte einen Höllenskandal, als er herausfand, Sie seien nicht zu seinem Empfang hier. Bones besänftigte ihn etwas. Dieser alberne Esel hatte eine Ehrenwache am Strand aufgestellt. Ich erfuhr das gerade erst, ehe das Boot landete, und es war zu spät, um die Leute in ihre Baracken zu schicken. Aber augenscheinlich war es das Richtige: Nickerson Esquire erwartete es – und noch mehr. Flaggen und ähnliches, einen roten Teppich für seine Hufe und eine Musikkapelle, die ›Treulich geführt‹ spielte!«

Alles das zwischen Werft und Distriktsgouverneurs Garten. Eine Gestalt in Weiß, lässig ausgestreckt in einem großen Stuhl, wandte den Kopf, aber gab sich nicht die Mühe aufzustehen. Noch weniger war sie geneigt, die Kühle der breiten Veranda mit dem Schmelzofen eines der heißen Sonne ausgesetzten Platzes zu vertauschen.

Sanders erblickte ein blasses Gesicht, das sonderbar schmutzig im Vergleich zu der fleckenlosen Reinheit seines Drell-Jacketts aussah. Zwei tiefliegende mißtrauische Augen, ein langes, unordentliches Büschel Haare lag dünn auf einer hohen Stirn – nelkenfarbene, fast blutlose Lippen.

»Sie sind Sanders?«

Mr. Haben sah zu der schmucken, stattlichen Erscheinung auf.

»Ich bin der Distriktsgouverneur, Sir«, sagte Sanders.

»Warum waren Sie nicht zu meinem Empfang hier? Sie wußten,

daß ich fällig war?«

Sanders war durch den Ton mehr betroffen als verärgert. Ein grobes Wort aus dem Munde eines Weibes hätte die gleiche Wirkung auf ihn gehabt. Staatssekretäre und Unterstaatssekretäre waren Herrgötter, hatten ihren eigenen Wortschatz und hüllten ihren Tadel in das Silbergewebe einer auf Stelzen schreitenden Ausdrucksweise, die den Stich ihres Verweises weniger empfindlich machte.

»Sie haben meine Frage gehört?« Der Mann im Stuhl richtete sich ungeduldig auf.

Hamilton, der in der Nähe stand, kam in Versuchung, ihn die Treppe hinunterzuwerfen.

»Ich habe gehört. Ich war auf einer Reise nach dem Chimbiriland. Keine Nachricht von Ihrer Ankunft oder auch nur Ihrer in Aussicht stehenden Ankunft wurde empfangen.«

Sanders sprach sehr vorsichtig; er starrte auf den finster blickenden Nickerson hinab.

Mr. Haben lag es auf der Zunge, ihn der Lüge zu beschuldigen. Denn es wohnte, wie die verstorbene Mrs. Haben gesagt hatte, eine gute Dosis Gemeinheit in ihm; aber seine Vorsicht war doch größer. Der Revolver hing noch an der Hüfte des Distriktsgouverneurs; der Griff der Waffe war blank vom Gebrauch.

»Hm!« sagte Herr Unterstaatssekretär Haben und gestattete sich, in seinen Stuhl zurückzufallen.

Klug genug war er, wie Sanders herausfand; er war gut beschlagen in der Geschichte der Gebiete und begierig nach Auskunft. Seiner Meinung nach war das Land nicht gut bewirtschaftet. Das System war falsch, die Steuern blieben weit hinter dem durchaus realistischen Voranschlag zurück. Nach jeder Richtung hin war seine Stellung die eines Gegners. Distriktsgouverneure seien faules Volk, die nur ein feines Leben und ihre Jagd haben wollten. Sanders, der nie ein wildes Tier in seinem Leben geschossen hatte, außer für die Küche oder aus Notwehr, antwortete nicht.

Ein scheußlicher Kerl, dachte Hamilton. Aber es war Bones, dessen Eigenliebe den schwersten Schlag versetzt erhielt.

Als Bones in der Stunde vor dem Essen mit dem Besuch allein gelassen war, lenkte er schlau das Gespräch auf den »Surrey Stern« und den »Middlesex Plain Dealer«.

»Ich glaube, Sir, als Sie meinen hübschen Brief lasen, müssen Sie gedacht haben, ich hätte 'ne fürchterliche Unverschämtheit an mir.«

»Ihren Brief?« Mr. Haben gestattete seinem Kopf, sich in der Richtung, in der Bones saß, zu senken.

»...betreffs Sehens dieses Platzes mit Ihren eigenen heiligen Augen.« Und Bones, des Schicksals, das ihn erwartete, gänzlich unbewußt, fuhr fort, und erklärte des langen und breiten den Grund, warum er den Brief geschrieben habe, den Gedanken, der ihn dabei geleitet, und den Vorfall, der diesen Gedanken angeregt habe.

»Mein lieber junger Mann, Sie bilden sich doch hoffentlich nicht ein, daß Seiner Majestät Staatsregierung einen Staatsminister nach Afrika fliegen läßt, weil ein hohlköpfiger Subalterner Briefe an das Käseblättchen einer Grafschaft geschrieben hat, wie?«

Bones öffnete und schloß seine Augen recht schnell.

»Ich bin gekommen..., aber warum sollte ich Ihnen das erzählen?« fragte Nickerson Haben gelangweilt. »Sie können versichert sein, daß Ihr Brief mit meinem Kommen nichts zu tun hat. Wie ich Ihnen schon früher sagte, ihr Offiziere habt zu viel faule Zeit. Das ist eine Angelegenheit, nach der einmal gesehen werden muß.«

Aber beim Mittagessen erreichte seine Ungeschliffenheit den Höhepunkt. Das Essen war ihm zu schlecht, er haßte Palmöl-Chop; süße Kartoffeln machten ihn krank; das Huhn sei zäh, der Kaffee sei unter aller Kritik. Glücklicherweise habe er seine eigenen Zigarren mitgebracht.

Bones verbrachte diese aufreibende Stunde mit der Frage, was ihm geschehen könne, wenn er sich über die Tafel beuge und den Staatssekretär mit dem geschliffenen Kristallsalzfaß eins über den Schädel gebe.

Sanders allein zeigte kein Zeichen von Ärger. Nicht ein Muskel seines Gesichtes bewegte sich, als Mr. Nickerson Haben die unverzeihlichste von allen Anspielungen machte. Er tat das aus reiner Unwissenheit und aus jener gemeinen Denkungsweise heraus, die sein hervorstechendster Charakterzug war.

»Ein eingeborenes Weib ist ein eingeborenes Weib«, sagte Sanders ruhig. »Glücklicherweise habe ich nur Gentlemen unter mir, und ein solch verwickelter Fall ist niemals eingetreten.«

Mr. Haben lachte skeptisch; er war am ungenießbarsten, wenn er lächelte. »Sehr edel«, bemerkte er trocken, »und doch hat man gehört, daß solche Sachen vorgekommen sind.«

Hamilton war blaß vor Wut. Bones starrte mit offenem Munde, wie ein Knabe, der schwachsinnig ist.

Der blasse Mann stellte eine Frage, und zum Erstaunen der anderen nickte Sanders.

»Ja, ich habe ein Mädchen von Chimbiri mit heruntergebracht. Sie befindet sich gegenwärtig in einer der Haussabaracken, bei dem Weibe des Sergeanten Abibu. Ich weiß nicht recht, was ich mit ihr anfangen soll.«

»Natürlich nicht!« Es kam noch trockener heraus. »Eine Gefangene, nehme ich an?«

»N – nein.« Sanders zögerte, schien in Habens Augen verwirrt. »Sie verfügt über eine Art Magie, die mich beinahe bestürzt macht...«

Hier lachte Mr. Nickerson Haben. »Ungereimtes Zeug!« sagte er verächtlich. »Lassen Sie mich Ihre Magierin mal sehen!«

Bones wurde geschickt, um sie herbeizuholen – und fluchte auf dem ganzen Wege über den im Dunkeln liegenden Platz.

»Darüber haben wir gerade zu klagen«, bemerkte Mr. Haben während dieser Zeit des Wartens, »Ihr Kerle seid so lange in diesem Lande, daß ihr verniggert.« (Sanders wand sich. »Nigger« ist ein Wort, das man in Afrika nicht gebrauchen darf.) »Ihr saugt ihre Philosophie und ihren Aberglauben auf. Magie... großer Gott!« Er wackelte hoffnungslos mit seinem langen Schädel. »Mein armes Weib glaubte an denselben Unsinn – sie kam aus den Südstaaten –, sie hatte eine schwarze Amme, die tolle Sachen ausführte – mit Hühnerknochen!«

Sanders hatte ihn nicht für verheiratet gehalten. Als er erfuhr, daß die arme Dame gestorben sei, dachte er, daß es schlimmere Dinge gebe, die einem Weib zustoßen konnten.

»Blinddarmentzündung – Operation – Narr von Doktor!« Mr. Haben ließ sich so weit herab, diese persönlichen Bemerkungen zum besten zu geben. »Wie ich schon sagte, ihr Leute... Hm...«

Agasaka stand im Türrahmen, »missionsmäßig gekleidet«, wie man an der Küste sagte. Ihre Gestalt war in blauem Baumwollzeug verborgen, das sie bis zur Brust umhüllte und das festgesteckt war.

»Das ist die Dame? He? Komm 'mal her!« Er winkte ihr, und sie ging zu ihm hin. »Sie soll uns ihren Zauber sehen lassen! Sprechen Sie zu ihr!«

Sanders nickte.

»Dieser Mann wünscht deinen Zauber zu sehen, Agasaka; er ist ein großer Häuptling in meinem Volke.«

Sie antwortete nicht.

»Sieht nicht übel aus«, sagte Nickerson und tat etwas, was die Männer bestürzt machte; denn er stand auf, faßte mit der Hand unter ihr Kinn und erhob ihr Gesicht zu seinem eigenen. Und da war etwas in seinen sonderbaren harten Augen, was sie las, wie wir ein gedrucktes Wort lesen mögen. Der Zug von Gemeinheit war verabscheuungswürdig.

»Du bist nicht so schlecht für ein Nig...«

Seine Hände sanken plötzlich herab; die Anwesenden sahen sein Gesicht in scheußlichen Zuckungen. Was er sah, war ein Weib, ein hübsches Weib mit tiefen Schatten unter den Augen. Es war das Gesicht, das er so oft sah und immer zu vergessen suchte. Ein totes, bleiches Gesicht! Sie trug ein seidenes Nachtgewand, fast bis zur Kehle geschlossen...

Und sie sprach: »Möchtest du nicht warten, bis die Nurse zurückkommt, Nick? Ich meine, ich sollte Eiswasser nicht trinken... Der Doktor sagt...«

»Hol der Teufel den Doktor!« antwortete ihr Nick Haben zwischen den Zähnen, und die drei Männer hörten ihn, sahen, wie er seine Hand erhob, wie um ein imaginäres Wasserglas zu ergreifen, sahen seine Augen sich auf ein imaginäres Kissen senken...

»Ich bin deiner überdrüssig! Überdrüssig! Deiner! Ein neues Testament willst du machen? Wie? Den Teufel wirst du!« Er stierte und stierte, und dann wandte er sein verstörtes Gesicht Sanders zu.

»Mein Weib...!« Er deutete mit dem Finger auf den leeren Raum vor sich und murmelte: »...Ich... Ich habe sie getötet...«

Und dann sah er, daß er Nickerson Haben war! Unterstaatssekretär! Und daß diese drei ganz unbedeutende Beamte waren – und die da vor ihm ein schwarzes Weib, das ihn sehr ernst betrachtete.

Aber diese Entdeckung kam für ihn um den Bruchteil einer Sekunde zu spät.

»Gehen Sie auf Ihr Zimmer, Sir!« befahl Sanders und verbrachte den größeren Teil dieser Nacht mit dem Abfassen eines Briefes, der an den Staatssekretär des Auswärtigen gerichtet war.

Der Platzmacher

I

Die Krieger des alten Königs, der jenseits der Berge lebte, kamen in das Ochoriland herunter und nahmen zehn Weiber und vierzig Ziegen mit sich – und das gerade im Jahre der Seuche, wo Ziegen sehr wertvoll waren. Und eine Woche später kamen sie noch einmal, und abermals nach einer Woche wiederholten sie den Beutezug.

Distriktsgouverneur Sanders schickte eine dringende Botschaft nach dem Lande des alten Königs und reiste zu den Ochori, um den Gesandten des alten Mannes zu treffen.

Eines schönen Tages kam Buliki, der erste Minister des alten Königs K'salugu-M'pobo, über die nördlichen Hügel; er tat recht aufgeblasen, kam mit vierundsechzig Speeren als Bedeckung, und jeder Krieger trug das Leopardenfell des königlichen Dienstes – das heißt, ein Leopardenfell mit drei Affenschwänzen, das die

Schnelligkeit, die Wildheit und die Behendigkeit dieser Männer ausdrücken sollte. Er prahlte, daß er der vierzigste seines Geschlechtes sei, der im Königskral sitze und Gesetze gebe.

Sanders wartete, von einer bescheideneren Bedeckung umgeben, in Ochoristadt auf die Ankunft dieser Gesandtschaft, die sich zwei Tage verspätet hatte und eben in diesem Augenblicke ankam; nicht in der Morgendämmerung, wie getreulich versprochen worden war, sondern in den heißen Stunden des Tages. Sanders saß, die Beine übereinandergeschlagen, auf seinem Segeltuchstuhl, kaute an einer nicht angezündeten Zigarre und zeichnete mit seinem Ebenholzstock kleine Muster in den Sand.

Hinter ihm stand, groß und gerade, – den nackten, braunen Rücken geschwellt von Muskeln, die bei jeder Bewegung spielten, – Bosambo, der Häuptling und König des Ochorivolkes im Norden wie im Süden.

Hinter dem Schutzdach, das man errichtet hatte, um als Palaverhaus zu dienen, befand sich eine Abteilung Haussa, Männer mit braunen Gesichtern in blauer Uniform, die ihre Büchsen mit einer gewissen Vertrautheit handhabten und so dem dichten Haufen von Ochorileuten, die dieser denkwürdigen Zusammenkunft als Zeuge beiwohnen wollten, ungeheuere Ehrfurcht einflößten.

Sanders sagte kein Wort; er sah ein, daß dieses kein Augenblick für den Austausch von Mitteilungen sei und daß Bosambo aller Wahrscheinlichkeit nach über die Verbrechen des großen Königs genau soviel wußte wie er selbst.

Denn nördlich von den Hügeln lag Gebiet, das noch unabhängig war und keine Regierung und keinen König anerkannte als seinen eigenen.

Ob das so bleiben würde, hing nicht gänzlich von dem Erfolg dieser Aussprache ab; denn niemand wußte besser als Sanders, daß nicht weniger als vier Bataillone nötig wären, um die Engpässe der großen Berge zu besetzen, und gerade damals war Krieg bei der Britischen Regierung sehr unbeliebt.

Die Königswache, die der König seinem Minister als Bedeckung mitgegeben hatte, schwenkte auf den großen Platz ein und stellte sich gegenüber Sanders in Front auf. Die Haussa betrachteten sie mit jenem besonderen Interesse, welches Soldaten für mögliche Zusammenstöße haben. Buliki war ein umfangreicher Herr, breit, groß und stämmig. Er schritt protzig zum Palaverhaus herauf, ohne jedes Verständnis für die Bedeutung des Mannes, den er hier treffen sollte.

»Ich sehe dich, weißer Mann!« sagte er auf Bomongo, das in einer Ausdehnung von sechshundert Meilen nördlich und westlich der Gebiete gesprochen wurde.

»Ich sehe dich, schwarzer Mann!« antwortete Sanders. »Welche Botschaft bringst du von deinem Herrn?«

»Herr!« klang es anmaßend aus des Mannes Mund, »mein Gebieter hat keinerlei Botschaft für dich außer der folgenden: Solange er sein Land regiert, kennt er keinen anderen König als seinen eigenen wunderbaren Willen und kein anderes Gesetz als jenes, das er selber vorschreibt.«

»O ko«, sagte Sanders, gezwungen lachend, »er muß einen sehr mächtigen Ju-Ju haben, um so kühn zu sprechen. Und du, Buliki, hast sicher den Magen eines Löwen. Denn hier herum bin ich Gesetz, und Männer, die im Herrenton zu mir sprechen, hänge ich kurzerhand.«

Sein Ton war frostig, schneidend kalt, und seine Augen schweiften unbewußt zu dem hohen Baume hinauf, der vor dem Palaverhause stand.

Buliki, der nichts von der Unantastbarkeit einer Gesandtschaft wußte, wurde grau unter seinem lohfarbenen Fell, und seine Füße bewegten sich in nervöser Unruhe.

»Herr!« verteidigte er sich mit gänzlich veränderter Stimme, »ich bin ein müder Mann; ich bin heute schon über den Berg mit dem kalten weißen Pulver gekommen, das in der Sonne vergeht. Darum spring sanft mit mir um; ich bin ein armer Häuptling und kenne nicht weißen Mannes Art.«

»Geh zurück zu deinem Herrn, Buliki, und sage ihm: Sandi, der an Stelle seines Königs am Großen Fluß sitzt, wünscht, daß keine Krieger mehr aus des Königs Land kommen, um Weiber und Ziegen der Ochori zu rauben. Denn ich bin sehr schnell mit dem Töten und achte weder Könige noch Häuptlinge. Ich habe kleine Könige unter die Erde gepflügt, und die Ernten meines Volkes gediehen auf Boden, den die Gebeine von Fürsten düngten. Wo ist M'balagini, der seine Speere gegen mich richtete? Er ist tot, und sein Haus ist im Regen verrottet. Wo ist Kobolo, der N'Gombikrieger, der seine jungen Männer in die Schlacht gegen mich führte? Ihr werdet den Wald umsonst nach seiner Stadt absuchen, und sein Geist weint auf dem Großen Berge. Kleine Könige sind mein tägliches Brot. Wie mächtig sind sie im Hause ihrer Weiber! Wie klein sind sie, wenn ich sie in Ketten auf mein großes Schiff bringe! Geh zurück zum alten König und sage: Die Häuptlinge oder Krieger, die auf diese Seite des Geisterberges kommen, sollen Sklaven meines Volkes werden und froh sein, wenn sie am Leben gelassen werden. Das Palaver ist aus!«

Nachdem die Gesandtschaft abgereist war, sagte Bosambo: »Verdammter Nigger! Alberner Esel!« – Er war selbst schwärzer als ein Pik-As, aber er besaß den Vorzug einer christlichen Erziehung. Und dann fügte er in seiner eigenen Sprache hinzu, denn Sanders hatte kein Verständnis für Küstenenglisch: »Lord! Dieser alte König ist sehr verschlagen, und im Schatten seiner Hütte sitzt ein weißer Mann, der die Wege der weißen Herren kennt.«

»Den Teufel tut er!« rief Sanders überrascht, denn das war neu für ihn, daß Joe dorthin gegangen war.

Oben, in des alten Königs Lande, lag Buliki, lang ausgestreckt, auf seinem Gesichte vor dem alten dürren Manne und erzählte die Geschichte seiner Gesandtschaft; und der König horchte zu und strich seinen dünnen gekräuselten Bart.

Joe, der Händler – er hatte keinen anderen Namen – hörte ebenfalls zu und ließ sich den Bericht übersetzen.

»Sag dem Alten«, befahl er seinem Dolmetscher, »das ganze Zeug ist Schwindel. Sag ihm, Sanders hat nicht mehr als fünfzig Soldaten! Sag ihm, wenn er runter zum Gouverneur schickt und sich über diese Drohungen beklagt, kriegen sie Sanders beim

Kanthaken! Sanders hat gar keine Berechtigung, so was zu tun.«

Wenn Joe seine halbwegs nüchternen Augenblicke hatte, galt er als eine Autorität in dem, was man das ungeschriebene Gesetz der Wildnis nennen konnte. Er war Afrika hinauf und herunter gewandert, vom Sambesi bis zum Lado, und wußte eine ganze Menge. Von Charter bis Dakkar gab es nicht ein einziges Gefängnis, dessen Insasse er nicht gewesen war. Er hatte schon zu Bula Matadis (Stanleys) Zeiten Hinterlader und Genever gegen Elfenbein eingetauscht und war jetzt nach der einzigen Freistatt verschlagen worden, wo der rechte Arm irgendeines Gesetzes ihn nicht erreichen konnte.

Von allen Menschen in der Welt haßte er Sanders am meisten; und er hatte allen Grund für seine Antipathie, denn Sanders ließ die Schnapshändler peitschen und ließ sogar weiße Gentlemen, die die gutgläubigen Eingeborenen mit Feuerwaffen versorgten, aufhängen.

»Höre...!« Joe war ganz aufgeregt bei diesem Gedanken. »Sag ihm, er soll Sanders zu einem großen Palaver auffordern – irgendwo auf den Geisterbergen – auf dem Wege dorthin ist Sanders leicht zu fassen...!«

Dieser Plan wurde pflichtgemäß übersetzt. Des alten Königs trübe Augen leuchteten auf, und er rieb sich die Hände; denn er hatte geschworen, daß er seine neue Kriegstrommel mit der Haut des Mannes, der ihn quälte, überziehen lassen würde – und das Gestell der Trommel hatte sich in den Jahren des Wartens schon ganz krumm gezogen und Risse bekommen.

»Das ist eine feine Rede«, sagte sein Ratgeber ungnädig zu des Königs weißem Gast. »Aber es ist bekannt, daß Sandi unverletzt aus den schrecklichsten Gefahren hervorgeht, weil ihn M'shimba M'shamba, der fürchterliche Dämon, schützt. Man sagt, daß ihm ganze Regimenter von bösen Geistern beistehen, die so fürchterliche Schreie ausstoßen, daß da, wo er vorübergeht, selbst die Leoparden vor Schrecken wie tot daliegen.«

Dies machte sichtlich Eindruck auf den alten König, und er leckte die vier Finger seiner rechten Hand ab, damit nichts Böses über ihn komme.

»Unsinn!« sagte Joe laut. »Geister – Blödsinn! Ihr werdet ihn schon richtig kriegen, und dann werden sich diese Vögel hüten, ihre Nase in Zukunft noch über die Berge zu stecken...«

Der König lauschte und wandte seinen Hals nach dem Dolmetscher hin.

»Das soll so sein!« sagte er und befahl Buliki aufzustehen.

2

Genauso, wie die Jahre des alten Ägyptens anhand der Perioden der Könige identifiziert werden, gab es eine Zeitrechnung am Fluß, die mit einem gewissen Leutnant Tibbetts von den Königshaussa in bezeichnende Verbindung gebracht wurde. Oben am Gouverneurssitz sprechen die kleineren Abteilungsvorsteher von dem zweiten Jahr von Bones' Dienstzeit wie vom Aufstieg eines Herrschergeschlechts.

Es war ein Annus mirabilis, ein wunderbares Jahr, das, in der Hauptsache, nicht das geringste mit »Bones« zu tun hatte, wie Hamilton von den Haussa seinen schmächtigen Untergebenen getauft hatte. Noch hatte es etwas mit den Wundertaten zu tun, die Bones zu Wasser und zu Lande verrichtete; noch konnte behauptet werden, wenn man genau bei der Wahrheit bleiben will, daß Bones einen bemerkenswerten Einfluß auf den fruchtbaren Boden ausgeübt hatte, der in diesem Jahre die erstaunlichste aller Ernten hervorbrachte. Noch hatte er den Fluß veranlaßt, über seine Ufer zu steigen (wie es tatsächlich geschehen war) und fünfunddreißig Fischerdörfer zu vernichten und Krokodile zehn Meilen weit in den Urwald hinein zu bringen, wo diese auf viehische Weise mit Leoparden und Büffeln kämpften. Noch war er, und das muß zu seiner Rechtfertigung gesagt und weit verbreitet werden, im geringsten verantwortlich für die Anwesenheit und das Wesen eines Mannes, der leichtfertig als »Lord« bezeichnet wurde.

Neue Besen mögen nicht immer gut kehren; aber, allgemein gesprochen, wirbeln sie Staub genug auf, um manche Menschen zu ersticken und anderen Tränen in die Augen zu bringen. Macalister Campbell-Cairns war der neueste Besen, der jemals in einem Brandungsboot an Land gekommen war, um die fieberverseuchten Hinterländer zu beunruhigen und den Drang zum Morden an die Oberfläche zu bringen, der dort draußen so dicht unter der Oberhaut auch der dem Gesetz am meisten Gehorchenden steckt.

Dieser Mann war eine Exzellenz und hatte an seinem Rockaufschlag Miniaturkreuze und Nichtse, die an verschiedenfarbigen Bändern glitzerten; er trug, wozu er bei solchen Gelegenheiten berechtigt war, einen strahlenden Stern über seiner Bauchspeicheldrüse und konnte seinem Namen eine Reihe von Buchstaben anfügen, die länger war als der Name selbst. Er fiel aus dem Brandungsboot in die Arme eines Sergeanten der Königshaussa, geriet von der prunkhaften kleinen Kutsche, die ihn zum Gouverneurshaus brachte, in die Hände eines zweiten und dritten Sekretärs, eines Offiziers des Stabes und dessen Haushofmeisters und fiel schließlich in den dick gepolsterten Stuhl, der ihm Rechtens und dank seines hohen Amtes zukam. Und fast im selben Augenblicke fing der neue Besen an, sich um die staubigen Stellen herum zu bewegen; und vom Hauptsitz der Verwaltung wurde eine Tagesordnung herausgegeben, die, in jeder Hinsicht eine Willkommensadresse für Sir Macalister Campbell-Cairns, von Sir Macalister Campbell-Cairns geschrieben und von seiner unleserlichen Klaue unterzeichnet war. Er sei – wie er sagte – gekommen, um Licht in das Dunkel zu bringen, um Weißen und Schwarzen gleichmäßig Gerechtigkeit widerfahren zu lassen, um den Niedergedrückten Begeisterung und Hoffnung zu bringen, um die Verwaltung zu zentralisieren und die unerwünschte Neigung der Beamten, das Gesetz in die eigene Hand zu nehmen, zu unterdrücken. (Er sagte das nicht gerade, aber er meinte es.) Und zuletzt, aber nicht zum wenigsten, beabsichtige er, jeden vorgeschobenen Posten der Zivilisation, für den er verantwortlich sei, selbst kennenzulernen. Und wenn irgend jemand Beschwerden habe, dann solle er sie freundlichst für sich behalten, bis er käme.

»O mein Gott!« stöhnten dreiunddreißig Distriktsgouverneure, Inspektoren und Schutztruppenoffiziere und dergleichen, als diese Botschaft sie erreichte.

Beigefügt war dieser Willkommensadresse ein »sehr geheimes und streng vertrauliches« Schreiben für die Bedeutenderen seiner Untergebenen:

»Es ist zur Kenntnis des Gouverneurs gelangt, daß Todesurteile häufig von untergeordneten Beamten, besonders in den reservierten Gebieten, verhängt und vollstreckt werden. Diese Gepflogenheit muß aufhören. Alle Untersuchungen von Fällen wie Mord, Hochverrat, Anstiftung zum Aufstand müssen der Zentralverwaltung übermittelt und von einem Tatbericht in dreifacher, einem Vernehmungsprotokoll in doppelter Ausfertigung und einem Bericht dessen, was der Gerichtshof herausgefunden hat, begleitet sein.«

Einen Monat nach dem Erlaß dieses Tagesbefehls verfolgte Leutnant Tibbetts, mit dem Beinamen Bones, einen Mann, der H'kema, den Waldmenschen, ermordet und dessen Weib geraubt hatte. Bones erwischte ihn an der Grenze des Landes, in dem der alte König regierte, und hängte ihn innerhalb einer Stunde nach seiner Gefangennahme.

Hierauf war bei der Zentralverwaltung der Teufel los, und der musikalischen Laufbahn Leutnant Tibbetts drohte der Untergang.

3

Das Jünglingsalter ist eine Krankheit, die durch scharf umrissene Perioden von Hitze und Erröten, Frostschauer des Körpers und Schädelsummen, gekennzeichnet ist. Das bezeichnende dieser Entwicklungsstufe sind merkwürdige Gelüste und Abneigungen und eine gewisse Sonderbarkeit bei der Wahl von Gewürzen. Denn das Brot der Jugend schmeckt besser, wenn es mit einer unverdaulichen Leckerei gewürzt wird, die den mehr kultivierten Geschmack sogar abstößt.

Das Kind, dessen Augen nicht sehnsüchtig auf einen Lokomotivführer gerichtet sind, ist kaum normal; der Jüngling, der nicht den Dirigenten eines Orchesters beneidet hat, hat kaum menschliche Empfindungen. Und bei dem jungen Mann, der es vermag, sich an ein Klavier zu setzen und mit gleichgültiger Miene seine Finger über die Tasten gleiten zu lassen, um darauf unvermittelt zu der schwierigsten musikalischen Komposition überzugehen, ist etwas nicht ganz richtig.

Bones war in dieses Entwicklungsstadium gelangt, als er leidenschaftlich begehrte, Musik zu machen. Er hatte ein tragbares Harmonium in einer Ecke seiner Hütte und eine Geige unter seinem Bett. Er konnte fast auf einen Blick den Unterschied zwischen einem tiefen B und einem hohen F auf irgendeinem Notendruck unterscheiden. Er hatte eine kleine Bibliothek über die Theorie der Musik, jedes Buch in Königsblau, mit seinem Monogramm in Gold in den Ecken. Eine Tambourausrüstung nahm einen Tisch ein, der gewöhnlich und passender für die Beschäftigung mit Clearys taktischen Abhandlungen und für das Studium des Kriegsrechts bestimmt war.

Bones begann die seiner unwürdige musikalische Laufbahn mit dem Ankauf einer Klarinette – eines langen Dinges aus Holz und glitzerndem Metall. Er kaufte sie, wie er meistens unnötige Dinge kaufte, weil er auf der Seite seines Lieblingsmagazins eine Anzeige gelesen hatte, die ihm sagte:

»Lernen Sie das Klarinettespiel! War Buchhalter, jetzt Dirigent der Tawoomba-Silber-Kapelle: Klarinettespiel machte diesen Mann zum Herrn seines eigenen Hauses und ließ ihn 10 Millionen Dollar in der ›Farmers Bank‹ anlegen.«

»Dieses Mannes« Bild war beigefügt, um die Glaubwürdigkeit der Aufforderung zu beweisen. Bones dachte, zehn Millionen Dollar seien zehn Millionen, und schickte fünfundzwanzig Dollar mit der nächsten Post. Er konnte niemals diesen vielversprechenden Anzeigen widerstehen, die einem befahlen, »den Abschnitt auszufüllen und das Geld sofort einzusenden«.

»Ich habe eben ein weiches Herz, lieber alter Offizier«, entschuldigte er die Klarinette, als diese schließlich ankam. »Sie ist für mich wie ein Getränk. In dem Augenblick, in dem ich einen dieser verdammten Abschnitte sehe, muß ich ihn unterzeichnen. Ich lasse mich sehr leicht leiten, geehrter Herr und Kamerad, aber treiben kann man den alten Bones nicht. Sie können ihn leiten, aber – Sie können ihn nicht treiben. Das liegt bei uns in der Familie.«

»Schwachsinnig?« deutete Hamilton an.

»Nein! Nicht schwachsinnig«, Bones schüttelte vorwurfsvoll den Kopf.

»Die Pointe ist die, Bones ...« Hauptmann Hamilton drehte sich auf seinem Stuhle herum, und seine Augen blickten kalt, sein Ton war geradezu unfreundlich: »Ich werde Ihnen nicht erlauben, dieses Teufelsinstrument innerhalb fünf Meilen von unserer Wohnung spielen zu lernen.«

»Ham, alter Herr«, sagte Bones sanft, »nennen Sie das Gerechtigkeit? Gerechtigkeit, Ham, alter Vorgesetzter, segnet, wie der alte Shakespeare so nett sagt, den, der gibt, und den, der nimmt.«

Hamilton machte sich oft Vorwürfe wegen seiner Nachgiebigkeit in dieser Klarinettenangelegenheit. Er hätte Bones ins Loch stecken oder vergiften sollen oder so was. Bones' Liebe für Musik wuchs in dem Maße, wie er sie ausübte. Das Harmonium wurde erst zum Unfug, als er es an einem warmen Abend ins Freie brachte und es vor hundertzwanzig begeisterten Haussasoldaten, deren unzähligen Weibern und Sprößlingen spielte. Das Glockenspiel, das das nächste Entwicklungsstadium seiner Krankheit kennzeichnete, war ein Fluch; zweimal lief Hamilton Hals über Kopf zum Essen, weil er dachte, er habe sich zum Lunch verspätet; nur um zu entdecken, daß Bones das Lied »Klingt weit, ihr wilden Glocken!« übte. Einmal wurde das ganze Lager um Mitternacht alarmiert, um Ali Ahmets Lieblingsschimpansen zu fangen, der seine Kette zerrissen hatte und auf der Suche nach Leckerbissen war.

Es nahm drei Tage in Anspruch, um ihn von einem hohen Kopalbaum herunter zu bekommen, auf den er sich mit einer hohen G-Glocke in der einen Hand und einer C-Dur-Glocke in der anderen zurückgezogen hatte, die er abwechselnd Tag und Nacht mit einem Ausdruck tiefsten Schmerzes erklingen ließ.

Das Kornett, das Bones auf Empfehlung von einem Händler in Sierra Leone bezogen hatte, wurde auf Sanders' Befehl zurückgesandt, weil es sich als demoralisierend für die bewaffnete Macht der Krone erwiesen hatte; denn die ersten Töne (wie Bones sie hervorbrachte) von »Ein Seemannsleben« glichen dem »Alarm- und Sammelsignal« so zum Verwechseln, daß sich die Station in einem Zustande dauernder Gärung befand, weil dauernd bewaffnete Männer herbeiliefen, um ihre Posten einzunehmen.

»Ich habe mit dem Distriktsgouverneur gesprochen«, sagte Hamilton, »und wir sind übereingekommen, daß Sie in Zukunft Ihre musikalischen Übungen auf eine stumme Mundharmonika zu beschränken haben...«

»Sehr niederträchtig, lieber, alter Offizier!« murmelte Bones. »Sehr Hoi polloi, lieber, alter Herr!«

»Oder auf eine Maultrommel oder auf eine Konzertina.«

Und als Hamilton die Augen Leutnant Tibbetts' aufleuchten sah, fügte er hinzu: »Eine sehr kleine natürlich, noch lieber eine auf Gummireifen.«

»Wer keine Musik in seiner netten alten Seele hat, ist reif für die Aschengrube«, antwortete Bones mit Würde.

»Ich möchte Sie nicht gerade gerne dort sehen, Bones, aber ich freue mich, daß Sie die Grenzen Ihrer musikalischen Fähigkeiten erkennen.«

Die Spannung wurde durch einen Befehl des Gouverneurs beseitigt, der nach dem Offizier verlangte, der die Hinrichtung des Untertans des alten Königs vollstreckt hatte.

Bones war ganz Erwartung. »Ich wußte, daß etwas danach kommen würde, lieber, alter Herr«, sagte er nachdenklich. »Passen Sie auf, Sie lieber, alter Streber...«

»Bones!« sagte sein Vorgesetzter mit schrecklichem Ernst.

»Ich meine, ich beabsichtige nicht, irgendwelche Ordensauszeichnungen anzunehmen, lieber alter Herr«, antwortete Bones bestimmt. »Ich werde einfach dieser netten alten Exzellenz sagen:

›Sir, ich würdige die Ehre, die das nette alte Government auf mich abzuladen wünscht, und ich verdiene sie. Ich habe wohl die ganze Arbeit getan, aber solange der nette alte Ham seinem Namen keinen Distriktsgouverneurstitel hinzufügen kann‹…«

»Ich wünsche, daß Sie überhaupt nicht von mir sprechen«, sagte Hamilton kalt. »Und wenn Sie denken, daß Sie zum Gouverneur befohlen werden, um dort Blumensträuße zu empfangen, so möchte ich Ihnen nur sagen, daß die einzigen Blumen, die man Ihnen wahrscheinlich verabreichen wird, die sein werden, die für Ihren Nachfolger bestimmt sind. Hier handelt es sich um einen Tritt. Haben Sie denn das ›Private und Vertrauliche‹ nicht gelesen?«

Mr. Tibbetts Gesicht wurde länger. Er befestigte sein Monokel im Auge und maß seinen Vorgesetzten mit strengem Blick.

»Wenn irgendein Tritt kommen sollte, lieber alter Vorgesetzter, warum für mich? Wer hatte damals den Oberbefehl am Ochori? Sie, lieber alter Ham! Na, nun versuchen Sie bloß nicht, sich da rauszureden. Uria der Hitiddly-hi-ti machte es ebenso, und was für einen schrecklichen Ruf hat er bekommen? Und was diesen Befehl vom Gouverneur anlangt, so hielt ich ihn für einen Scherz…«

4

Jeder Besuch bei einem Gouverneur ist eine feierliche und auf die Nerven fallende Angelegenheit. Dem Ruf zu einem neuen Gouverneur muß man mit zitternden Knien Folge leisten.

Und Sir Macalister Campbell-Cairn war nicht nur neu, sondern unerfahren. Man nannte ihn bei verschiedenen Spitznamen – ein böses Zeichen. Der Mann mit einem Familiennamen kann sehr beliebt sein, mit zwei sehr bekannt, mit mehr als einem halben Dutzend ist er wahrscheinlich unbeliebt.

Er hatte sein Amt kaum länger als fünf Minuten inne, als er der Welt auch schon sein System der verantwortlichen Kontrolle schenkte, das ungefähr folgendermaßen aussah:

Jede Verwaltungseinheit wurde in so viele Bezirke eingeteilt, als es europäische Beamte gab. Jeder Beamte hatte einen Bezirk unter sich und sollte verantwortlich für dessen Wohlfahrt und Ruhe sein. Der Umstand, daß seine Wohnung dreihundert Meilen außerhalb des Bezirks lag, machte wenig oder gar keinen Unterschied. Es war gleichgültig, ob es ein Subalternoffizier war, dem die Ausbildung von Haussa-Rekruten oblag, die militärisch gedrillt werden sollten und die zum erstenmal lernten, daß ein Gewehr nicht ein Werkzeug sei, um Leute zu Tode zu erschrecken, sondern eine zuverlässige Waffe, die gewisse Verrichtungen mit mathematischer Genauigkeit ausübte: nämlich, daß tatsächlich die Kugel und nicht das »Bumm« die wirkliche Ursache allen Unglücks sei, das dem Abfeuern folgte.

»Zentralverwaltung« war die lange Bezeichnung für eine kleine Stadt und insofern bemerkenswert, als sie sich einer Stadtverwaltung, eines Kraftwerks, eines Wasserwerks und Staubeckens rühmte und überdies einer Anzahl flachdachiger, weißgekalkter Häuser, die in Gärten errichtet waren, in denen nur mehr oder weniger exotische Blumen blühten. Von Pferden gezogene Straßenbahnen rasselten die Boulevards entlang, und Eisenbahnen tauchten in unregelmäßigen Zwischenräumen in den Dschungeln des Hinterlandes unter. Auf den Hörnern der wie ein Halbmond geformten Küstenlinie gab es zwei Forts, die aussahen wie umgekehrte Pillenschachteln; aber jedes davon beherbergte einen Schnellfeuer-Vorderlader und zwei 4,7-Schnellfeuer-Geschütze modernerer Ausführung.

Die Bevölkerung bestand in der Hauptsache aus eingeborenen Damen und Herren, die Unterröcke und Hosen trugen. Es gab drei Kirchen, die für die drei Grade der Christenheit, die in jedem eingeborenen Gemeinwesen ihre Tätigkeit entfalten, Bekenner sammelten: die schmale und hoffnungslose, die breite und hoffnungsvolle und die amtliche, die regelmäßigen Besuch am Sonntagmorgen fordert und Tennis und andere passende Spiele für den übrigen Teil des Tages gestattet.

Alle Distriktsgouverneure hassen den Gouverneursitz, wo Eingeborene englisch reden, Mister genannt werden und am Sonntag Gehröcke, Zylinder und enge Lackschuhe tragen. Die Beamten des Gebietes betrachten eine Aufforderung, diesem gottlosen Orte ihren Besuch zu machen, mit demselben Gefühl, mit dem eine Familienmutter eine Einladung in das Weiße Haus zu Washington betrachten würde, wenn dieses wegen Masern unter Quarantäne stünde.

Bones, der in seiner Seele keine Furcht kannte, fuhr längs der Küste zum Hauptquartier; sein Geist war vollkommen in Anspruch genommen von einem eben geborenen Entschluß, alle seine 44 Musikinstrumente zugunsten des Saxophons zu verabschieden. Gelegentlich widmete er auch dem wütenden Gouverneur einen seiner Gedanken.

Macalister hielt es mit Maschinengewehren, Briefverkehr in dreifacher Ausfertigung und Vertrauen auf den »Mann im Amt«. Dieses entstand, als er herausfand, daß er dieser Mann war. Er haßte alle ausländischen Weine und ausländischen Gerichte, hatte eine Leidenschaft für schottischen Hammelbraten und Whisky und nicht das geringste Zutrauen zu der heranwachsenden Generation. Als er ein Junge war, war alles anders gewesen. Die Leute, die in die Diplomatenlaufbahn eintraten, waren Gentlemen, die Frauen waren bescheiden und wußten, wohin sie gehörten; Kinder sprachen niemals, außer wenn sie angeredet wurden. Er war ein großer, breiter Mann, mit Schultern wie ein Ochse und mit einem roten Gesicht, das viel harte Arbeit gesehen hatte. Es schien ursprünglich in rotem Wachs modelliert und leichtsinnig in der Sonne zurückgelassen worden zu sein.

»Seine Exzellenz wünscht, Sie sofort zu sehen!« sagte der Dritte Sekretär und sah auf seine Uhr. »Sie kommen zehn Minuten zu spät.« Er schüttelte den Kopf.

»Der Dampfer kam einen ganzen Tag zu spät, Sir!« antwortete Bones.

Der Dritte Sekretär schüttelte von neuem den Kopf, nahm seinen weißen Tropenhelm ab und starrte mit halbgeschlossenen Augen in dessen Tiefen; seine Lippen bewegten sich lautlos, er schien zu beten.

»Hier entlang, Mr. Tibbetts!« sagte er darauf und ging hastig den Gang entlang.

Bones, der den Widerwillen und die Verachtung des Soldaten gegen den Zivilberuf hatte, folgte in einem langsameren Tempo, um seine Unabhängigkeit auszudrücken. Sir Macalister schritt in seinem großen Zimmer auf und ab, die Hände auf dem Rücken gefaltet, Gewicht und Last eines Kaiserreiches auf seiner bewölkten Stirn. Er warf einen Blick auf den Ankömmling, aber hielt in seinem Spaziergang nicht inne.

»Mr. Tibbetts, Eure Exzellenz!« sagte der Dritte Sekretär im Tone eines Mannes, der des Besuchers nach anstrengender Jagd habhaft geworden ist.

»Ha!« antwortete seine Exzellenz.

Der Sekretär zog sich zögernd zurück; er hätte gern alles mit angehört, was der Gouverneur zu sagen hatte.

»So – Sie – sind – Mr. – Tibbetts!«

»Ja, Sir.«

»Eure Exzellenz!« verbesserte Sir Macalister bissig. »Mit dem letzten – äh – Sir John Tibbetts doch nicht verwandt?«

»Ja, Sir – mein Vater.«

»Oh!«

Der Gouverneur geriet ins Hintertreffen. Sir John war der höchste Beamte, der jemals an die Küste gekommen war.

»Wirklich? Nun, mein Lieber, wollen Sie mir sagen, warum... wollen Sie mir, bitte, sagen, warum Sie einen gewissen Talaki ohne Richter oder Geschworene hingerichtet haben, als Sie in den Chimbiribezirk kamen? Sie werden mir sagen, daß Sie sich damals fünfhundert Meilen von der nächsten Behörde befanden. Sie werden mir sagen, daß Sie auf Präzedenzfälle zurückgreifen können. Sie werden mir sagen, daß der andere Bösewicht entwischte, weil Sie nicht genug Leute bei sich hatten.«

Er hielt inne und starrte Bones an.

»Nein, Sir!« antwortete Bones höflich. »Keiner dieser niedlichen kleinen Gedanken kam mir.«

»Nicht, mein Herr! Oh, in der Tat, Herr! Nun, Herr... Verstehen Sie, Herr! Von diesem Augenblick an, mein Herr...! Und Sie können das Ihrem Distriktsgouverneur sagen, mein Herr! Daß kein Mann in diesen Gebieten mehr sterben soll, bis sein Todesurteil von mir unterzeichnet und gesiegelt ist; von mir... dem Gouverneur, mein Herr! Oder meinem bevollmächtigten Vertreter! Sagen Sie das Mr. Sanders, mein Herr!«

Bones war nicht im geringsten aufgeregt. »Ja, Sir!« antwortete er. »Und wenn Mr. Sanders den Abschied nimmt, dann werden Eure Exzellenz das vielleicht seinem Nachfolger sagen?«

»Abschied nimmt?« Sir Macalister wurde purpurrot. Sanders hatte einen Ruf im Auswärtigen Amt. Das letztemal, als er den Abschied genommen hatte, war ein sehr bedeutender Gouverneur zurückberufen worden. Als dieser nach Hause kam, wurde ihm gesagt, daß es viel leichter sei, einen neuen Gouverneur zu finden, als einen Ersatz für den Distriktsgouverneur der Flußgebiete.

»Meinen Sie, daß er den Abschied nehmen wird, Mr. Tibbetts?«

»Gewiß, Sir! Ganz undienstlich, diese Art Botschaft durch einen netten, alten Untergebenen zu übersenden.« Bones schüttelte vorwurfsvoll den Kopf und fügte hinzu: »Ich müßte ebenfalls meinen Abschied nehmen.«

Die Wirkung dieser Drohung war nicht wahrnehmbar. Bones behauptete nachträglich, daß »Rudolfchen taumelte«. Jedenfalls nahm dieser seinen Spaziergang wieder auf.

»Ich werde hinuntergehen und ihn selber sprechen. Es ist tödlich ungesund, aber ich muß gehen. Warum haben Sie diesen Kerl denn gehängt?«

»Weil, Sir«, antwortete Bones, »weil er einen anderen Kerl ermordet hatte, Sir, und weil er dessen alte Dame nahm...«

Er erklärte, auf welche Weise. Mr. Macalister, der rauhen Seiten des Daseins ungewöhnt, schauderte und unterbrach Bones, ehe dieser noch halb mit seiner Erzählung zu Ende war.

»Fürchterlich... Besser, Sie kommen zum Essen, und dabei können wir's ja besprechen, Tibbetts... Sieben Uhr dreißig, genau! Lassen Sie mich nicht warten, oder ich werde Sie entlassen!

Beiläufig, ehe ich's vergesse, soweit ich's verstehe, gibt's Unruhe in dem Lande des alten Königs. Knifflige Sache... Fordert Takt. Sagen Sie Sanders, ich werde mit nächstem Dampfer runterkommen und ihn ersuchen, ein Palaver mit dem alten Mann anzusetzen. Eh? Nein, nein! Sanders will ich dabei nicht haben. Ich werde diese Grenzfrage erledigen... Sieben dreißig genau, und wenn Sie eine Minute zu spät kommen, ... dann schmeiße ich Sie aus der Armee, das tu' ich, zum Donnerwetter!«

Draußen auf dem Gange traf Bones einen Kameraden, mit dem er in Sandhurst zusammen gewesen war, einen gewissen Stewart Clay, ein Kind, in Weiß gekleidet, der die goldenen Achselschnüre eines Adjutanten trug. Nach dem ersten Begrüßungsgeheul von Freude und Frohsinn sagte der Adjutant nicht eben achtungsvoll: »Er ist kein schlechter alter Satan, aber er ißt zuviel und er trinkt zuviel... besonders trinkt er zuviel! Wenn du ihn wie einen Dundee-Müllerburschen reden hörst, weißt du, dann brauchst du ihn bloß zum Trinken aufzufordern. Er hat in der Liebe Pech gehabt«, fügte der Adjutant spöttisch hinzu. »Ich rate dir, heute nacht nicht auf das Thema Weiber und vor allem nicht auf das Thema ›schottische Weiber‹ zu kommen.«

Bones versprach ihm das.

Er kam rechtzeitig und fand Mr. Macalister in dem lustigen oder Cocktail-Stadium von Leutseligkeit. Bones durfte es sogar wagen, seinen Ankauf eines Saxophons zu erwähnen. Der Gouverneur lehnte Saxophone hohnlachend ab, aber gegen Ende der Tafel bekannte er seine eigene Schwäche für Musik.

»Mann!« sagte der Gouverneur, »Sie sind verrückt, wenn Sie nicht die Flöten jedem Saxophon-Galgengedudel vorziehen. Stewart, Jungchen, gib mir die Flöten aus meinem Koffer!«

Wenn Sir Macalister so sprach, war er glücklich; dann wurde aus dem strengen Gouverneur ein menschlich denkender Schotte.

Zwei Stunden lang saß Bones voll ehrfurchtsvoller Scheu auf dem Rande seines Stuhles, seine großen Hände auf seinen Knien und starrte, Monokel im Auge, mit allen Zeichen der Hochachtung auf einen großen Mann im Gesellschaftsanzug, dessen Brust voll glitzernder Orden war und der einen mit Tartan überdeckten Dudelsack mit vier aufrechtstehenden, bebänderten Pfeifen unter dem Arm, den langen Speisesaal elastisch auf und ab schritt.

Der Gouverneur spielte »Blumen des Waldes« und »Die Klage des Prinzen«... Die Pfeifen klagten geisterhaft, traurig, aber schön. Und mit seinen höchsteigenen Gouverneurshänden quetschte er den Dudelsack unter den Arm seine Gastes und lehrte ihn das sonderbare, verrückte Spiel der Dudelsackpfeifen. Bones schwebte in höheren Sphären...

»Sie machen das schön! Ich schenk' Ihnen einen alten Dudelsack, den ich für den Stewart runterbrachte. Aber der Junge hatte so gar kein Talent.«

Und um Mitternacht:

»Tibbetts, du nimmst den Dampfer und fährst morgen früh zurück. In deinem Alter war ich hinter Weiberröcken her. Maggie Brown war ein tolles Mädchen. Tochter von 'nem Bauern, nicht ganz mein Stand...«

Stewart Clay brachte den Besuch nach seinem Hotel zurück.

»Er ist kein unrechter alter Kerl, aber ich wünschte, Maggie Brown wäre gestorben, ehe er sie zu Gesicht bekam. Ich bekomme sie jede Woche zwei Nächte lang unverfälscht und unverwässert vorgesetzt!«

»Liebe alter Stewart!« bat Bones dringend. »Was für 'ne Pfeife ist das, die man um seinen Hals hängt? Ist das die, die das iii-Geräusch hervorbringt oder diesen netten, alten o-o-o-Ton?«

Bones kehrte als vollkommen verwandelter junger Mann auf seine eigene Station zurück, und der Ingenieur der kleinen »Bassam« war froh, als er das Ding sah. »Ich dachte, irgend etwas sei in die Leitung gekommen, Mac«, sagte er zum Kapitän, »und ich Esel überschwemmte die verdammte Maschine mit Öl, um das Quietschen zu stoppen. Und dabei war es diese Heringsseele von Offiziersschnösel, der in einem fort auf seinem Dudel-Dudel-Duliö spielte.«

Für Sanders machte das Kommen des Gouverneurs nichts aus. Die Anwesenheit eines Gouverneurs langweilte ihn damals eher, als daß sie ihn in Ehrfurcht versetzt hätte. Er ging zu dem kleinen Kai hinunter, um sich von Seiner Exzellenz zu verabschieden, und da er der Ausrüstung der »Zaire« fürsorglich gewisse Bequemlichkeiten zugefügt und den ärmlichen Getränkevorrat des großen, weißen Fahrzeuges auf seinen vollen Bestand ergänzt hatte, war Sir Macalister beinah liebenswürdig.

»Tut mir leid, Ihnen soviel Mühe gemacht zu haben, Mr. Sanders!« sagte er leutselig. »Aber ich werde diesen Besuch jedes Jahr machen. Die früheren Gouverneure sind ein bißchen zu lau gewesen.«

»Wenn ich Sie wäre«, sagte Sanders, »würde ich mich sehr vor dem alten König in acht nehmen, Sir. Ich persönlich hätte dieses Palaver nicht gehalten. Die bloße Tatsache, daß er so bald nach der kleinen Unterredung, die ich mit seinem Häuptling hatte, darum nachsuchte, sieht mir sehr verdächtig aus. Es ist Ihnen doch klar, daß dieses Palaver vom König und nicht von mir veranlaßt wurde. Er kam Ihrer Botschaft um vierundzwanzig Stunden zuvor.«

»Um so besser, Mr. Sanders!« strahlte seine Exzellenz. »Ich werde ihn dann in versöhnlicher Stimmung antreffen.«

Das Heckrad der »Zaire« fing an, rückwärts zu schlagen. Bones, in fleckenloses Weiß gekleidet, stand auf dem Vorderdeck und grüßte stolz und steif. Die »Zaire« drehte, langsam bis zur Strommitte rückwärtsgehend, ihre Nase nach den schwarzen Wassern und kam, unter dem aufgeregten Wirbeln ihres Heckrades, um die Flußkrümmung bald außer Sicht.

»Ich hoffe, er ersäuft«, sagte Hamilton tückisch, als sie zusammen zur Wohnung zurückgingen. »Und selbst Ertrinken ist zu gut für einen Menschen, der Bones' Bekanntschaft mit dem Dudelsack auf dem Gewissen hat.«

Bones war sehr froh, einmal in seinem Leben das Fahrzeug den bewährten Händen Yokas, des Hauptmaschinisten und Sandbank-Riechers, überlassen zu können.

»Ich bin hier, wenn ich gewünscht werde, Exzellenz«, erklärte er würdevoll. »Die bloße Tatsache, daß ich auf diesem netten, alten Deck stehe, gibt den Kerlen so 'ne Art Selbstvertrauen.«

Sir Macalister ging, seinen Tropenhelm im Nacken, die sonnensegelverdeckte Brücke auf und ab. »Sie müssen mir alle wichtigen Plätze, an denen wir vorbeikommen, nennen, Mr. Tibbetts!« war seine einzige Anweisung, und Bones redete den ganzen übrigen Teil des Tages.

»... Das hübsche Inselchen da, war das, wo ich aus dem Boot fiel und beinahe von einem unartigen Krokodil verschlungen wurde... Wenn Sie auf diese Seite herüberkommen, lieber, Sir, können Sie's sehen... Nein, Sie können es nicht...! Doch, Sie können. Das dort... das Dorf zwischen den Bäumen... dort wurde ich von einem elenden Moskito gestochen und mein netter Arm schwoll auf wie Ihr hübscher Kopf... einfach fürchterlich!... Sehen Sie die Sandbank, Sir? In der Mitte des Stromes, Sir? Es war einfach gräßlich... Nix als Wasser zu sehen... Das Dorf da, heißt... Verdammt, wenn ich's weiß, wie es heißt.«

Der zuhörende Yoka flüsterte leise den Namen: »Umbula...«

»Klingt doch komisch! Ha, ha! Nicht schlecht, was, Sir?«

»Nun, und was geschah in diesem Dorfe?«

»Hundebiß! Wurde von einem kochend wütenden Hund gebissen... einfach fürchterlich...! Hatte den ganzen Tag über im Bett zu bleiben... Dieses Gewässer heißt...« Yoka kam wieder zu Hilfe: »Libisini, richtig! Führt nach 'nem hübschen, alten See... alles voll Wasser und solchen Sachen... Wurde ganz naß...«

Bei der Ochoristadt erwartete Bosambo seine Gäste, und als er entdeckte, daß Sanders nicht mitgekommen war, machte er ein langes Gesicht.

»Herr, das ist ein sehr schlimmes Palaver!« sagte er, und für einen Bosambo war er sehr ernst. »Denn meine Späher haben mir gemeldet, daß zwei von des alten Königs Regimentern auf der anderen Seite der Berge warten. Und deshalb habe ich alle meine Speere versammelt und im ganzen Lande nach meinen jungen Kriegern herumgeschickt.«

Bones zog an seiner langen Nase und schnitt eine Grimasse – ein sicheres Zeichen seiner Beunruhigung.

»O ko! Du bringst mir schlechte Nachrichten«, sagte er traurig, »denn dieser Herr hier ist ein Königsmann, und ein sehr hoher.«

Bosambo betrachtete den dieses Umstandes sich nicht bewußten Macalister, der in diesem Augenblick damit beschäftigt war, durch seinen Dolmetscher zu den Vorleuten zu sprechen, die sich versammelt hatten, um mit ihm zusammenzutreffen.

»Mir sieht er aus wie eine fette Kuh!« sagte Bosambo ohne jede beleidigende Absicht. »Und das wundert mich, daß alle eure hohen Beamten fett und alt sind.«

Bones ärgerte sich verzeihlicherweise. »Du bist ein alberner Quatschkopf!« sagte er.

»Und Sie ebenso! Und nicht zu knapp!« erwiderte Bosambo liebenswürdig.

Diesen ganzen Abend verbrachte Bones vergebens damit, der großen Kanone von diesem Marsch abzuraten. Sie hatten eine Bedeckung von zwanzig Haussa bei sich, und der Weg zu den Bergen führte durch unwegsames Dickicht, in dem Scharfschützen nicht verwendungsfähig waren.

»Mr. Tibbetts!« sagte Seine Exzellenz donnernd, »ein britischer Beamter weicht niemals von seiner Pflicht ab. Dieses heilige Wort sollte in goldenen Lettern über seinem Kopfe angebracht sein, damit er es schlafend oder wachend stets vor Augen hat!«

»Persönlich, lieber, alter Herr, schlafe ich niemals mit offenen Augen. Die Pointe ist die... liebe, alte Exzellenz...«

»Mr. Tibbetts, Sie werden zu vertraulich!« sagte Macalister.

Bones erörterte die Angelegenheit mit dem Adjutanten des großen Mannes, und Leutnant Stewart Clay gewährte ihm wenig Trost.

»Er hat keine Phantasie«, sagte er, »ausgenommen, was schottische Weiber anbetrifft, die Brown heißen. Gib ihm noch 'nen Cocktail, und du wirst sehen, was er tut.«

Der weitere Cocktail löste in dem Gouverneur nur einen Wunsch nach Musik aus. Zehntausend Ochorikrieger – denn die Stadt war nun ein bewaffnetes Feldlager – lauschten atemlos dem

Liede »Die Campbells kommen« (einem berühmten schottischen Hochländermarsch).

»Herr!« flüsterte Bosambo hingerissen, »warum tut der große Herr auf und ab marschieren, wenn er diese sonderbaren Bauchgeräusche macht? Werden da noch schlimmere Töne kommen?«

Als Bones später seine eigenen buntbebänderten Dudelsackpfeifen hervorholte, erhielt Bosambo eine Antwort auf seine Frage.

Bei Tagesanbruch marschierten sie: zehn Haussa und hundertundfünfzig ausgewählte Lanzen. Sie kamen an den Fuß der Berge, als die letzten Sonnenstrahlen quer über den niedrigen, gesträuchartigen Baumbestand fielen.

»Wir wollen hier eine Stunde rasten und die Strecke in der Kühle der Nacht vollends zurücklegen«, befahl Macalister, der die letzten zwölf Meilen in der Hängematte getragen worden war.

Bones trocknete sich die nasse, schmierige Stirn.

»Bones, wir warten bis zum Morgen!« riet er. »Die Leute sind hundemüde.«

Sir Macalister lächelte.

»Halten Sie sich nur munter, Jungchen!« sagte er leutselig. »Ich weiß, die Musik wird ihnen Beine machen. Und Sie sollen sich ein wenig darin üben, Tibbetts; mein Junge... Sie sind noch nicht perfekt im Dudelsackblasen.«

In dieser großen Schlucht des Geistergebirges, die M'shimba M'shamba in einer fürchterlichen Sturmnacht in das Gestein gebissen hatte, warteten zwanzig feindliche Speere in der Dunkelheit.

Der alte König, in seine Felldecke gehüllt, kroch unter den Schutz der hohen Felsen; er hatte einen heißen Napf mit glühendem Holz unter seiner Bekleidung, der ihn erwärmen sollte. Zu seinen Füßen hockte Joe, der Händler, und sog an einer kurzen, stinkenden Pfeife.

»...Sage ihm, wenn Sanders zum Teufel geht, kann er runter zu den Ochoris gehen, sobald es ihm paßt...«

Einer der anwesenden Ratgeber hatte flach und bewegungslos, sein Ohr auf den Boden gedrückt, auf dem felsigen Wege gelegen. Jetzt stand er auf.

»Sie kommen!« sagte er und stieß ein zischendes Geräusch aus.

Aus den zwanzig Speeren wurden hundert. Eine Gestalt nach der anderen huschte vorüber, der schwindende Mond strahlte von ihren breiten Speerblättern zurück – die Gestalten huschten vorbei und verschwanden. In dieser Gegend ist die Erde besät mit Felsblöcken, und jeder Block gewährt Schutz für drei Mann.

»Kein Mann zuschlagen, bis sie nicht eine Speereslänge von mir entfernt sind!« hüstelte der König. »Den Sandi bringt ihr mir lebendig, und auch den jungen Mann mit dem glänzenden Auge…«

Des Königs Ratgeber an seiner Seite wurde unruhig.

»Wenn jene fürchterlichen Geister kommen…«, begann er, und Joe wußte, was der Mann meinte.

»Unsinn!« murmelte er. »Sag ihm, er kann sich an meine eigene Haut halten, wenn uns irgend etwas zustößt! Komm nur, Sanders, du Schönheit!«

Sie hörten ein Trapsen von Füßen, fingen das flüchtige Aufleuchten einer schwankenden Laterne auf. Die Männer hinter den Felsblöcken saßen auf dem Sprung und packten fieberhaft ihre Schlachtspeere.

Hinter dem Busch hervor, der die unteren Hänge des großen Hügels bedeckte, kam jetzt die Laterne in Sicht, um nicht wieder zu verschwinden.

»Tötet!« flüsterte der König.

Aber gerade als er sprach, kam aus dem vorrückenden Trupp ein höchst sonderbarer und fürchterlicher Ton. Es war der Schrei einer verwundeten Seele – der Schrei eines Mannes, der über alles, was ein Mensch ertragen kann, hinaus gemartert wird – ein wildes, frohlockendes Geheul zwischen dem höllischen Gekicher riesiger Fabelwesen der Unterwelt.

Einen Augenblick stand der König aufrecht, gelähmt wie vom Schlage getroffen; nur in seinem Gesicht arbeitete es furchtbar; und dann begannen die verborgenen Krieger, aufschreiend vor

Furcht, blind vor Schrecken, ein wildes Rennen und warfen auf ihrer Flucht Speer und Schild weg.

»Sag ihm... ist bloß ein Dudels...«

Joes Worte endeten in einem Seufzer, und er brach in die Knie, indem er vergeblich den Speer herauszuziehen versuchte, der ihn getroffen hatte; denn der Ratgeber des alten Königs hatte ihn durchbohrt, als er flüchtete.

5

»Ja, lieber, alter Herr!« sagte Bones, als sie bei Tageslicht nach Ochoristadt zurückmarschierten. »Schrecklich unhöflich und dergleichen. Wenn Hänschen ein Stelldichein verabredet, dann sollte Hänschen das auch halten.«

»Es war ein Hinterhalt, bei allen Göttern!« zitterte Seine Exzellenz, auf und nieder stoßend, wenn die Sänftenträger gerade eine recht holprige Stelle des Weges nahmen. »Es hat keinen Zweck, mein lieber Mann, mir weiszumachen, daß das keine Falle war... Dieser schreckliche weiße Mann, mit dem Speer in seinem Leichnam... Guter Gott... Fürchterlich!«

»Es kann ein Hinterhalt gewesen sein, liebe, gute Exzellenz!« gab Bones zu. »Aber wenn es einer war, warum liefen die netten Kerle denn dann weg? Das ist mir schleierhaft.«

Und Bones meinte das in tiefstem Ernst.

Der sehr gute Mann

I

B'firi, die Christin, war jung und hübsch. Sie war die Eigentümerin dreier Ehemänner gewesen, deren jeder sie geliebt hatte und gestorben war. Nach dem dritten Todesfall hielt der Häuptling ihres

Dorfes sie für Sanders in Bereitschaft.

»Es ist nicht gut, daß alle jungen Männer so schnell sterben«, sagte er bei dem folgenden Palaver, »und in den Tagen des Vaters meines Vaters hätte man dieses Weib wegen ihrer Zauberkraft getötet; denn es ist klar, daß ihr Körper ein Gift birgt, das tödlich auf die Männer wirkt. Aber nun, Gebieter Sandi, sind diese guten Tage vorüber, und wir bringen sie dir, damit du ihr weise Worte sagst.«

Hierin lag Hohn, aber Sanders sah klugerweise über diese Entgleisung hinweg. Es war kein kitzlicheres oder verzwickteres Problem als hundert andere, die an ihn herantraten, aber in diesem Falle war er von seiner Rolle, das Orakel spielen zu müssen, befreit.

B'firi, die bisher geschwiegen hatte, sprach: »Gebieter, ich bin der Männer müde, die immer, wenn sie auf ein gutes Weib stoßen, ein noch besseres haben müssen und die, wenn immer sie auf ein schlechtes Weib stoßen, dieses noch schlechter zurücklassen müssen. Ich habe mit den Jesusmännern am Shagalifluß gesprochen, und dort werde ich im Fluß gewaschen werden und Zeug über meiner Brust tragen; denn durch diesen Zauber werden mir Flügel wachsen, wenn ich alt bin, und ich werde mit anderen Geistern in den Wolken wohnen.«

Das löste die Aufgabe, und B'firi zog dahin, wurde von ihren zwei Brüdern nach der Baptistenmission am Shagalifluß gerudert (der kaum ein Bach war, geschweige denn ein Fluß) und wurde dort getauft; sie lernte Tee brühen, »besorgte« die Wäsche der weiblichen Missionare und eignete sich andere christliche Tugenden an.

Sie begriff schnell. Sie lernte Englisch sprechen und las innerhalb eines Jahres die Bomongosprache; nach achtzehn Monaten war sie Laienpredigerin und ging in den Busch, um das heilige Wort zu verkünden. Einmal, als sie aus eigenem Antrieb einen Bekehrungszug zur Grenze des französischen Gebietes unternahm, geschah etwas Fürchterliches. Ein weißer Mann (von einer kränklichen Blässe) kam durch die Sümpfe geschwankt. Das Dorfvolk rief sie, und sie ging ihm entgegen. Seine Kleider waren alt und schmutzig, sein Tropenhelm verbeult, braun und an der Spitze zerrissen. Aus seinem unsteten Schritt schloß sie, daß er betrunken sei; das war er auch. Hinter ihm, in achtvoller Entfernung, ging sein einziger Träger, ein ältlicher Angolamann, der auf seinem Kopfe eine große Zuckerkiste mit dem Eigentum des Unbekannten trug.

Es bedurfte nicht B'firis Einfluß, ihm den Schutz einer neuen Hütte zu verschaffen. Der Mann war weiß – aber sein Weiß war nicht das gebräunte Weiß von Sanders, sondern das Weiß zertretener Kreide.

Am Morgen braute ihm B'firi mit eigener Hand den Tee und trug den dampfenden Napf nach seiner Hütte. Der Fremde setzte sich mit wildem Blick auf; sein Auge glühte ihr entgegen; er nahm den Napf mit Tee aus ihrer Hand.

»Wo bin ich hier?« fragte er heiser unter heftigem Schlucken. »Was für ein dreckiges Land! Ich wünschte, ich wäre tot! O Gott, ich wünschte, ich wäre tot!«

Sie sprach zu ihm; nüchtern, aber in gutem Englisch. Der Mann blinzelte sie an.

»Was ist das hier... Missionsstation? Danke für den Tee.« Er fiel auf sein Kissen – seinen zusammengefalteten Rock – zurück, ein Schauer überlief ihn, er schloß die Augen. Als er sie von neuem öffnete, kniete das Weib noch immer an der Seite des mit Fell überspannten Bettes, den Napf mit Tee in ihrer Hand. Er hatte einmal bei Christies eine Ebenholzfigur wie diese gesehen – nur daß diese nicht schwarz war. Sie trug nicht das Zeug, das, knapp an den weiblichen Körper anliegend, fast bis an den Hals hinauf ihre christlichen Tugenden ankündigte, sondern nur den einfachen schmalen Lendenschurz aus Gras; alles übrige an ihr war brauner Satin.

»So, Missionarin sind Sie?« fragte er mit schwacher Stimme, als sie ihre Anwesenheit erklärte. »Versuchen Sie es mit mir! Ich habe alles verloren – alles! Ich habe alles aufgegeben, was das Leben lebenswert macht, als ich in dieses verfluchte Land kam – leider!«

Sie wiederholte das Wort mit ihren Lippen. B'firi war das, was Schauspieler eine »schnelle Rolle« nennen.

Sie verstand sich auf Männer, nachdem sie drei Männern das Leben untergraben hatte, und sie wußte, daß diese am glücklichsten waren, wenn sie über sich selber sprechen konnten. John Silwick Aliston tat sich selber ungeheuer leid – er bedauerte John Silwick Aliston mit einem so ungeheuren Mitleid, daß es ihm Tränen in die Augen trieb.

Nach Verlauf von vier Tagen Zuhörens kam er zu dem Schlusse, daß sie ein Wunder und auserlesen sei, ihm den Weg zum Heil zu zeigen.

Sie gingen nach der Hütte von B'firis Vater zurück, um dort zu wohnen.

Distriktsgouverneur Sanders erfuhr die bestürzende Nachricht von einem seiner Späher und schickte eine Brieftaube an Leutnant Tibbetts. Der drehte gerade das Akasavaland um, um nach einem Araber zu fahnden, der Waffen ins Land geschmuggelt hatte.

Die Brieftaubenbotschaft lautete:

»Jagt Aliston aus Land!«

Bones war auf dem Rückweg zu der Gasmotorbarkasse, die ihn den Fluß heraufgebracht hatte, und kam drei Tage später zu der Hütte, in der B'firi auf die genügende Ernüchterung Alistons von dem Delirium-tremens-Anfall wartete.

Bones fand Aliston, der vor seiner Hütte saß und den Kopf in seine Hände vergrub.

»Steh auf, lieber, alter Aliston!« redete Bones ihn an. »Gräm dich nicht, wie der nette, alte Dichter sagt, denn Scheiden bringt eine nette Art Gefühl. Laß uns Lebewohl sagen, bis wir in Ealin zusammentreffen!«

Bei dem Laut der bekannten Sprache sprang Aliston auf und starrte die unerwartete Erscheinung eines großen, schmächtigen jungen Mannes in Khakihemd mit offenem Munde an.

»Oh, bedaure...! Guten Morgen!« sagte er verlegen.

»Packen Sie Ihr Bündel, Aliston, lieber, alter Vogel! Sonnenstich sehr schlimme Sache für Sie, Herr und Wanderer! Burschen machen gewöhnlich dummes Zeug, wenn sie 'n Stich von der netten, alten Sonne kriegen...«

Bei dem Manne begann es langsam zu dämmern.

»Was soll das heißen, und wer zum Teufel sind Sie?« fragte Aliston ärgerlich.

»Stellvertretender Distriktsgouverneur, Sir.« Bones war sehr sanft.

Alles, was von einem Mann noch übrig war an John Aliston, vereinigte sich zu einer Gebärde des Trotzes. »Würden Sie es als Grobheit auffassen, wenn ich Ihnen sage, Sie sollen sich um sich selber kümmern?« fragte Aliston.

»Das werde ich, lieber, alter Aliston... ganz gewiß werde ich das«, erklärte Bones. »Ich werde einfach furchtbar aufgebracht sein. Nehmen Sie Ihren Kram auf, alter Herr!«

Aliston stand breitbeinig da, die Hände an seinen Hüften. »Ich werde nicht gehen, und Sie können mich nicht zwingen.«

Eine knochige Faust schnellte vorwärts und traf Aliston unter das Kinn. Der Mann fiel mit einem Knall der Länge lang hin und kam heulend und fluchend auf seine Füße. Zweimal traf Bones ihn, ehe er fiel und still lag.

»Auf, Sie alberner, alter Aliston!« Und als sich dieser nicht bewegte, bückte sich Bones, packte ihn und stellte ihn auf die Füße.

»Sie Schwein...!« schluchzte John Silwick. »Einen kranken Menschen zu schlagen... Sie Vieh!«

Er ging sanft genug zwischen den beiden Haussa, die ein schriller Pfiff von Bones zur Stelle gebracht hatte.

B'firi kam in fliegender Hast von dem einen Ende durch das Dorf gerast, als Aliston am anderen Ende verschwand.

»Was soll das?« schrie sie, grau vor Wut.

Bones antwortete ihr in der Sprache der Eingborenen. »Weib, dieser Mann muß heim in sein Land.«

Sie folgte ihm zum Boot hinunter, erörternd, flehend, drohend. Alle paar Schritte machte sie Halt, Bones' lange Arme in beredter Schwingung, Bones, seine mageren Achseln wiederholt schnell zuckend. Als die »Wiggle« vom Land abstieß, nahm das Weib ein

Kanu und sechs Paddler und folgte ihm flußabwärts. Zum Unglück lief die »Wiggle« auf eine Sandbank auf. Sie kletterte an Bord und wurde von den entrüsteten Soldaten in den Fluß geworfen, aber sie verankerte ihr Kanu am Heck der Barkasse und weigerte sich fortzugehen.

Während sie und ihre Paddler in der Nacht auf dem Boden des Kanus schliefen, glitt einer der Soldaten über Bord, schob sie an Land und befestigte dort das Grastau des Kanus mit vielen Knoten; unterdessen schoben und stießen seine Kameraden, knietief auf der Sandbank im Wasser, die »Wiggle« in das tiefe Fahrwasser. Als B'firi am Morgen erwachte, war Aliston fort, und B'firi ruderte wütend nach der Missionsstation. Auf halbem Wege dorthin landete sie bei einem Fischerdorf; dessen alter Häuptling war sehr reich, und alle seine Weiber trugen große Messing-Halsringe, um so seinen Reichtum zu bezeugen.

»Wenn du in meine Hütte kommen willst, mache ich dich zu meinem Hauptweibe und gebe dir sogar Messingringe für deine Beine. Auch will ich dir eine neue Hütte machen, und mein altes Weib soll deine Dienerin sein.«

B'firi überlegte sich die Sache.

»Willst du mich dich mit Wasser waschen und heilige Worte zu dir sagen lassen?« fragte sie.

»Ein Ju-Ju-Zauber ist wie der andere«, sagte der alte Philosoph, und B'firi feierte ihre vierte Hochzeit.

2

Sanders befand sich auf der einen Seite seines vielgebrauchten Pultes und ein finsterer, bärtiger Mann auf der anderen Seite.

»Die Sache ist die, Mr. Aliston!« Sanders' Stimme nahm bei solchen Gelegenheiten die Eigenschaften eines eisigkalten Rasiermessers an. »Ich werde Sie als mittellosen britischen Untertan mit dem ersten fälligen Dampfer zurücksenden«, antwortete Sanders.

Der Mann wurde rot und zornig. Der Stolz, den er besaß,

wehrte sich dagegen, in die Klasse eines mittellosen britischen Untertanen eingeordnet zu werden. Armut mit gesetzlichen Entschuldigungen würde er anerkennen können. Aber einen solchen Flecken auf die Scherben seiner zerbrochenen Existenz? Nein, unmöglich!

Am Ankunftstag des Dampfers war Aliston nicht aufzufinden. Er hatte sich landeinwärts geschlagen; und das nächste, was man über ihn hörte, war, daß er die Isisi Bier aus Getreide brauen lehrte. Bones verfolgte ihn mit zwei Fährtensuchern, aber Aliston bekam Wind von ihrem Kommen. Drei Monate lang verlor man ihn außer Sicht. Dann wurde Sanders eines Tages, als er flußaufwärts fuhr, mitten im Strom durch die Klage eines alten Häuptlings aufgehalten.

»Mein Weib B'firi ist mit einem weißen Manne in den Busch gelaufen«, sagte er mit zitternder Stimme. »Und, Gebieter, sie hat einen großen Halsring von Messing mit sich genommen, der hundert Ziegen wert ist...«

Sanders fluchte im stillen und schickte eine Brieftaube an die Küste zurück.

Diesmal nahm Hamilton mit Bones und einem halben Dutzend Haussa die Spur auf, die an die französische Grenze und zu der Entdeckung eines neuen Verbrechens führte. Ein Araberhändler war von einem halben Dutzend unabhängiger Stammesgenossen angegriffen worden, die ein Weißer anführte. Vier Kisten Genever waren ihm gestohlen und ein Mann getötet worden.

Hauptmann Hamilton machte nicht halt, um sich über die Gegenwart der Schnapsverkäufer so nahe dem verbotenen Gebiet zu vergewissern, sondern vollführte eine entschiedene Rechtswendung und stieß am späten Nachmittag auf das Lager der Räuber mit neun schnarchenden schnapsbetäubten Männern und einem toten Weibe. Die langen Finger John Silwick Alistons umschlossen noch ihre Kehle, und Bones mußte Alistons Finger mit Gewalt losmachen, als er sie fand.

»Armes Ding!« sagte Bones mit heiserer Stimme, als er auf die stumme Gestalt herunterblickte.

Und dann fesselte ein blitzendes Etwas an ihrem Handknöchel sein Auge. Es war ein kleines goldenes Armband, ein billiges, fast wertloses Dingelchen, das einmal mit drei kleinen Steinchen besetzt gewesen war. Eins davon war noch vorhanden: ein winziger, glanzloser Diamant. Bones bückte sich und zog das Armband ab.

»Hm!« murmelte Hamilton, als er das federleichte Schmuckstück in seiner Hand hielt. »Dieses kleine Armband könnte uns sicherlich eine Geschichte erzählen, Bones!« Er drehte es auf seinem Handteller um. »Amerikanisches Fabrikat – fünf Dollar netto. Wie kam das ins Akasavaland?«

Er gab Bones das Schmuckstück zurück, und dieser ließ es in seine Tasche gleiten.

Am nächsten Nachmittag um drei Uhr wurde sich Aliston dunkel eines Daseins bewußt, das im Begriff war, ihm schnell zu entgleisen.

»Hallo!« Er sah in das ernste Gesicht zweier Offiziere. »Mich erwischt, wie? Wo ist B'firi?«

Sie antworteten nicht.

»Hm... habe ich ihr weh getan?«

Der ältere der beiden Männer beugte sich zu ihm nieder und legte etwas in seine Hand. Es war ein Buch.

»Gebetbuch? – Was soll das?«

Hamiltons Blick begegnete dem seinen. »In einer halben Stunde hängen Sie!« antwortete der Offizier kurz. »Fünf Ihrer Freunde haben sich totgesoffen; die anderen beiden werden dieselbe Reise antreten wie Sie. Ich nehme an, daß Sie weder Richter noch Geschworene wünschen, um Sie zu richten... mit Ihrem Namen und mit Ihrem schmutzigen Verbrechen in den englischen Zeitungen?«

Kreidebleich, zitternd, sprachlos, schüttelte der Mann seinen Kopf. Sie ließen ihn allein, aber beobachteten ihn bis zu der festgesetzten Zeit. Einer der Soldaten kletterte auf einen Baum und befestigte den Strick; dann ging Bones zu dem Manne, der, den Kopf auf der Brust, dort hockte, wo sie ihn verlassen hatten.

»Komm!« sagte Leutnant Tibbetts eisig und legte seine Hand auf die Schulter des todgeweihten Mannes.

Aliston fuhr mit einem Schrei auf. Eine Sekunde lang schwankte er, dann stolperte er und brach zusammen. Er gewann sein Bewußtsein nicht wieder, sondern starb in der kühlen Abendstunde; man begrub ihn getrennt von den beiden Eingeborenen, die an den Bäumen hingen.

3

Im allgemeinen war man sich einig, daß man Bones nicht allein lassen konnte. Er war ein guter Offizier und ein tapferer Bursche, aber Einsamkeit und die Abwesenheit menschlicher Stützen schlugen ihm aufs Gemüt.

Und er war so gut wie allein auf der Station. Distriktsgouverneur Sanders befand sich beim Steuereintreiben im Hinterland, und Hauptmann Hamilton lag mit einem sehr gewöhnlichen und gewohnten Malariafieberanfall im Bett. Es ist richtig, daß Hamilton die sonderbare Vorstellung hatte, er fiele durch die Matratze auf die spitzigen Teile des Albert-Denkmals, aber das war nicht ernstlich gefährlich. Leute, die an die Malariasymptome gewöhnt sind, wissen, daß ein Fall erst dann gefährlich wird, wenn der Patient glaubt, daß er die Königin Viktoria sei und daß er mit Julius Cäsar Poker um die Fischgerechtsame des Rubikon spielte.

Bones dachte nicht im geringsten daran, daß sein Vorgesetzter sich in irgendwelcher Gefahr befände; Sanders glaubte das ebensowenig, und das gleiche tat Hamilton; und Hamilton hatte nur den einzigen Wunsch ausgesprochen, daß Bones ihn nicht pflegen solle.

Es traf sich sehr unglücklich, daß der Landtelegraf, der in ganz unregelmäßigen Zeitabständen die Flußgebiete mit dem Government verband, in dieser Woche ausgebessert wurde. Die Telegrafenlinie lief durch das Elefantenland, und wenn die Dickhäuter sich nicht an den hölzernen Telegrafenstangen kratzen, dann reißen sie den Draht herunter, um zu entdecken, ob er genießbar ist. Das Government hatte in einem Anfall von Energie die Leitung in dieser Woche ausbessern lassen.

»O. K.?« fragte das Government.

Bones kritzelte eine Antwort, und diese wurde, wie sie geschrieben war, von einem phantasielosen Mulattentelegrafisten weiter gemorst, der, um ihm Gerechtigkeit widerfahren zu lassen, glaubte, er sende eine Chiffredepesche von höchster Wichtigkeit und dürfe nichts auslassen.

> Alles wohl alles wohl stop Distriktsgouverneur in Isisi Isisi stop Hamilton hat Dusel von Malaria aber leite Geschäfte weiter stop Werde mein Bestes tun Hamiltons Leben retten aber fürchte Schlimmstes.

Und dann überkam Bones eine großartige Idee. In Fällen ernstlicher Erkrankung pflegte das Government manchmal Unterstützung zu senden. Das war ein Vorrecht, das Sanders beanspruchte, und warum sollte er das nicht auch?

»Schickt gute Krankenschwester!« fügte Bones der Drahtung hinzu.

Das sah lahm aus. Was Hamilton brauchte, war eine mütterliche Art fraulichen Wesens... Bones fügte ein Adjektivum, einen Fachausdruck, hinzu.

Er stelzte ernst zum Wohnhaus zurück, ging in Hamiltons Schlafzimmer und legte seine feuchte Hand auf die Stirn des schlafenden Offiziers.

»Was... (der Kranke stieß etwas Heftiges hervor)... wollen Sie? Sie?«... (Ein schlimmeres Schimpfwort folgte) fragte der wütende Kranke.

»Bones ist hier!« murmelte der Besucher beschwichtigend.

»Der gute alte Florence Nachtigall, lieber alter Offizier. Haben Sie einen Wunsch, lieber, guter Ham?«

»Ich wünsche, daß Sie sich zum Soundso rausscheren!« fluchte der kranke Mann.

»Delirium!« murmelte Bones und entfernte sich auf den Zehen, wobei er einen im Wege befindlichen Tisch umwarf.

»Hm, hm!« sagte der gekränkte junge Mann, als er die Tür zuwarf.

Diesen ganzen Tag und den größeren Teil des folgenden verbrachte Bones damit, daß er kleine Erleichterungen für den Patienten anordnete. Mammi Pape, die Stationsköchin, beobachtete ehrfurchtsvoll, wie Bones ein Fruchtgelee zubereitete. Bones machte es nach einem Rezept, das er in einem Kochbuch aufgestöbert hatte. Es war ein hübsches feines Gelee, nur war es kein Gelee.

»Nein! Ich will das nicht trinken!« wütete Hamilton.

»Ich weigere mich, vergiftet zu werden... Sie haben das gebraut? Nein...!«

Tasse und Inhalt flogen durch das offene Fenster.

»Unartig! Unartig!« sagte Bones im Tone einer Mutter, die zu ihrem Kinde spricht. »Lassen Sie den braven Bones mal die nette alte Temperatur messen!«

Hamilton deutete mit seiner gelben Hand zur Tür und funkelte ihn bösartig an, und sein Pfleger war kaum aus dem Zimmer, als er auch schon den Riegel vorschieben und Hamiltons unheildrohende Stimme ihn anrufen hörte.

»Ich habe einen Selbstlader hier und zehn Patronen und wenn Sie den Versuch machen, mich zu bemuttern, blase ich Ihnen Ihre Hirnschale weg.«

»Jetzt wird's gefährlich!« murmelte Bones und schüttelte sich jede Verantwortlichkeit von den Schultern.

Sobald sich der kranke Mann allein befand, schluckte er drei Chinintabletten, nahm einige Schlucke Gerstenschleim und fiel in einen gesunden Schlaf.

Am folgenden Nachmittag schlummerte Bones geräuschvoll auf der Veranda des Wohnhauses. Die Sonnenstrahlen krochen quer über die breite, weiße Treppe und nahmen das Hühnerauge, das Leutnant Tibbetts' kleine Zehe schmückte, aufs Korn. Er träumte dabei, er sollte auf dem Scheiterhaufen vor dem Trinity-College in Cambridge verbrannt werden, weil er verächtlich vom Jockeiklub gesprochen hatte. Die Flammen leckten an seinen Füßen – besonders an dem einen Fuße.

»Autsch!« rief Bones schmerzlich aus und wachte auf, um die Außenseite seines Moskitostiefels sanft zu reiben. Und nach und nach, in dem Maße, wie seine Sinne wach wurden, gewahrte er eine außerordentliche Erscheinung. Auf einem Deckstuhl, kaum einige Meter von ihm entfernt, saß die schönste Dame, die er jemals gesehen hatte. Sie war jung, und ihr Haar erschien gegen das grüne Futter ihres Tropenhelmes wie rotes Gold. Die Lippen in ihrem zarten Gesicht waren fast von einem Geraniumrot; in diesem Augenblick öffneten sie sich zu einem Lächeln, und ihre blaugrauen Augen sprühten vor Lachen.

»Segne meine nette alte Seele!« murmelte Bones und erlaubte seinem langen, ranken Körper, wieder in den Stuhl zurückzusinken. »Segne meine hübsche alte Seele... hätte nicht Speck essen sollen...!«

»Wachen Sie auf, bitte!«

Bones öffnete ein Auge und umfaßte sie gänzlich; er öffnete das andere Auge und setzte sich auf, den Mund weit offen.

»Ich habe geduldig eine geschlagene Viertelstunde hier gesessen«, sagte sie, und als er an ihr vorbeisah, bemerkte er zwei große Kabinenkoffer, einen Handkoffer, einen Beutel mit Golfschlägern und ein Tennisrakett.

»Ich bin eine Schwester vom Viktoriahospital«, sagte sie.

Bones stolperte auf seine Füße und brach in unartikulierte Laute aus.

»Segne mein Leben!« stammelte er. »Sie sind die junge Person... Wie sind Sie hierhergekommen, liebe Schwester?«

»Mit dem Dampfer. Ich bin mit dem ›Pegasus‹ gekommen.«

»Um den guten alten Ham zu pflegen? Segne meine Seele, wie sonderbar!«

Sie starrte ihn an. »Einen Mann!«

Bones nickte.

»Fieber?«

Wieder nickte Bones, und sie schien erlöst.

»Er braucht keine Pflege, liebe, alte Nurse!« begann er.

»Ist er tot?« fragte sie berufsmäßig.

Bones sperrte den Mund weit auf; erschrocken starrte er sie einen Augenblick an und war mit einem Sprung im Innern des

Wohnhauses wieder verschwunden. Nach zehn Sekunden stürzte er wieder heraus.

»Nein, junges Fräulein, er lebt. Was ich sagen wollte war, daß ich selbst ihn pflege.«

Sie sah ihn würdevoll an. »Und er lebt«, sagte sie halb für sich.

Bones fühlte sich gekränkt. »Und schlägt um sich«, erwiderte er vorwurfsvoll. »Das mag Sie überraschen, liebe Pflegeschwester, aber ich bin diplomierte Nurse.«

»Wirklich?« Sie war, wie er vorausgesetzt hatte, überrascht.

»Ja, das bin ich, meine Liebe. Ich hatte zehn Lektionen, und zwar brieflich, wissen Sie. Symptome, liebe Pflegeschwester sind meine Spezialität. Ich kann auf einen Blick sagen...« Er sah sie mit kritischen Stirnrunzeln an. »Sie haben den Sonnenstich; ein Auge ist größer als das andere.«

»Das stimmt nicht«, wandte sie ein, öffnete die Handtasche, die sie auf ihrem Schoß hatte, und holte einen ganz kleinen Spiegel hervor. »Das stimmt nicht!« wiederholte sie zornig. »Sie sind beide gleich groß. Wo ist der Kranke?«

Bones winkte mit seiner großen, sehnigen Hand nach der Tür, quetschte sein Monokel ins Auge und sah ernst drein. »Behandeln Sie ihn gütig!« bat er. »Im Falle eines Rückfalles senden Sie nach dem guten alten Bones. Achtung! Matte! Zweite Tür links. Wenn er gewalttätig wird, werde ich mit einem großen Hammer reinkommen und ihm einen Schlaftrunk geben.«

Er hörte Verhandlungen, die durch die geschlossene Tür hindurch geführt wurden, hörte den betroffenen Ausruf seines Vorgesetzten und wie der Riegel zurückgeschoben wurde.

»Wer, um Himmels willen, hat Sie geschickt, Schwester?«

Eine leise Antwort. Bones lächelte selbstgefällig. Er hatte etwas vollbracht... Er hätte gern gewußt, ob sie Tennis spielte oder bloß ein Rakett besaß.

An diesem Abend saß er und wartete auf das Erscheinen der Krankenschwester. Es war noch eine halbe Stunde bis zum Essen, und obwohl er ihrer einmal ansichtig geworden war, als sie von der Küche zum Krankenzimmer eilte, hatte sich keine Gelegenheit zum Gespräch und zum Austausch von Vertraulichkeiten geboten. Jedesmal, wenn er sie abfing, hatte sie irgendeine Entschuldigung, um einen Gedankenaustausch zu vermeiden.

Das erstemal:

»Was ich sagen wollte, liebes altes Fräulein...«

»Pst!« flüsterte sie, den Zeigefinger an ihren Lippen, »er schläft.«

Und das zweitemal:

»Ich habe Sie noch nicht nach Ihrem Namen gefragt, liebe alte Schwester des Erbarmens. Sie sehen, ich habe hier das Kommando...«

Herauf kam ihre warnende Hand. »Ssssch!« hauchte sie. »Er ist eben erwacht.«

Bones saß da und dachte voll düsterer Gedanken an die Vernachlässigung, die er erlitt, als er das Puk-a-Puk des Heckrades der »Zaire« in der stillen Nacht hörte und der Schleier ihres Rauches über den Baumwipfeln schwebte. Sofort raste er zum Kai hinunter, um den Distriktsgouverneur zu treffen.

»Ja... kam 'ne Woche früher zurück, als ich es erwartete. Die Akasavaleute werden ehrlich – oder wollten mich aus dem Lande haben. Wie geht es Hamilton? Die Taubenbotschaft habe ich erhalten. Nichts Ernstliches, hoffe ich!«

»Nein, Sir!« Bones hielt den Augenblick für günstig, um den neuen Ankömmling anzukündigen.

»Eine Krankenschwester?« wiederholte Sanders betroffen. »Aber warum in des Himmels Namen?«

Bones hüstelte: »Dem lieben, alten Ham ging es ziemlich schlecht, Sir«, sagte er würdevoll. »Wollte nicht einmal mich sehen. Als ich mal durch sein Fenster schielte, hatte er sein Gesicht gegen die Wand, und deshalb schickte ich nach der Schwester.«

»Kommt es darauf an, auf welcher Seite ein Mann schläft?« fragte Sanders unschuldig.

»Gesicht nach der Wand«, murmelte Bones und schüttelte seinen Kopf, »ist eins der schlimmsten Zeichen, Sir, nach dem netten, alten Arzneibuch Gesicht nach der Wand zu... Die Kerle schieben meistens in dieser Weise ab, Sir.«

»Kohl«, sagte Sanders mit dem Schein eines Lächelns. »Aber trotzdem... wenn die alte Dame einmal hier ist, müssen wir es ihr hier auch angenehm machen.«

Wieder hüstelte Bones: »Nicht alt, Sir, nicht so hübsch alt, Sir. Eher auf der jungen Seite, Exzellenz. Hübsch, Sir, in einer Beziehung«, fügte er unternehmend hinzu und sah Sanders' Gesicht lang werden.

»Das läßt sich nun nicht ändern... Hamilton wird sich schon aufkrabbeln. Beim Government werden sie jetzt ja recht lebendig; für gewöhnlich brauchen sie dort einen Monat, um ein derartiges Ersuchen zu beantworten.«

Sanders begrüßte das junge Mädchen freundlich – bewunderte sie auf seine von anderen so verschiedene Art.

»Ich glaube nicht, daß meine Anwesenheit hier lange erforderlich sein wird.« Mit weiblichem Instinkt hatte sie die Zurückhaltung in seiner Begrüßung herausgefunden. »Ihr Hauptmann Hamilton ist nicht schwer krank. Er ist verärgert, aber nicht krank.« Sie sah Bones fest an.

»Ärger ist Krankheit!« antwortete Bones bestimmt. »Ein häßliches Temperament ist ein Zeichen von Verrücktheit, liebe alte Hospitalmatrone.«

Als sich das junge Mädchen an diesem Abend zurückzog, nahm Sanders, der mit dem Kranken geplaudert hatte, um die wirkliche Ursache seines Ärgers zu entdecken, Bones auf die Veranda und redete leise mit ihm.

»Sie müssen sehr vorsichtig sein, Bones. Ich fürchte, Sie gebrauchen manchmal Worte, die etwas ganz anderes ausdrücken als das, was Sie wirklich sagen wollen. Zum Beispiel...« Er führte ein Wort an.

»Was? Das bedeutet so 'ne mütterliche Dame, Sir?« fragte Bones erstaunt. »Segne mein Leben, Sir...«

»Mutterschaftspflegerin bedeutet etwas ganz anderes«, sagte Sanders sehr ruhig für einen Mann, der innerlich vor Lachen platzte. »Und natürlich ist Hamilton etwas ärgerlich...«

Sanders benutzte den letzten Morgen der Anwesenheit des Mädchens, um ihr die Station zu zeigen. Ihr Name war Rosalie Marten, und sie gab zu, vierundzwanzig Jahre alt zu sein.

»Es muß reizend sein, weit weg von Leuten in hohen Hüten und von elektrischem Licht und Kinos zu sein«, sagte sie und holte tief Atem. »Ich kam nach Westafrika in der Annahme, ich würde ein Leben wie hier auf der Station führen... Aber das Government ist so 'ne Art Clapham plus Sonnenschein. Hier gibt es wohl keine Arbeit für mich, Mr. Sanders?«

Er schüttelte den Kopf.

»Wenn es keine indiskrete Frage ist, Miß Marten, warum sind Sie überhaupt an die Küste gekommen? Haben Sie Freunde hier draußen?«

»Nein«, gab sie kurz zurück. »Ich hasse die Küste, die ich kennengelernt habe. In mancher Hinsicht ist sie allerdings besser, als ich sie mir vorstellte, in mancher Hinsicht ist sie schlimmer. Ich schöpfte meine Ansichten über sie aus einer Handelszeitung, die von einem Mann geleitet wird, der niemals die andere Seite der Sierra-Leone-Berge gesehen hat... Mein Vater ist Journalist und sagte mir das. Ich hasse die Gegend. Ich hasse sie!«

Die Leidenschaft in ihrem Tone veranlaßte ihn, sie scharf anzusehen, und als er sie sich genau ansah, glaubte er den Grund erraten zu können – einen Mann.

Aber er brauchte gar nicht zu raten, denn fast unmittelbar darauf erzählte sie: »Der Mann, mit dem ich verlobt war, starb hier draußen.« Sie war von grausamer Offenheit. »Er kam vor zwei Jahren hierher.«

Nur für einen Augenblick verlor ihre Stimme die Selbstbeherrschung.

Sanders schwieg. Vertrauliche Mitteilungen wie diese taten ihm beinahe weh. Die Küste fraß diese jungen Leben erbarmungslos auf, und Miß Martens trauriges Erlebnis stand nicht allein da.

»Er war der allerbeste Mann der Welt... Er kam hierher, um genügend Geld zu verdienen und sich ein Heim zu gründen. Ich bin ziemlich reich, Mr. Sanders, und er geriet in meiner Familie in den

Verdacht, ein Glücksritter zu sein; einer, der auf der Jagd nach Vermögen war... Sie sagten ihm das ins Gesicht, obwohl ich davon erst später erfuhr.«

»War er... ein Missionar?«

Sie schüttelte den Kopf und lächelte schwach.

»Nein, er war ein sehr guter Mann, aber Missionar war er nicht. Er starb irgendwo im französischen Gebiet... Er schrieb mir, bald nachdem er an der Küste angelangt war... Es ist schrecklich...« Ihr Blick verdüsterte sich. »Ich komme jeden Tag an dem Hotel vorbei, in dem er wohnte, als er in der Residenz des Gouverneurs war... Ich kenne sogar das Fenster des Zimmers. Er sah von da aus auf die Straße, die ich benutze. Es ist nicht zu glauben, Mr. Sanders... Es ist einfach nicht zu glauben.«

Sanders empfand, daß sie sprach, wie sie niemals zuvor zu einem menschlichen Wesen gesprochen hatte; daß sie nun in Worten das lange zurückgedämmte Mitteilungsbedürfnis ausdrückte, nach dessen Äußerung gegen irgend jemand sie sich lange und schmerzlich gesehnt hatte. Er ließ sie ohne Unterbrechung reden, während sie langsam den dürren, öden Platz überschritten.

»Ich habe Sie fürchterlich angeödet, aber mir ist's jetzt besser«, sagte sie, halb lachend, halb weinend. »Ich habe mir oft gewünscht, ich wäre Katholikin, damit ich mich jemand offenbaren könnte. Ich glaube wohl, daß ich mich mit der Zeit davon erholen und irgendeinen armen Mann heiraten werde. Ich werde dann meinen Roman zwischen Lavendelkissen begraben; Herzen brechen nicht so leicht.«

Als sie auf ihr Zimmer ging, fand Sanders Gelegenheit, eine Warnung zu äußern. »Nehmt euch vor leichtsinnigem Geplauder in acht, das sich mit Tod und Verderben beschäftigt, Leute! Das arme Mädchen hat sehr unglückliche Erfahrungen hinter sich.«

Es war kein Mißbrauch ihres Vertrauens, daß Sanders die Umrisse der Tragödie andeutete, die dieses junge Mädchenleben überschattete.

»Wir müssen sehr vorsichtig und unterhaltsam sein, Exzellenz«, bemerkte Bones gerührt.

»Um Gottes willen, werden Sie *das* nicht!«
Sanders und Hamilton sprachen gleichzeitig.
»Vielleicht, Sie beleidigender alter Vorgesetzter, könnte ich ihr meine Raritäten zeigen«, schlug Bones gekränkt vor. »Aber natürlich, wenn Sie glauben, diese unschuldige Person könnte verdorben werden...«
»Ob sie verdorben wird, ist mir gleichgültig. Ich wende mich nur dagegen, daß ein Gast gelangweilt wird«, sagte Hamilton.
»Holen Sie Ihre Raritäten, Bones!« empfahl Sanders gutmütig. »Aber verbreiten Sie sich nicht darüber, wie Sie dazu gekommen sind.«
Bones eilte nach seinem Häuschen und sammelte hastig alles, womit er ihr die Zeit zu vertreiben hoffte. Rosalie Marten kam zurück, um drei übernatürlich feierliche Männer vorzufinden, die sich bei ihrem Anblick sofort in eine so steife, gekünstelte Lustigkeit stürzten, daß sie die Ursache erriet.
»Sie haben meine traurige Geschichte erzählt«, sagte sie, indem sie sich beinahe in der Rede überstürzte. »Ich bin froh darüber... aber bitte, tun Sie deshalb nicht geheimnisvoll! Ich habe das unangenehme Empfinden, daß Sie alle die Zartbesaiteten spielen, aus Furcht, meine Gefühle zu verletzen. Bitte, seien Sie nicht *zu* taktvoll!«
Bones sah für einen Augenblick sehr verlegen aus, denn er hatte alles in der Tat *sehr* taktvoll arrangiert. Seine Taschen standen weit ab; sie waren vollgestopft mit Raritäten, die er im Dunkeln aus der großen Kiste unter seinem Bett geholt hatte.
»Es wird uns sehr leid tun, Sie verlieren zu müssen, liebe Miß!« sagte er, als die Spannung vorbei war, welche die Bemühung, zu schweigen, verursacht hatte, während der Araberjunge den Kaffee herumreichte.
»Drei Stück Zucker oder vier? Segen auf mein nettes altes Leben. Sie nehmen keinen Zucker? Sie werden niemals fett werden wie der umfangreiche alte Bones!«
»Wie der ›unförmige‹ paßt besser«, sagte Sanders.
»Da fällt mir etwas ein!« Bones suchte in seinen Taschen. »Das

hier wird Ihnen vielleicht ungeheures Vergnügen bereiten, liebes altes Hospitalgeistchen! Es ist ein Fingerring des fettesten Mannes im ganzen Gebiet, N'Perus, des Akasavamannes...«

Er holte eine Handvoll der verschiedensten Merkwürdigkeiten hervor, Arm- und Fußringe aus Draht, geschnitzte hölzerne Löffel, zwei Schnuren hölzerner Perlen und einen oder zwei Stahlkämme, und legte sie auf den Tisch. »Das hier ist der kleine Pompadour eines N'Gombi-Weibes...«

Er hörte ihren unterdrückten Schrei und sah sich erschrocken um. Sie war aufgestanden und starrte auf den kleinen Haufen Sachen, der auf dem Tischtuch lag. Ihr Gesicht war totenbleich, und ihre Hand wies zitternd auf etwas.

»Wo... wo haben Sie *das* her?«

Sie zeigte auf ein goldenes Armband, das seinen Glanz verloren hatte und in dem zwei Steine fehlten.

»Das... hm...« Bones vergaß für den Augenblick die Anweisung, die er erhalten hatte. »Nun, junges Fräulein, das wurde genommen...«

In diesem Augenblick begegnete er Sanders' kalten, befehlenden Augen, und er hielt inne.

»*Er*... er hatte das...« sagte sie mit gedämpfter Stimme und hob das Schmuckstück vorsichtig auf. »Ich habe es als Kind gekauft... Väterchen nahm mich mit nach New York, und ich bat ihn, es mir zu kaufen. Ich gab es meinem... meinem Schatz als ein Andenken.«

Sanders fand zuerst die Sprache wieder. »Wie hieß Ihr... Verlobter, Miß Marten?«

Sie liebkoste das verbogene kleine Armband, während ein Lächeln unendlicher Zärtlichkeit um ihre Lippen spielte.

»John Silwick Aliston«, hauchte sie, »der beste, liebste Mann der Welt.«

Schweigen, so tief, daß sie das tiefe Atemholen der drei Männer hätte hören müssen, wenn sie nicht so vertieft in den Anblick dieser ärmlichen Reliquie gewesen wäre, die sie in der Hand hielt.

»Ein sehr lieber Kerl! Einer der Besten!« sprang Bones in die

Bresche; seine Stimme war heiser, und er sprach in einer stoßweisen Art, als ob er atemlos sei. »Lieber, alter John...! Was für ein Kerl!«

Sie sah schnell zu ihm hin; die beiden anderen Männer vermochten kaum zu atmen.

»Sie haben ihn gekannt?«

Bones nickte; seine leuchtenden Augen behielten das Licht plötzlicher Eingebung.

»Ziemlich, liebe Schwester. Traf ihn oben an der französischen Grenze... wirklich netter Kerl... Fieber...«

»Sie waren bei ihm, als er starb?«

Bones' Kopf nickte auf und nieder wie ein Automat.

»Ja... mutig bis zum letzten...! Tapferer, alter Junge! Voller Mut, liebes Fräulein! Gab mir dieses Armband für sein Mädel... vergaß bloß, mir noch ihren Namen zu sagen...! Einer der Besten, der liebe alte John...!«

Er hielt inne, erschöpft von der Anstrengung.

Sie blickte lange Zeit nachdenklich auf den kleinen Schmuck; dann hielt sie ihm ihre Hand hin.

»Ich danke Ihnen«, sagte sie leise, »ich werde immer an Sie denken. Ich bin sicher, Sie waren sehr gut zu ihm... Gott segne Sie!«

Bones hätte weinen mögen.

Die Heilige

I

Von Zeit zu Zeit kamen durch Sanders' Station Männer und Frauen, die ihr Leben der Wohlfahrt der Eingeborenen gewidmet hatten. Sanders teilte nicht das in Regierungskreisen verbreitete Vorurteil gegen Missionare; auf der anderen Seite begünstigte er sie auch nicht, weil sie, ohne es zu wissen, eine neue Obrigkeit schufen.

»Herr«, sagte ihm einmal ein frisch Bekehrter, »da ist ein neuer Herr hier, der Gott Jesus heißt, und wenn wir das tun, was ihm gefällt, brauchen wir nicht mehr zu tun, was dir gefällt.«

»O Mann«, antwortete Sanders, »wenn ihr *mir* nicht gefallt, gefallt ihr *Ihm* nicht, und dann werde ich mit meinen Soldaten kommen, und das wird euch sehr leid tun; denn *Er* ist mein eigener Gott, und ich habe *Ihn* länger gekannt als ihr.«

Nach jedem sittlichen Maßstab war das eine abscheuliche Anmaßung. Aber in den Ländern der Schwarzen, die Sanders regierte, bilden achthundert Wörter einen ausgedehnten Sprachschatz und lassen keinen Spielraum für die feinen Unterschiede in der Ausdrucksweise.

Mrs. Albert kam eines schönen Morgens an, und zwar nicht ganz unerwartet. Das Government hatte über diese Dame ein umfangreiches Aktenstück gesandt; sie war die Tochter eines Peer of the Realm, eines reichsunmittelbaren, hohen Adligen, die sehr ehrenwerte Cynthia Perthwell Albert, und – sie hatte eine Vergangenheit hinter sich.

Cynthia war auf der Bühne gewesen; Cynthia war eine geschiedene Frau; Cynthia hatte ein mageres Bändchen skandalöser Memoiren geschrieben; und schließlich (die letzte Hoffnung aller, deren Bedürfnis die Öffentlichkeit ist) wurde angekündigt, daß sie den Schleier nähme. Unglücklicherweise entschied sich zu jener Zeit eine andere, in der Gesellschaft sehr bekannte Erscheinung dafür, in ein Kloster zu gehen, und Cynthia widersprach dem Bericht und veröffentlichte, daß sie in die Far-Afield-Missionsgesellschaft eingetreten sei und daß sie von nun an beabsichtige, ihr Leben dem Heiden in seiner Finsternis zu widmen.

»Ja, Sir«, erklärte Bones, »ich kenne die liebe, gute Lady. Sie hat ganze Töpfe voll Geld ... segne meine Seele! Was für ein verrücktes Frauenzimmer muß sie sein, um Missioneuse zu werden.«

Er stellte sich nicht vor (ebensowenig tat das Cynthia), daß in ihrem Innern eine große Sehnsucht entstanden war, die zu sieben Zehnteln aufrichtig war – ein brennender Wunsch nach Heiligkeit. Natürlich ließ sich eine so große innere Bewegung nicht immer auf ihrem höchsten Gipfel erhalten; aber in einzelnen Augenblicken gedachte Cynthia ein Niveau von Übermenschlichkeit zu erreichen, das über die Grenzen augenblicklichen Entschlusses hinaus dauern würde, und sah sich bereits gefolgt von einer Menge sie anbetender achtungswerter Eingeborener. Sie stellte sich vor, wie eingeborene Anbeter zu ihrem Schreine (den sie auf irgendeine Weise nach der Westminsterabtei zu verlegen gedachte) wallfahrten würden; und in ganz verzückten Augenblicken erörterte sie sogar die Möglichkeit, daß *ihre* Kirche nach Rom zurückkehre, sei es auch nur auf so lange, bis die Kanonisation der heiligen Cynthia erreicht sei. In diesen Perioden religiöser Anwandlungen war Cynthia tatsächlich sehr ernst, und sie wurde darin unterstützt durch den Charakter des Gründers und Präsidenten der Far-Afield-Mission, der ein sehr gütiger alter Herr war und die Fähigkeit hatte, die, mit denen er sprach, fast ebenso fromm empfinden zu lassen, wie er selbst empfand.

Cynthia hatte natürlich ihre Rückfälle.

Sie kam in der Station mit acht Koffern, vier Handkoffern und einem Toilettennecessaire aus Marokkoleder an; sie trug ein wunderbares weißes Kleid und ebensolchen Tropenhelm, in dem sie fotografiert worden war, ehe sie ihr palastartiges Heim in Sunningdale verließ. Aber der heilige Ausdruck, den sie in den illustrierten Wochenschriften zur Schau getragen hatte, war ihr abhanden gekommen, nachdem Bones, der tapfer in die See hinausgewatet war, um sie aus dem Brandungsboot zu tragen, stolperte und sie ins Wasser fallen ließ.

»Wie außerordentlich dumm von Ihnen! Sie haben mir mein Kleid verdorben«, sagte sie schnippisch. »Der Mann hätte mich mühelos an Land getragen. Warum, zur Hölle, mußten Sie sich dreinmischen?«

»Halten Sie mit Ihren Anrempelungen inne, liebe alte Missionsdame!« murmelte der erschreckte Bones. »Es befinden sich Kinder hier, liebe Johanna von Orléans!« Es waren keine Kinder anwesend außer Bones, aber, wie er später andeutete, es hätten welche anwesend sein können.

»Nun, warum sind Sie so ungeschickt?«

Die honorable Cynthia sah ein, daß sie nicht »in der Rolle« war und nahm einen sanfteren Ton an. Sie stand am Strande und schüttelte ihre triefenden Unterröcke, ein Bild unheiligen Ärgers. Und als sie zum Wohnhaus kamen, wetterte sie los:

»Ich meine, Mr. Sanders, daß Sie wenigstens einen Wagen oder so was Ähnliches hätten an den Strand schicken können, um mich hierher zu bringen. Es war schrecklich, über diesen elenden Sand zu gehen, und der böse Junge mit seinem ›liebe alte Lady‹ hier und ›liebe alte Missioneuse‹ da ist einfach unerträglich.«

Sanders blickte sie mit geduldiger Aufmerksamkeit an.

Sie war beinahe hübsch zu nennen, wenn sie auch gepudert war und ihre Lippen rot geschminkt hatte. Ihre Züge waren regelmäßig, ihre Augen schön; sie strömte einen schwachen, undefinierbaren Duft aus.

»Was für Pläne haben Sie, Mrs. Albert?« fragte Sanders.

»Ich vermute, daß Sie ins Hinterland gehen wollen, um die Arbeit Frau Kleines zu übernehmen.«

»Ich übernehme die Arbeit von niemandem. Ich will mich mit ihr vereinigen«, sagte Cynthia.

»Dann, fürchte ich, werden Sie sich schon in den Himmel begeben müssen«, sagte Sanders gutgelaunt. »Frau Kleine starb vor drei Monaten. Sie – sie starb durch einen Unfall.«

Cynthia wurde blaß. »*Das* hat man mir nicht gesagt«, antwortete sie atemlos. *»Unfall...?«*

»Um die Wahrheit zu sagen, sie wurde ermordet«, sagte Sanders ruhig, und die duftende Dame suchte einen Stützpunkt am Tisch.

»Ermordet?« klang es hohl.

Sanders nickte.

»Die Eingeborenen dort sind ein ziemlich einfältiges Volk. Sie liebten Frau Kleine so sehr, daß sie sie beim ersten Gerücht von ihrer Abreise töteten; wie sie später erklärten, um ihren heiligen Leib dort zu behalten.«

Die Missionarin aus den höchsten Kreisen war sprachlos. »Man erzählte mir... ganz sicher...« sagte sie zuletzt. »Großer Gott! Ich hätte nicht im Traum daran gedacht, an einen so schauderhaften Platz zu gehen.«

»Ich glaube, Sie täten besser, nach Hause zu fahren«, sagte Sanders geradezu. »Nächsten Montag läuft ein Dampfer hier an...«

»Auf keinen Fall!« erklärte die ehrenwerte Cynthia.

Nach Hause! Der Gegenstand des Gelächters für Leute wie Julia Hawthill zu sein, die in dem wundervollen Gewand einer Novizin fotografiert worden und wahrscheinlich noch im Kloster zum Heiligen Herzen (sie hatte es ermöglicht, daß sie wenigstens drei Monate dort bleiben durfte) war! Und den Fotografen und Artikelschreibern und den Leuten standhalten zu müssen, die sie beim Rennen in Ascot treffen und sagen würden: Hallo, Cynthia! Ich dachte, die Kannibalen hätten Sie aufgefressen? – Unmöglich!

»Es muß doch einen hübschen Platz geben, wo ich bleiben und – meinem Werke nachgehen kann? Mr. Billberry sagte, daß sie eine Station bei... wie heißt sie nur... sie fängt mit einem I an?«

»Isisi?« riet Sanders. »Kann sein! Ich glaube, Ihre Leute haben eine Nebenstation dort. Ich werde die Sache für Sie ins Lot bringen.«

Die Isisi waren um diese Zeit ein artiges Volk – ausgenommen, was die Gelben Geister anbetraf; und das nahm Sanders – für den Augenblick wenigstens – nicht zu tragisch. Er schickte Bones mit der »Wiggle« stromauf, und die Botschaft, die zurückkam, klang vertrauenerweckend.

Der Missionar war im Begriff, eine seiner langen Reisen in den Busch zu machen, und würde zusammen mit seinem Weibe drei Monate abwesend sein. Er stellte sein nettes kleines Haus zusammen mit Laienbrüdern und Dolmetschern Cynthia zur Verfügung. An Cynthia schickte er einen langen Brief, der voller Wörter war, die (im Englischen) mit großen Anfangsbuchstaben geschrieben werden, wie Glaube, Opfer, Gnade und Seligkeit. Cynthia las den Brief zweimal, um einen Hinweis zu entdecken, daß es im Hause eine Badegelegenheit gäbe.

Bones brachte sie zum Feld ihrer Tätigkeit.

»Was Sie zu tun haben, liebe gute Miß«, sagte er unter anderen

Dingen, »ist es, zu vermeiden, daß Ihre netten Beine von Moskitos gebissen werden. Nehmen Sie einen ordentlichen Whisky jeden Abend bei Sonnenuntergang und halten Sie Ihre gesegneten Ohren steif!«

»Ich wünschte, Sie redeten mich nicht immer mit ›liebes altes Fräulein‹ an«, sagte Cynthia streng. »Das ist sehr anmaßend.«

»Bedaure sehr, liebe alte Missioneuse!« murmelte der kluge Bones.

Cynthia mochte ihr neues Heim nicht, obwohl sie die neue Umgebung entzückend fand. Sie verbrachte zwei Tage beim Fotografieren des Dorfes und ließ sich selbst, umgeben von kleinen Kindern, die keine Kleider trugen und sonderbar rochen, von einem eingeborenen Laienmissionar fotografieren.

Die Nächte waren das schlimmste. Tagsüber konnte sie sich mit ihrer Kamera vergnügen und las die Bibel in der strohgedeckten Kirche, aber die Nächte waren fürchterlich finster und still. Und das Christenmädel im Zimmer nebenan schnarchte und erzählte im Traum von ihrem Liebhaber, einem gewissen M'Gara, einem Akasavafischer. Glücklicherweise verstand Cynthia nicht Bomongo, und so wußte sie nicht, daß die Skandale von Mayfair eine starke Ähnlichkeit mit denen des Isisiflusses hatten. Denn M'Gara war ein verheirateter Mann und kein Gentleman.

Dann kam ein neues Interesse in ihr Leben. Denn gerade als sie anfing, es langweilig zu finden, brachte Cynthia es zu einem ansehnlichen Bekehrten: Osaku, dem Sohn eines großen Zauberdoktors und selbst erfahren in aller Magie und Geisterbeschwörung. Er war ein großer Mensch. »Ein edel aussehender Wilder«, beschrieb Cynthia ihn in ihrem ersten Briefe nach Hause. »Und so schrecklich nett. Ich gab ihm ein Stück Seife – eins von denen, die wir bei Pinier in Paris gekauft haben –, und jetzt geistert er förmlich um die Missionsstation herum. Anscheinend hat dieser Sanders ihn abscheulich behandelt, drohte ihm, ihn zu hängen, und tötete tatsächlich den Vater des armen Osaku. Meine Teuere, diese Eingeborenen beten mich einfach an. Sie nennen mich ›Mama‹, und ich fühle mich einfach erhaben. Der Baderaum in diesem elenden kleinen Loch ist fürchterlich, aber das Bett ist bequem. Ich komme in drei Monaten auf Urlaub...«

Es war richtig, daß Sanders Osaku gedroht und Osakus Vater, der seinerzeit ein berüchtigter Zauberer gewesen war, übel behandelt hatte.

Die Stellung eines Zauberdoktors in den Isisiländern ist im großen ganzen keine Sinekure. Zu einer früheren Zeit von Sanders Amtstätigkeit gab es eine Art Bund dieser Teufelsmänner. Sie trafen sich beim Licht des Neumondes auf der Schädelinsel, die sich nahe am Teich der Schwarzen Wasser befindet, und sandten eine Botschaft an Sanders und forderten ein Tribut entsprechend ihrer Größe; denn zu jenen Zeiten waren sie sehr hochmütige Leute und hielten Häuptlinge und Könige in ihrer hohlen Hand. Sanders schickte einen Tribut: einen langen Strick mit einer Schlinge am Ende, der durch eine lederne Öse lief. Er gab durch seinen Boten Anweisung, daß der Strick über den Ast eines Baumes geworfen werden solle, bot das als den geforderten Tribut und befahl, sie sollten seine Ankunft um die erste Stunde in dieser Nacht erwarten. Als er ankam, war der Treffplatz verlassen, und der herunterbaumelnde Strick schwang im Nachtwind um die graue Asche ihrer Feuer.

Manchmal werden Leute durch Erbrecht Zauberdoktoren; manchmal ist es nur ein armes, verrücktes Volk, das fremde Stimmen hört. Und manchmal erreichen sie ihre Würde durch List – Chaku, der Isisimann, war einer von diesen. Er übte sonderbare Gebräuche im Urwald und gewann auf diese Weise Novizen für die »Leoparden«, den gefährlichsten aller Geheimbünde; und als dieser Orden vernichtet war, wurde er Vermittler für die »Gelben Geister«, einen Geheimbund, der seinen Ursprung in Nigeria hatte und sich von dem Leopardenbund nur durch die Art, wie er mordete, unterschied.

Bosambo, Häuptling der Ochori, hatte diese Geister durch seine rohe und brutale Art, wie er einmal in eine ihrer Séancen einbrach, beleidigt und war deshalb für den Tod ausersehen. Eines Nachts, um die mitternächtige Stunde, als er schlief, kamen zwei Isisileute vom Fluß heraufgeschlichen; sie trugen einen großen Klumpen nassen Lehm, den sie geknetet hatten, bis er eine feuchte Form war. Wie zwei Schatten schlichen sie in seine Hütte, und der Stärkere ließ den Lehmklumpen über Bosambos Gesicht fallen und legte sich selbst auf ihn, während sein Gefährte schwer über Bosambos Beinen lag. Nach aller menschlichen Voraussetzung hätte Bosambo innerhalb zwei Minuten tot sein müssen, aber er besaß die Stärke von zehn Männern...

Beim Lichte eines draußen brennenden Feuers, das man zu einer hellen Flamme geschürt hatte, verkündete der Ochorihäuptling sein Urteil über die beiden gelbgesichtigen Meuchelmörder.

»Laßt sie in ihr Land zurückgehen!« sagte er. Und vier seiner Wache nahmen die Gefangenen in ihr Kanu und paddelten sie zu einer tiefen Stelle des Flusses. Hier befestigten sie sehr schwere Steine an deren Knöchel und warfen die Gefangenen ins Wasser. In dieser Nacht gab es zwei neue Gestalten auf den Geisterbergen, auf denen die Seelen der Verstorbenen in Ewigkeit wohnen.

Sandi hörte davon und zog nach Norden, Tag und Nacht unterwegs. Seine Aussprache mit Bosambo war sehr kurz; sein Aufenthalt in Chekus Dorf war unangenehm verzögert.

Tag um Tag saß er im Palaverhaus und schnüffelte Geister aus; Nacht auf Nacht brannten die drei Palaverfeuer am Fuße des winzigen Hügels, auf dem das Palaverhaus errichtet war, bis beinahe zur Morgendämmerung, und am Ende bog Sanders in der Richtung des Zaubermannes seinen Finger krumm, und das war dessen Ende.

Zu Osaku, dessen Sohn und Nachfolger, sagte Sanders: »Ich gehe jetzt zu meinem feinen Hause am Ende des Flusses zurück, und du bleibst hier und am Leben. Nun gibt es am Fluß eine Redensart, die alle kennen und du am besten von allen: ›Männer, die still stehen, treten auf keine Dornen.‹ Sei vorsichtig, wenn du dich bewegst, Osaku, damit du nicht denselben Weg gehst wie dein Vater!«

Ein Jahr lang trat Osaku, Chekus Sohn, sehr vorsichtig auf. Er prophezeite, aber darin lag kein Unrecht. Sanders bekam Nachrichten von Wundern, die vorhergesagt worden waren und sich erfüllt hatten; von großen Fischschwärmen, die angekündigt und aufgefunden wurden; von Söhnen, die in Aussicht gestellt und geboren wurden; von Stürmen, die vorhergesagt wurden und zur gegebenen Zeit losbrachen; und nur, als Osaku den Tod prophezeit hatte und dieser Tod wirklich eintrat, mischte Sanders sich darein.

Er sandte nach Osaku; dieser solle in das Dorf K'Foris kommen, wo Sanders ein Palaver wegen einer Heirat abhielt; und als der große, gutaussehende Mensch vor ihm stand, sprach Sanders:

»O Prophet, ich sehe dich! Überlaß es Sanders, der euer Vater und eure Mutter ist, weise in das Morgen zu schauen! Und *das* sehe ich, Osaku: An einem gewissen Tage wirst du den Tod deines Feindes voraussagen, und siehe, am Morgen wird er tot sein. Aber vor Nachtanbruch desselben Tages kommt Tibbetti mit Soldaten, und sie nehmen Osaku in die Tiefe des Urwaldes, wo nur die Affen leben, und dort hängt man Osaku auf, wie man seinen Vater gehängt hat. Prophezeie ich gut, Osaku?«

Osaku schlürfte mit den Füßen hin und her und zuckte mit den Zehen und ging nach Hause, voll Haß gegen den Mann mit den schrecklichen blauen Augen. Zwei Monate lang grübelte er über seine Lage, und nach Verlauf dieser Zeit lieh er sich ein halbes Dutzend Paddler von seinem Häuptling und Freund und ging zum Distriktsgovernment hinunter. Er kam volle drei Tage vor der Ankunft Cynthias an.

»Gebieter«, sagte er, »ich habe viele sonderbare Gedanken gehabt. Du bist der Vater und die Mutter deines Volkes; du trägst uns auf deinen Händen und machst uns sehr glücklich. Nun, Herr, ich bin von den Teufeln mit Gaben beschenkt worden, die meine hellen Augen alles sehen lassen, was mit der Sonne kommen wird. Und weil ich dich liebe, Sandi, will ich zu allem Volke, das auf mich hört und an mich glaubt, sprechen und ihnen sagen, wie schön du bist. Und ich will ihnen sagen, daß sie, wenn sie gut sind und ihre Steuern bezahlen und nicht ihre Speere gegeneinander fällen, sehr glücklich sein werden, daß ihr Getreide wächst und es genug Fische in ihren Flüssen gibt.«

»Das wird ein sehr gutes Palaver sein!« sagte Sanders und wartete auf das, was nun folgen würde.

»Aber Herr, darin wird kein Nutzen für Osaku liegen«, fuhr der Seher fort, »da die Menschen keine reichen Geschenke für Freuden geben, an denen alle teilhaben. Nun bitte ich dich darum, Sandi, daß du mir meine Steuern wiedergibst, und daß du mir Geschenke an Zeug und anderen wundervollen Dingen machst...«

»Geh in dein Dorf zurück, Osaku!« unterbrach Sanders ihn ungnädig. »Ich belohne Menschen nicht durch Geben, sondern durch Nichtnehmen. Das ist eine Eigenart der Regierungen. Und dadurch, daß ich dir dein Leben gelassen habe und deine Füße frei von Ketten, habe ich dich hinlänglich belohnt. Dieses Palaver ist aus.«

Sanders erlaubt seinem zornerfüllten Besucher zwei Tage Aufenthalt, damit dessen Paddler sich ausruhen konnten, und während dieser Zeit war Osakus Gehirn mit dem Schmieden von Racheplänen beschäftigt.

Besonders interessierte er sich für das merkwürdige Benehmen eines sehr langen Haussaleutnants, der ein schimmerndes Glas im Auge trug und der gerüchtweise Sanders' Sohn war.

Jeden Morgen nach seinem Bade ging Leutnant Tibbetts zum Strand hinunter, um den Fortschritt seines Pflegekindes zu beobachten. Das lag im heißen Sande, ein großes und merkwürdig geformtes Ei. Als er es an einem solchen Morgen wieder mit Sand bedecken wollte, sah er das Ei bersten und sich eine winzige, gelbe Schnauze heraus und in das offene Tageslicht drängen. Gespannt beobachtete er, wie die dünne Eidechsengestalt herauskroch und mit heftigem Herzklopfen in der Morgensonne lag. Sehr behutsam hob er das kleine Geschöpf in sein Taschentuch. Es wand sich schwach, aber Bones trug sein Kind die Stufen zum Wohnhaus hinauf und legte es vor seinen Vorgesetzten.

»Basil ist angekommen – es ist ein Junge!« sagte Bones.

Kapitän Hamilton sah auf und schauerte.

»Nehmen Sie das viehische Ding vom Tisch... guter Gott – Krokodile zum Frühstück!«

»Lieber, alter Ham«, bat Bones ernstlich, »verachten Sie nicht das niedrige, aber nötige Krokodil! Basil ist menschlich, lieber Ham, ebenso wie ich; er ist eine kleine, kunstvolle Laune der Natur, Ham... wie Sie selbst auch. Basil wird bei etwas sorgsamer und zarter Pflege beweisen, daß sich auch ein nettes kleines Krokodil mit seinem Eigentümer befreunden kann. Basil wird mir überall hin folgen und nachts vor meiner Tür schlafen, Ham. Du junger Bengel... hier, wach auf!«

Das kleine Reptil lag sehr bleich und still da; das Arbeiten seiner halb durchsichtigen Seiten war unmerklich geworden.

»Haben Sie irgendwelchen Brandy hier?« fragte Bones ängstlich.

»Ersäufen Sie's!« sagte der hartherzige Hamilton. »Wenn Sie's wieder beleben wollen... singen Sie ihm was vor! Eins jener alten Krokodilwiegenlieder!«

Bones ergriff den Milchkrug und goß dessen Inhalt in eine Untertasse. Er stieß die scharfe Schnauze des sterbenden Krokodils in die weiße Flüssigkeit. Das Krokodil strampelte krampfhaft, öffnete seinen Rachen, schnellte seinen Kopf herum und packte plötzlich Bones' Finger zwischen zwei Reihen nadelähnlicher Zähne.

»Autsch!« gellte Bones. »Du niederträchtige kleine Viper... rrrrrruut!«

Er schüttelte es ab, und das winzige Geschöpf fiel auf den Tisch; es wandte sich mit offenem Rachen gegen Bones, während seine Flanken kräftig auf- und niedergingen.

»Beim Himmel, lieber Ham... biß in die Hand, die ihn nährte! Du unartiges Insekt! In den Fluß werf' ich dich!«

Als Bones von seinem Enterbungsgange zurückkam, fragte Hamilton sanft: »Wenn Sie Krokodile herumzutragen wünschen, Bones, würden Sie die Liebenswürdigkeit haben, dazu nicht die Zuckerzange zu benützen?«

»Bis aufs Blut gebissen, lieber, alter Herr!« Bones zitterte vor Entrüstung. »Nach allem, was ich für ihn getan!«

»Ist er ertrunken?« fragte Hamilton, die Augen wie festgeleimt auf der einen Monat alten Zeitung, die er las.

»Nein, Sir. Der dreckige kleine Hund schwamm wie ein... Frosch, Sir. Ich hoffe, er gerät in ernsthafte Mißhelligkeiten.«

Osaku war Zeuge der Aussetzung des Pflegekindes gewesen. Als er mit seinen Paddlern am Uferrand des Flusses hockte, sah er die zappelnde Gestalt in den Fluß plumpsen, und sofort begann sich in seinem Hirn eine Idee zu bilden. Was ist Prophezeiung anderes als Eingebung? Und was ist Eingebung anderes als ein selbsttätiger Sinn von Ursache und Wirkung? Es war nur ein Krokodil mehr im Flusse, nur ein schleichendes Ungeheuer mehr, um Weiber, die am Morgen zum Wasserholen an den Fluß gingen, unter Wasser zu ziehen.

Lange Zeit später, nachdem Osaku abgefahren war, kamen beunruhigende Nachrichten den Fluß herunter. Osaku prophezeite unablässig, und die Gelben Geister waren in den Akasava- und Isisiländern erschienen.

Er prophezeite, daß eine große Regenflut kommen würde; die Wolken würden drei Tage lang Wasser spritzen, und danach würde der Regen aufhören. Und dann, um Neumond herum, gäbe es eine Sintflut; die Erde würde überschwemmt sein, und aus dem Wasser käme eine Unzahl Krokodile hervor; so viele, daß sie das ganze Land bedeckten; sogar die kleinen Affen auf den Bäumen würden ihnen nicht entrinnen noch die Vögel, die fliegen. Und das alles würde kommen, weil Sandi das Volk hasse und den Fluß mit dem gelben Schrecken gefüllt habe, der in den Nächten belle.

Sanders hörte das Gerücht, stapelte Holz auf das Vorderdeck der »Zaire« und hielt sie für sofortige Abfahrt unter Dampf.

»Das alles kommt bloß von Ihrem verfluchten Experiment, Krokodile auszubrüten«, bemerkte Hamilton bitter.

Bones schloß in Geduld seine Augen. »Seien Sie fair, lieber alter Ham!« flehte er. »Habe ich den Regen ausgebrütet, frage ich Sie, teurer Salomon? Seien Sie ehrlich, Ham! Laden Sie gefälligst nicht alles auf den armen alten Bones ab! Basil war eine Enttäuschung. Das kommt in den besten Familien vor, lieber alter Hauptmann und Adjutant!«

»Es sollte mich gar nicht wundern, wenn Ihr elendes kleines Krokodil die Ursache dieser Unruhen wäre, Bones!« sagte Sanders nachdenklich. »Das einzige, was wir tun können, ist, bereit zu sein und zu hoffen, daß kein Wunder geschieht; oder, wenn es geschieht, daß es nur eine örtliche Bedeutung hat, sich nicht ausdehnt. Und in der Zwischenzeit bereit zu sein, dieses unglückliche Frauenzimmer, die Albert aus Isisi herauszuholen.«

»Was für ein Wunder erwarten Sie denn, Herr?« fragte Hamilton überrascht.

»Krokodile!« sagte Sanders lakonisch. »Es ist ein merkwürdiges Zusammentreffen, daß Bosambo mich heute morgen benachrichtigte, jedes Gewässer in den Ochoriländern wimmele davon.«

Hamilton starrte ihn an. Bones klappte zusammen, sank in einen Stuhl. »Basil war's nicht!« murmelte er schwach. »Basil hatte keine Zeit, Nachkommen zu erzeugen...«

»Nach Berichten ist das schon einmal, vor zwölf Jahren, geschehen. Die Zoologen im Kolonialamt stützen sich auf die Theorie, daß es eine Art Krokodile gibt, die sich in Schlamm vergräbt und nur alle Jubeljahre zum Vorschein kommt... Ich selber habe diese Kerle ausgegraben; sie lagen vier Meter tief unter dem Flußbett und waren sehr ärgerlich, als man sie aus ihrem Schlaf weckte«, erzählte Sanders.

Noch in dieser Nacht erschien das von Sanders gefürchtete Phänomen unmittelbar vor den Türen der Stationshäuser. Es war zwei Uhr morgens, und der Mond zeigte sich launisch, als Abdulla, der Posten vor der Hütte der Wache, etwas leise über den Exerzierplatz heranschleichen sah und es anrief. Auf den Anruf des Postens verhielt sich das Wesen lange Zeit unbeweglich, und der Posten nahm an, er habe einen Mondschatten gesehen; bis er es sich von neuem und diesmal auf sich zu bewegen sah und seine empfindsamen Nasenlöcher einen schwachen Moschusgeruch gewahr wurden. Da ging seine Lee-Metford-Büchse sofort hoch.

Sanders hörte den Schuß und kam, seinen Revolver in der Hand, an die Treppe. Er hörte, wie Bones' übergeschnappte Stimme von der Türe seiner Hütte aus erklang, aber Sanders befand sich zu weit weg, um das Gespräch verstehen zu können.

»Was gibt's, Sir?«

Hamilton war an der Seite des Distriktsgouverneurs, die Büchse im Arm.

»Ich glaubte einen Schuß gehört zu haben. Irgend etwas stimmt nicht... Hören Sie Bones?«

In diesem Augenblick hörten sie Bones: ein heiserer Schrei der Furcht; dann kam, aus der Richtung seiner Hütte, das Stakkatogerassel seines Brownings.

»Großer Gott! Da!« stieß Sanders hervor.

Durch eine Lücke in den Wolken warf der Mond eine plötzliche Flut von Licht über den Exerzierplatz. Drei – vier – fünf, zählte er; große, eidechsenähnliche Wesen liefen schnell auf den Fluß zu.

Hamilton feuerte, und eines der Wesen zuckte krampfhaft, stieß ein bellendes Gebrüll des Schmerzes aus, kroch etwas weiter und lag still.

Als das geschah, fegte der größte der Flüchtlinge herum und raste unerwartet mit ungeheurer Schnelligkeit auf die Treppe des Wohnhauses zu. Hamilton und der Distriktgouverneur feuerten gleichzeitig, feuerten wieder, anscheinend ohne Erfolg. Erst als sich der lange Kopf zur Treppe heraufschob, tat der dritte Schuß seine Wirkung.

»Heiliges Donnerwetter!« keuchte Hamilton.

Jetzt zeigte sich in allen Hütten Licht. Die Wache feuerte auf etwas, was sie nicht sehen konnte. Hamilton schob eine andere Patrone in seine Büchse und sprang in weiten Sätzen über den Exerzierplatz auf Bones' Hütte zu.

Hamilton fand seinen Untergebenen ausgespreizt auf dem Erdboden; zuerst glaubte er, Bones sei tot, und dann, sein Bein sei gebrochen. Zwei Haussa trugen Bones in Sanders' Wohnhaus und legten ihn dort flach auf die Dielen.

»Der Satan muß ihn mit seinem Schweif getroffen haben!« bemerkte Hamilton, als er Bones Brandy durch die zusammengebissenen Zähne einflößte.

Bones öffnete die Augen. »Nicht Basil!« murmelte er. »Armer

kleiner Basil...!«

»Wachen Sie auf, Sie Geflügelzüchter!« schnappte Hamilton, und Bones setzte sich aufrecht, rieb sich das Bein und starrte rundum.

»Es war nicht Basil«, sagte er feierlich. »Ehe ich sterbe, möchte ich eine Erklärung abgeben, die den armen kleinen Basil freispricht von jeglicher Schuld...«

Es dauerte eine Viertelstunde, ehe er seine fünf Sinne wieder beisammen hatte, und er hatte wenig zu erzählen, was zur Aufklärung beitragen konnte. Er hatte den Schuß gehört, war aus seiner Hütte gestürzt, hatte zwei schrecklich glitzernde Augen auf sich gerichtet gesehen und gefeuert. Das war alles, dessen er sich erinnerte.

Als es Tag wurde, kamen drei Kanus mit Dörflern aus der Nachbarschaft mit Gerüchten von Unglück und Mord. In Hütten war man eingedrungen und hatte sie zerstört. Weiber und Kinder und alte Leute waren verschwunden. Aber das größte Unglück war in dem kleinen Lager geschehen, in dem das Dorf seine gemästeten Hunde hielt. Der unmittelbare Stationsbereich hatte glücklicherweise keinen Verlust zu verzeichnen.

»Wenn das schon hier geschieht«, sagte Sanders beunruhigt, »was mag dann erst am Oberen Fluß vor sich gehen?«

Sanders stand auf dem Deck der »Zaire« und sah über die schwarze geschwollene Flut. Der Fluß wimmelte von Krokodilen; bei jeder Wendung zeigte sich das durch sie verursachte Kräuseln im Wasser. Sanders las die Familien auf und brachte sie in die Walddickichte im Mittelpunkt der Halbinsel, auf der die Station stand.

»Lassen Sie heut nacht Feuer auf dem Exerzierplatz anzünden!« befahl er. »Hamilton, Sie bleiben lieber hier zur Aufsicht! Bones werde ich mit mir zum Oberen Fluß nehmen.«

An diesem Morgen ging die »Zaire« um elf Uhr auf ihre Fahrt. Der Fluß war verlassen, kein menschliches Fahrzeug in Sicht; das war weiter nicht auffällig, da die Strömung eine Geschwindigkeit von neun bis zehn Knoten hatte. Nur sehr langsam kam er vorwärts. Er dampfte die ganze Nacht durch und hielt nur, um sein Feuerungsmaterial bei Igebidorf wieder aufzufüllen. Dort fing er an, das Unglück in seiner ganzen Ausdehnung zu begreifen. Das Dorf war eine einzige Ruine. Kaum eine Hütte, die aufrecht auf ihrem Grund stand. In der vorherigen Nacht, erzählte ihm ein Vormann unter Schauern, seien »alle Krokodile der Welt« aus dem Wasser gekommen, und welchen Schaden sie angerichtet hätten, wäre er außerstande zu sagen, da seine Leute mit Ausnahme seines Sohnes in die Wälder geflüchtet seien. Das Unglück sei sehr groß gewesen. Er erzählte Geschichten, die einen Durchschnittsmenschen hätten erbleichen lassen; Sanders hörte mit anscheinender Gleichgültigkeit zu, lud sein Holz und setzte seine Reise fort.

Während der ganzen Fahrt flußaufwärts hatten sechs Haussascharfschützen vorn am Bug gesessen und auf jedes Krokodil geschossen, das sie sahen. Einmal, an einer Flußkrümmung, stießen sie auf eine lange, schmale Sandbank, die mit diesen Reptilen bedeckt war. Bones ließ die Hotchkiß-Revolverkanone in Tätigkeit treten und schickte zwei Schrapnellschüsse hinüber, die über der zappelnden Masse platzten. Innerhalb einer Sekunde war der Sandstreifen leer bis auf zwei lahme Massen.

Er machte an dem Dorfe der Kleineren Isisi fest und fand es verlassen. Die Straßen boten den unheimlichen Anblick des nächtlichen Verheerungszugs.

Sanders dachte an die Missionarin und erbleichte.

»Gebieter, die Mammi ist fort!« sagte der Mann. »Ich ging auf dem Waldweg zu ihrem Hause, und ich sah nichts als ein totes Weib, das gespeert worden war...«

»Gespeert?« fuhr Sanders auf.

»Jemand hat sie getötet«, berichtete der Mann zitternd. »Wer weiß, was für Teufel in solcher Nacht am Werke sind?«

Die Hütte der Missionarin lag eine Meile vom Dorf, und als Sanders dort angelangt war, fand er nichts als ein totes Mädchen an der Tür von Cynthias Zimmer. Ein mächtigerer Teufel als die Riesenechsen, die aus dem Wasser kamen, hatte hier sein Wesen getrieben.

2

Als der Regen andauernd weiter fiel, packte Osaku die Furcht, und er rief seine vier Jünger zusammen.

»Nun ist alles zu Ende«, sagte er; »denn Sandi wird erfahren, daß ich diesen Regen hervorgebracht habe. Und wenn ›die Schrecklichen‹ folgen, dann wird Sandi kommen und uns alle töten. Und wenn wir schon um einer solchen unbedeutenden Sache willen hängen sollen, was soll dann erst geschehen, wenn wir andere Taten ausführen? Denn kein Mensch hat mehr als ein Leben, und ob er einen mordet oder alle, das kommt dann auf eins heraus.«

In seiner langatmigen Art umschrieb er das Sprichwort, sie möchten ebensogut wegen eines Schafes wie wegen eines Lammes gehängt werden.

»Laßt uns die Jesus-Mammi auf eine gewisse Insel in dem See bringen, wo Sandi niemals hinkommt und wo es ihm nicht einfallen wird, nachzusehen. Denn dieses Weib liebt mich und hat mir wunderbare Sachen gegeben; aber aus Furcht vor Sandi wendet sie sich von mir ab. Und ihr bringt alle, die euch je auf eurem Lager erfreut haben, und wir werden glücklich leben und einer dem anderen Zauberkünste lehren.«

Sein Gefolge, selbst durch den Dauerregen beunruhigt, zog seines Weges.

Cynthia lag in ihrer Hütte, lauschte auf das endlose Trommeln des Regens und fragte sich, wie lange es noch dauern würde, bis Sanders die Barkasse nach ihr sandte. Da hörte sie Stimmen im Vorzimmer und einen Aufschrei. Sie stand hastig auf, als auch schon die Grastüre beiseite geschoben wurde. Osaku sagte etwas in einer Sprache, die sie nicht verstand, aber die Geste seiner Hand sprach alle Sprachen.

Als sie zitternd in den dunklen Vorraum kam, trat sie auf etwas, das unter ihrem Fuße nachgab, und sie schrie auf... Blut war an Osakus Speer, denn das schwarze Mädchen, das schnarchte, wenn sie von ihrem Liebhaber träumte, schnarchte nicht mehr.

Sie gingen in den strömenden Regen hinaus, Osakus Hand immer auf ihrem Arm. Sie wurde in ein schmales Kanu gestoßen, das fürchterlich schwankte. Der dampfende Paddler trieb sein Fahrzeug das Ufer entlang und bog, plötzlich wendend, in den schmalen Wasserarm ein, der zum See führt. Mit Tagesanbruch kamen sie in breiteres Wasser und zu einer kleinen Insel. Das war nicht der Bestimmungsort, den Osaku in Aussicht genommen hatte, aber das Kanu war halb voll Regenwasser, und obwohl zwei Männer andauernd das Wasser entfernten, konnten sie doch nicht mit dem herunterprasselnden Regen gleichen Schritt halten.

»Hier bleiben wir, Mammi!« sagte Osaku und zog die halbtote Frau aus dem Kanu an Land; sie war steif, wie betäubt und starr vor Furcht.

Unter den triefenden Bäumen flocht man ein rohes Schutzdach aus Gras für sie, und darunter brachte sie, duselnd und ohnmächtig, den letzten Regentag zu. Der See war gestiegen, und es traten gewisse Ereignisse ein, die Osaku und seine Gefährten stark beunruhigten. Denn die vom Regen durchlöcherte Seeoberfläche war von charakteristischem Gekräusel bedeckt, und einmal sah Osaku zwei schimmernde Krokodile aus dem See watscheln und sich an Land niederlegen. Nun pflegt ein Krokodil, wenn es an Land geht, seinen Rachen nach dem Wasser gerichtet zu halten, bereit, bei dem geringsten Alarm ins Wasser zu tauchen, aber diese zwei großen Reptile drehten ihre bösartigen Schnauzen nach dem Lande zu.

Da kam Osaku ein Gedanke.

»Diese Mammi scheint einen größeren Zauber zu besitzen als wir. Ich habe von den Gottesmännern über solche Sachen gehört, und jetzt weiß ich, daß es wahr ist. Die Gelben (Krokodile) sind Ju-Ju für sie; hat Tibbetti nicht eins von ihnen in seiner Hand gehalten? Wenn wir Mammi nichts Böses tun, werden sich diese Biester aus dem Staube machen. Jetzt wollen wir zu der großen Insel fahren, wo sie uns nicht erreichen können, und dann wollen wir tun, wozu wir Lust haben.«

Es befanden sich jetzt zehn Leute auf dieser Insel, die beim Steigen des Wassers immer kleiner wurde. Jeder der vier hatte seine Gefährtin mitgebracht, und von diesen war nur eine freiwillig gekommen. Durch den Nebel ihrer schreckhaften Träume hindurch hörte Cynthia die Klagen und das Jammern der übrigen Weiber und schauerte. Während der Nacht wurde sie durch einen fürchterlichen Laut aufgeschreckt und flüchtete ins Freie. Dämmerung war nahe, und der verblassende Halbmond hing niedrig. Schreie und hartes heiseres Bellen, das Peitschen von Gras und Gebüsch unter schrecklichen Schweifen.

3

Durch einen halb wahnsinnig gewordenen Fischer kam Sanders auf die Spur. Beim ersten Sonnenstrahl kam die »Zaire« zur Insel. Bones, das Gewehr in der Hand, sprang an Land. Er begegnete keinem Anzeichen des Fürchterlichen. Nichts als zertretenes Gebüsch, abgebrochene Stämme junger Bäume und ein Blutfleck hie und da. Cynthia allein stand da, die zarte Gestalt straff aufgerichtet, ein stilles Lächeln im Gesicht.

»...mich haben sie nicht angefaßt, weil ich eine Heilige bin... Sie begreifen das natürlich, Mr. Tibbetts. Es war beinahe schrecklich zu sehen, wie sie ins Wasser gezogen wurden, aber die bösen Dinger haben mich einfach überhaupt nicht angerührt. Ich wünschte, Sie würden einen Artikel an die ›Morning Post‹ senden... Überschrift: Die heilige Cynthia!«

Sie lächelte ihn an, mit einem schattenhaften Lächeln, ihre Lippen zitterten, ihre Augen verharrten in beängstigender Starre.

»Die Eingeborenen beten mich an... vergessen Sie das nicht, bitte! Und möchten Sie meinem Schofför sagen, daß ich durchaus bereit bin, nach Hause zu fahren?«

Und dann fiel sie in Bones' Arme, und er trug sie an Bord der »Zaire«.

Eine ganze Anzahl Leute denken, die ehrenwerte Cynthia befinde sich noch immer im dunklen Lande, und in einem Sinne haben sie recht. Aber es ist das dunkle Land, das die Menschen mit dem beschönigenden Namen »Heilanstalt« bezeichnen, und liegt im Norden Londons; dort sitzt Cynthia mit ihrem stillen Lächeln und plaudert zutraulich von Krokodilen und Heiligen.

Der Mann der Sheffield haßte

I

Jenseits des Waldes der Seligen Träume, der ein fieberverseuchtes Marschland ist, schön fürs Auge, aber todbringend, wenn man ihn durchschreitet, liegen die Jagdgründe des Isisivolkes, und weiter darüber hinaus sind die vorgeschobenen Posten der N'Gombi, eines Stammes, der manchmal die Kleineren N'Gombi genannt wird und manchmal die N'Gombi-Isisi, was so ziemlich dasselbe bedeutet.

Hier lebte in den Tiefen des Urwaldes, der noch von niemand erforscht ist, außer von Jägern und Kautschuksammlern, frei von jeder Berührung mit seinen Nachbarn und schrecklich eifersüchtig auf seine Unabhängigkeit bedacht, ein gewisser Nebenstamm, der die »kahlen Männer von l'Fubi« genannt wird. Sie führten keinen Krieg, stahlen weder Weiber noch Ziegen, lebten ohne Salz und führten ihr Dasein, ohne irgend jemandem zu nahe zu treten.

Einmal im Jahre kam Sanders, nach einem mühsamen Marsch durch den Urwald, auf seiner jährlichen Besuchsreise auch zu diesen eigentümlichsten seiner Schutzbefohlenen. Aber wenn er dort Palaver hielt, um die sich während eines Jahres angehäuften Beschwerden zu hören, erfuhr er nichts, außer, daß irgendein unglücklicher Mann der Isisi oder der Groß-N'Gombi auf ihr Reservat übergetreten sei oder ihre Affen getötet habe. Von Privatstreitigkeiten hörte er niemals; er stellte wenig Fragen und vermutete viel.

Ein Gerücht hatte ihn erreicht, daß ein Mann dieses Stammes sein Weib mit großer Grausamkeit geschlagen und seinem Häuptling getrotzt habe. Aber als Sanders diesem nachging und erwartete, Klagen wider den Rebellen zu hören, wurde keine Klage vorgebracht. Und als Sanders auf das vorsichtigste fragte, was diesem Manne zugestoßen sei, sagte man ihm lustig, er sei an der Krankheit »Mongo« gestorben, und zeigte dabei auf sein seichtes Grab, auf dem die zerrissenen Streifen seines Hüftentuches schwach im Winde flatterten und die zerbrochenen Kochtöpfe seines Haushaltes zerstreut herumlagen. Sie zeigten ihm auch den Platz, auf dem seine Hütte gestanden hatte; und alles, was Sanders jetzt davon sehen konnte, war ein heruntergebrochenes Dach, halb durch Elefantengras verborgen, und klüglicherweise betrieb er seine Nachforschungen nicht weiter. Die »Krankheit Mongo« konnte irgend etwas bedeuten, von Beriberi bis zu dem blitzenden gekrümmten Henkermesser, das dauernd an dem Eingang der Hütte des alten Häuptlings hing.

Diese kahlköpfigen Männer – und es ist eine merkwürdige Tatsache, daß sogar die Köpfe der Jugend dieses Stammes wie poliertes Ebenholz glänzten – verursachten niemals eine Störung; sie trugen niemals Speere, um ihre Nachbarn damit zu töten; sie bezahlten regelmäßig ihre Steuern; sie waren sauber und fleißig; und wenn sie geheime Gebräuche übten und sonderbare Heiltränke brauten, von denen kein anderes Volk am Fluß jemals gehört hatte, gab es doch bei ihnen, soviel man wußte, kein Zur-Ader-Lassen; und sie dienten einem höchst nützlichen Zweck, indem sie in ihrer Eifersucht als Wächter der »Pans« dastanden, die sich als unnatürlich anmutende Ebene, bar jedes Strauches oder Baumes, hinter dem Walde in einer Länge von vierzig Quadratmeilen ausdehnten. Unter den Europäern der Küste ging das Gerücht, daß die Pans reich an Alluvialgold seien. Gewiß unternahm es das Government niemals, die Wahrheit dieses Gerüchtes zu prüfen, weil es die Gewißheit eines Zuflusses ganz unerwünschter Leute, die jeder Entdeckung von Gold auf dem Fuße folgten, gegen eine solche Entdeckung in die Waagschale warf.

In dieses stille Land kam ein Weißer, der sich Odwall nannte. Sein Name war ursprünglich Obenwitsch gewesen. Aber aus Gründen, die nur er selber kannte, hatte er sich verengländert, hatte seinen Bart abgenommen, den er sonst zu tragen pflegte, und verlief sich, auf diese Weise äußerlich verändert, in die Gegend der Pans, die nur durch das Land der Kahlköpfe zugänglich war. Diese stillen Seelen, die glaubten, daß es nur drei weiße Männer in der Welt gäbe, nahmen Mr. Odwall mit der ergebenen Hochachtung der verwirrten Verwunderung auf, die eine Kirchengemeinde einem zweiten und bisher unvermuteten Erzbischof von Canterbury entgegenbringen würde.

Obenwitsch setzte sich und sprach in ihrer eigenen Sprache zu ihnen; und sie gaben ihm zu Ehren ein großes Fest und einen Tanz junger Mädchen; und sie erzählten ihm von ihrem Geheimnis und warum ihre Köpfe kahl seien. Aber das interessierte ihn weiter nicht, noch war er sonderlich ergriffen, als der alte Ch'uga, der Dorfhäuptling, ihm im geheimen, im Flüstertone und in der dunkelsten Ecke seiner Hütte, erzählte, daß ein neues Kraut aufgefunden worden sei, das den Wahnsinn heile. Denn die Kahlköpfe sind sehr erfahren im Gebrauche von Kräutern, und weil sie das sind, sind sie kahl, wie wir bald erfahren werden.

Geschickt und allmählich lenkte er das Gespräch auf die Pans und den gelben Staub, der aus der dunklen Erde gewaschen werden könne; aber beim ersten Worte darüber schüttelte Ch'uga den Kopf.

»Herr«, sagte er etwas betroffen, »über diese Dinge reden wir nicht, Sandis, unseres Vaters, wegen; noch graben wir in der Erde, denn auch das ist verboten. Und wenn fremde Männer kommen und kleine Löcher in den Boden graben, dann bekämpfen wir sie mit unseren Speeren, und sie laufen fort.«

Mr. Obenwitsch (wir nennen ihn besser Odwall) war schrecklich interessiert daran, stellte aber keine weiteren Fragen. Er brauchte nach seiner Berechnung wenigstens drei Monate, um besser mit dem Häuptling bekannt zu werden, und er hatte Zeit, das abzuwarten.

Es traf sich unglücklich für ihn, daß er am nächsten Morgen, als er durch die baumbestandene Dorfstraße schlenderte, einem anderen weißen Manne begegnete, der aus dem Walde kam und der von sechs Soldaten in rotem Tarbusch begleitet war. Mr. Odwall fiel nicht in Ohnmacht; er zog eine kleine Grimasse, die man hätte versucht sein können, für ein Lächeln zu halten, und faßte an den Rand seines nicht allzu feinen Tropenhelmes. »Guten Morgen, Herr Distriktsgouverneur! Mein Name ist Odwall...«

»Ihr Name ist Obenwitsch«, antwortete Sanders mit seinem harten Lächeln. »Vor drei Jahren hatte ich die Genugtuung, Sie mit einem Tritt aus diesem Lande hinauszubefördern, und ich habe die Idee, daß ich dieses Verfahren wiederholen werde; aber diesmal, denke ich, wird der Tritt etwas stärker ausfallen.«

Mr. Odwall war beinahe einen Kopf größer als der muntere Distriktsgouverneur, untersetzt und hatte etwas von einem rohen Boxer an sich. Aber er nahm die Drohung sanft auf, und nicht nur die Gegenwart der Soldaten hielt ihn zurück.

»Sie befinden sich ohne Erlaubnis in den reservierten Gebieten«, sagte Sanders, »und das wird wohl nicht das einzige sein... Darf ich Ihr Gepäck sehen?«

Das Gepäck, das aus einem abgenutzten Handkoffer bestand, wurde aus des Häuptlings Hütte gebracht (alle kahlköpfigen Männer standen umher, hielten ängstlich ihre Seiten und wunderten sich, was wohl käme). Sanders öffnete den Koffer und kehrte den Inhalt um. Darin befand sich eine Viertelflasche Kornschnaps; an dieser roch er und goß danach den Inhalt auf die Erde.

»Sie tragen Spirituosen bei sich, und das in einem verbotenen Bezirk«, sagte Sanders kurz, »und ich werde Sie bestrafen.«

»Hören Sie, Sanders! Sie verfahren etwas sehr willkürlich...«

»Sie können freiwillig mitgehen, oder Sie können in Fesseln mitgehen«, unterbrach Sanders. »Ich wünsche keine Auseinandersetzung mit Ihnen.«

Mr. Obenwitsch ging als Gefangener unter Bedeckung zum Fluß und wurde dem Gefängnis überwiesen.

Sanders erklärte den Kahlköpfen nicht, warum er seinen Landsmann mit sich genommen hatte, denn es war seine Aufgabe, die Flagge des Europäertums hochzuhalten, und Mr. Odwall kannte ihn genügend, um dieser Zurückhaltung sicher zu sein. Er saß seine sechs Monate ab und wurde nach England zurückgebracht, denn er war britischer Untertan. Aber in seinem Inneren blieb kein Haß gegen Sanders zurück, denn Walter Odwall war ein gewohnheitsmäßiger Übertreter des Gesetzes, und solche Leute respektieren die gesetzmäßige Gewalt.

Er kam mit gerade genug Geld nach London, um seine Wohnung in einem Erdgeschoß der Jermyn-Straße zu mieten und mit einem angesehenen Papierhändler ein Abkommen über gewisse Drucksachen zu treffen.

Sechs Monate hatte er im Gefängnis damit zugebracht, Pläne zu machen und wieder zu verwerfen, und sein Unternehmen war lükkenlos in jeder Hinsicht bis auf eins, und diesem Mangel konnte leicht abgeholfen werden. Er rief einen Geldmann zu sich.

Er hatte Mr. Wilberry in einem jener gesellschaftlichen Kanäle kennengelernt, die man irrtümlicherweise als Nachtklubs bezeichnet. Kanäle in der Tat, denn hier mischt sich das Giftgas unechter Boheme mit dem guten roten Blut des Handels mit verheerender Wirkung. Mr. Wilberry war ein gutgestellter Fabrikant, dessen bedeutendste Eigenschaft sein Haß gegen Sheffield war. Sein Haß nahm derart Besitz von ihm, daß er einen Umweg von hundert Meilen gemacht hätte, um diese Stadt zu vermeiden. Wenn er an den Leiter seiner Fabrik (die unzweifelhaft in Sheffield lag) schrieb, mußte sein Sekretär die Adresse schreiben – das Wort war ihm so verhaßt, daß er es nicht schreiben konnte.

Er war nicht nur Fabrikant, sondern auch Versuchschemiker. Er besaß einen sehr hohen wissenschaftlichen Rang, und sein Stekkenpferd war eine neue Sorte Stahl, die den ganzen Handel umwälzen sollte. Wenn man der Wahrheit die Ehre geben will, war er ein besserer Geschäftsmann als Wissenschaftler. Und als er, unter Kosten von hunderttausend Pfund, mit Siegesgeschrei einen Stahl herstellte, der gleichzeitig fleckenlos und hämmerbar war, und Sheffield das Vorrecht (gegen eine kleine Abfindung, die ein selbstloser Statistiker auf drei Millionen jährlich schätzte) anbot, diesen Überartikel herzustellen, verhielt sich Sheffield zuerst ganz teilnahmslos, später skeptisch. Sheffield stellte Prüfungen an und zwar mit unglücklichem Ergebnis; und das Ende vom Liede war, daß sich die Sheffield-Fabrikanten zu einem Rat versammelten und dabei, unterstützt und geleitet von ihren technischen Fachleuten, sehr geringschätzig über Wilberry-Stahl sprachen und sich weigerten, diesen zu kaufen oder herzustellen. Und hiermit endete diese Angelegenheit, soweit sie die Sheffielder betraf.

Mr. Wilberry vergab Sheffield niemals. Er haßte Sheffield mit einem Haß, der allen jenen unverständlich bleiben muß, die ihr Kind nicht von grausamen, erbarmungslosen Händen hingemeuchelt gesehen haben. Er verkaufte seinen Grundbesitz in der Nähe der verhaßten Stadt und er hätte selbst seine umfangreichen Werke geschlossen, nur – er war ein Geschäftsmann, und das wäre ganz ungeschäftsmännisch gewesen. Er ließ sich in Surrey nieder, mit einem großen Laboratorium, in dem er irgendwelche wissenschaftlich gebildeten jungen Herren anstellte, die dieselbe Ansicht über Wilberry-Stahl hatten wie er selbst.

Odwall hatte diesen Gentleman für seine großen Pläne ausersehen. Er selbst wußte wenig oder gar nichts über Stahl. Aber während er im Gefängnis war, hatte er den Vorteil gehabt, Band XIV des Sachwörterbuches der Gefängnisbibliothek zu lesen, und ein sorgfältiges Studium des Artikels über Eisen sagte ihm, daß jede Geschichte, die er über ein Erzlager in den Schutzgebieten erzählen könnte, nicht die geringste Begeisterung in Mr. Wilberrys Busen erwecken würde. Denn Eisen muß nahe bei Kohle gefunden werden, und es muß eine gute Beförderungsmöglichkeit vorhanden sein.

In seinem dumpfen kleinen Wohnraum, von dem aus man die Jermyn-Straße überblickte, legte er seinen Plan dar.

»Gold interessiert jeden«, sagte er, »es interessiert Sie, Mr. Wilberry, es interessiert den Jungen auf der Straße...« Er ging weiter und erzählte die Geschichte der Pans, und seine Zuhörerschaft war hingerissen.

Mr. Wilberry war ein zum Schwitzen neigender Mann mit einem roten Gesicht, der dicke Zigarren rauchte und weiße Gamaschen und einen Diamantring trug. Kleine Augen und kleiner schwarzer Schnurrbart vollenden die Beschreibung. Er war sehr reich und sehr skeptisch, bis Mr. Odwall ihm einen kleinen Beutel mit stumpfgelben Körnern zeigte.

»Es gelang mir, einen Eimer voll Erde auszuwaschen, und das habe ich daraus gewonnen«, sagte er ernst.

Der interessierte Geldmann fragte nicht, wie es Mr. Odwall gelungen war, seinen Fund durch die strengen Untersuchungen hindurchzuschmuggeln, die einen Teil der Gefängnisdisziplin bilden. Wenn er gefragt hätte, wäre ihm eine sorgfältig ausgearbeitete Lüge erzählt worden, denn das Gold war auf Odwalls Rückreise von einem Manne in Dakar gekauft worden.

»Es kommt mir nicht darauf an, ein paar Tausend hineinzustekken«, sagte Mr. Wilberry. »Diese dickköpfigen Sheffielder Schweine haben mich beinahe zugrunde gerichtet, und eines Tages, mein Junge, werde ich's ihnen zurückzahlen. Ich gäbe eine halbe Million darum, wenn ich diesen Gaunern den Hals umdrehen könnte.«

Sein Vermögensstand stimmte nicht zu dem Einwand, daß er arm sei; aber Odwall war nicht der Mann, der bei einer Inkonsequenz stutzte.

Sein Plan war einfach.

»Da ist so ein Schnösel von Offizier«, sagte er, »der auf alles reinfällt, was man ihm erzählt. Im Juni geht Sanders den Ochori rauf, zu seinen Palavern mit den nördlichen Häuptlingen, und er wird Hauptmann Hamilton mitnehmen.«

Odwall erläuterte Hamiltons Stellung und Persönlichkeit.

»Diesmal werde ich drei Monate freies Spiel im Gebiet haben, und wenn ich auf die richtige Seite dieses Knaben Tibbetts komme, werde ich meine Mutungen gesteckt und gebucht haben, ehe Sanders zurück ist.«

»Kennt dieser Tibbetts Sie?«

»Das ist nicht möglich! Er war nicht da, als Sanders mich den

Fluß hinunterbrachte, und er war nicht im Gebiet, als ich dort Handel trieb. Überlassen Sie das nur *mir*!«

2

Bones war von nichts so sehr überrascht wie von der Unfähigkeit seines vorgesetzten Offiziers, seine unzweifelhaften musikalischen Talente zu würdigen. Aber der Brief, den er von »Mr. Walter Bagen« erhielt, kam so unerwartet und war in seiner Art so ungewöhnlich, daß Leutnant Tibbetts von den Königshaussa eine ganze Nacht damit zubrachte, seine eigene Seele zu segnen. Nichtsdestoweniger verlor er keine Zeit und antwortete sofort.

»Geehrter Herr!« schrieb er. »Ich habe die Ehre, den Empfang Ihres Briefes zu bestätigen. Vom 15ten ultimus. Ich danke Ihnen auch, daß Sie auf mich Bezug nehmen als große Autorität über den Gegenstand der Archäologie. Ich werde Aufzeichnungen von irgend etwas Ungewöhnlichem in der Richtung Römischer Überbleibsel machen. Ich danke Ihnen dafür, daß Sie mich zum Mitglied der Central-Afrikanischen Archäologischen Gesellschaft gemacht haben, und Sie können sich darauf verlassen, daß ich alles tun werde, um dem Siegeslauf der Gesellschaft zu helfen.

Aufrichtigst
A. Tibbetts, Leutnant
M. d. C. A. A. G.

Beim Frühstück erwähnte Bones wie zufällig seine neue Ehrenstellung.

»Mitglied wovon?« fragte Hamilton, Spannung in seinem gebräunten Gesicht.

»Von der Central-Afrikanischen Archäologischen... nun, Sie wissen schon, lieber Offizier... Fossile und so was...« Bones hustete und sah ernst und innerlich von seiner Bedeutung überzeugt aus. »Ich würde nicht ein bißchen überrascht sein, wenn ich nicht einen von diesen netten alten Vögeln finden sollte, die in prähistorischen Tagen, Ham, sozusagen als Sie noch ein Kind waren, herumzufliegen pflegten. Und römische Überbleibsel...«

»Wollen Sie einen Haufen Mist über diese Sachen schreiben?« fragte Hauptmann Hamilton grob.

Bones hob seine Brauen und sah verletzt aus.

Der Essay über »Römische Fossilien« erblickte niemals das Licht der Öffentlichkeit, weil Mr. Bagen, alias Odwall, an Archäologie nicht wirklich interessiert war. Und weil diese Gesellschaft nur auf dem Briefpapier existierte, das Odwall lediglich zu dem Zwecke hatte drucken lassen, um Bones die Mitgliedschaft dieser Gesellschaft zu übertragen.

Der Brief, der darauf ankam, und der in tiefer Prägung den Briefkopf trug:

Institut der Central-Afrikanischen Archäologischen Gesellschaft

943 *Jermyn-Straße.*

Präsident: Der Herzog von...
Sekretär: Walter S. Bagen, F. C. A. A. S.,

bestätigte den Empfang von Bones' Essay, »der in den Veröffentlichungen der Gesellschaft gedruckt werden würde«, und unterrichtete Bones wie folgt:

»Es ist die Absicht der Gesellschaft, eine kleine Anzahl Wissenschaftler in nächster Zeit an die Küste zu senden. Gleichzeitig wird Seine Durchlaucht der Präsident oder der Schreiber dieses bemüht sein, vorzusprechen und Ihnen den Glückwunsch der Gesellschaft zu Ihrem bewunderungswürdigen Beitrag zu unserer Kenntnis eines verborgenen und fesselnden Gegenstandes übermitteln.«

An einem heißen Junitage schritt der Vertreter der Central-Afrikanischen Archäologischen Gesellschaft langsam den Strand hinauf, an dem er in einem Brandungsboot gelandet war. Er hatte ein Gebet auf seinen Lippen, daß nichts Herrn Sanders' Abreise verhindert haben möchte. Mr. Odwall trug einen weißen Drellanzug und einen weißen Tropenhelm, seine Schuhe waren weiß, kurz, er war eine Illustration wissenschaftlicher Unbeflecktheit in Person. Seine dicken horngefaßten Augengläser, nicht minder das dicke Buch, das er unter dem Arm trug, gaben ihm ein ernstes und gelehrtes Aussehen.

»Sandi ihm nich leben hier, Herr!« sagte der Haussasergeant, der ihn auf halbem Wege traf. Das befreite Mr. Odwall von einer schweren Sorge.

»Militini ihm nich leben hier, Herr, ihm gehn lange Zeit flußauf. Mistah Tibbetti Sie sehn ihm, Herr?«

Odwall sprach genügend Küstenarabisch, zog es im Augenblick aber vor, als unbekannt mit dem Lande und seiner vielen Mundarten zu erscheinen.

Bones lag auf einem Liegestuhl auf der Veranda, seine großen Füße erhöht auf dem Geländer. Beim Erblicken des Besuchers räkelte er sich auf.

»Segen auf meine Seele, lieber alter Sekretär!« japste er, als ihm die Ehre, die ihm widerfuhr, offenbar wurde. »Hatte niemals die geringste Idee, daß Sie kommen würden...«

Er sprach ein wenig unzusammenhängend. Mr. Odwall entnahm daraus, daß man ihn mit Musik empfangen hätte, wenn seine Ankunft vorher angekündigt worden wäre.

Beim Frühstück wurde Bones archäologisch.

»Niemand hat je zuvor diese netten alten Plätze in diesem Lande erforscht. Römische Ruinen! Da existiert so 'ne Sorte Viadukt oben im l'Fubilande... Sie wissen schon, Sir, eine Art Brücke, über die das Wasser läuft... schrecklich römisch! Und da gibt's noch 'ne endlose Menge von...« Bones gestikulierte krampfhaft mit seinen Händen... »eine Art von... Ich weiß nicht, was, der nette alte Schwibbogen... wie man ihn nennt... Es ist so 'ne Sorte Brunnenanlage... und doch is es kein Brunnen. Wenn Sie verstehen, lieber alter Herr... Es ist eine Art Wall... nicht grade 'ne Mauer...«

»Ich verstehe vollkommen«, sagte Mr. Odwall ernst, »es ist das, was wir einen Obelisken nennen.«

»Das ist's! Sie haben das Wort gefunden, das ich mir auszudenken versuchte.«

An diesem Abend lancierte Mr. Odwall versuchsweise einen Plan.

»Ja–a«, sagte Bones, nicht gerade entzückt. »Sie könnten raufgehen, natürlich... Ich müßte natürlich den Distriktsgouverneur fragen.«

»Ich habe einen Erlaubnisschein vom Kolonialamt«, deutete Mr. Odwall an.

Zwar besaß er etwas Derartiges nicht, aber er hatte ganz richtig vorausgesetzt, daß er unter diesen Umständen nicht dazu aufgefordert werden würde, dieses Dokument vorzuweisen.

Bones war erlöst.

»Wenn Sie *das* haben, lieber alter Archäologe... Hm... Warum... Natürlich können Sie dann gehen. Ich ginge gern mit Ihnen, aber ich sitze hier gewissermaßen fest, bis Mr. Sanders zurückkehrt.«

Odwall mietete am nächsten Morgen Paddler, lud seine Habe in die Mitte des Kanus und machte sich, höchstselbst bequem unter einem schirmenden Dach von Palmblättern untergebracht, auf seine Reise. Nach sieben Tagen landete er an einem den Pans am nächsten Ort und setzte seinen Marsch durch den Urwald fort. Am zwölften Tage erreichte er das Dorf der Kahlköpfigen und wurde überschwenglich bewillkommnet.

Den größeren Teil einer Woche hielt er sich im Dorfe auf, indem er die meiste Zeit dazu verwandte, in der Einsamkeit der Pans herumzuwandern. Aber überall, wohin er ging, begleitete ihn der alte Häuptling.

»Gebieter, an diesen Ort zu gehen, ist nicht gut!« sagte der alte Mann. »Denn dort sind Geister, und schreckliche Ju-Jus hausen in der Erde. Auch hat Sandi, unser Gebieter, befohlen, daß kein weißer Mann hierher gehen soll, wegen des Übels, das daraus entstehen wird. Komm mit mir in die grünen Wälder, und ich werde dir eine kleine Blume zeigen, die den Männern großen Mut gibt, wenn sie beim Mondschein gepflückt und in einem großen Topfe gekocht wird...«

Mr. Odwall hatte ein solches Reizmittel nicht nötig. Was er nötig hatte, lag in der schwarzen Erde.

Sein Aufenthalt hatte beinahe vierzehn Tage gedauert. Er hatte sich auf schlaue Weise einen Eimer voll Erde verschafft und diese gewaschen, ohne indessen die geringste Spur von Gold darin zu entdecken. Da kam eines Nachts der alte Häuptling zur Tür der Hütte, vor der Mr. Odwall saß und verdrießlich das häusliche Treiben des Dorfes beobachtete.

»Herr!« sagte dieser in seiner geheimnisvollen Weise, »weil du ein Freund Sandis bist, will ich dir einen großen Schatz geben.«

Der Häuptling sah sich um, um zu sehen, ob man ihn belauschen könnte, und Mr. Odwalls Herz hüpfte vor Freude.

»Dieses ist unser Geheimnis, wie du weißt. Es wurde mir von meinem Vater, dem großen Häuptling K'suro, anvertraut, und ich werde es auch meinem Sohne mitteilen, wenn die Hand des Todes auf meinem Gesichte liegt.« Er holte unter seiner Häuptlingskleidung aus schmutzigen Fellen einen kleinen Topf hervor, der bis zum Rande mit einer gelbgrünen, in ihrer Zusammensetzung der Butter ähnlichen Masse gefüllt war. Mr. Odwalls Gesicht wurde lang. In einem Augenblick wilden Jubels hatte er erwartet, die dürre Hand würde mit einem kleinen Beutel Gold unter dem Gewande hervorkommen.

»Dieses ist unser Wunder!« sagte der Häuptling mit gedämpfter Stimme. »Mit seiner Hilfe unterscheiden wir uns von allen anderen Männern.«

Er ergriff seines Gastes widerwillige Hand und schmierte etwas von der grünen Butter auf den haarigen Arm; dann wischte er mit dem Saum seines Gewandes darüber. Wo Haare gewesen waren, zeigte sich jetzt eine glatte Oberhaut.

»Durch diesen Zauber sind wir kahl«, sagte der alte Häuptling, der glücklicherweise von dem aufsteigenden Ärger des anderen nichts ahnte. »Dieses gebe ich dir, weil es wunderbarer ist als sonst etwas auf der Welt.«

Mr. Odwalls erster Gedanke war, dem alten Manne den Topf an den Kopf zu werfen, aber er beherrschte sich und stellte den kleinen Topf auf den Erdboden.

»Das ist gute Rede und feiner Zauber, Häuptling!« sagte er lebhaft. »Aber ich habe von anderen Wundern dieses Waldes gehört, zum Beispiel von dem gelben Staube, der aus der Erde kommt. Nun sage ich dir, daß ich in meinem Lande ein sehr großer Häuptling bin. Ich habe viele Sklaven und große Reichtümer, und ich schlafe jede Nacht auf einem feinen Fellbett. Und wenn du mir die Wahrheit sagst, wo dieser gelbe Staub liegt, dann will ich dich zum reichen Manne machen. Der Wald soll voll sein von deinen Ziegen und der Häuser deiner Weiber so viele, daß sie ein Dorf ausmachen.«

Ch'uga, der Häuptling, war sichtlich beunruhigt.

»Herr, ich weiß nichts vom gelben Staub«, sprach der Häuptling bedrückt, »noch darf ich von solchem sprechen, denn das ist Sandis Befehl. Einmal kam ein Mann an das dritte Loch und nahm Staub mit sich fort, und das war ein schlimmes Palaver, denn Sanders folgte ihm bis ans Ende der Welt und fing ihn. Laß mich dir von unserer sonderbaren Schmiere erzählen und wie wir sie herstellen! Zuerst nehmen wir Ziegenfett und kochen es in einem großen Topf, mit den roten Beeren...«

Mr. Odwall gähnte. »Erzähle mir das morgen, Häuptling!«

Er hatte alles in Erfahrung gebracht, was er zu wissen wünschte. Das dritte Loch, das war die dritte seichte Pfanne vier Meilen entfernt. Als in dieser Nacht das Dorf schlief, schlich er sich aus seiner Hütte fort. Er trug einen Segeltuchsack, der eine große Kelle enthielt. Odwall bewegte sich behutsam vorwärts, damit ihn der Wächter nicht sehen könne, ging durch einen Streifen Waldland und kam zu der Einöde. In einem großen Bogen gelangte er zum »dritten Loch«. Der Erdboden war weich und bröcklich und gab der Kelle ohne besonderen Kraftaufwand nach.

Er kam bald durch die Oberschicht hindurch und stieß auf das, was er für die Alluvialschicht hielt; er öffnete den Sack und füllte ihn halb. Dann prüfte er dessen Gewicht; er konnte ihn zurück ins Dorf tragen und dort die Erde nach seinem Belieben waschen. Er war aufgestanden, hatte schon den Hals des Sackes zugedreht, um sich ihn auf die Schultern zu schwingen, als er sich umwandte und im Mondenlicht eine Gestalt dastehn sah. Es war der alte Häuptling.

»O Ko!« sagte Ch'uga düster. »Das ist ein schlimmes Palaver, und ich werde Sandi diese traurige Neuigkeit senden. Herr, willst du deinen Sack leeren?«

»Nichts leeren!« knurrte Odwall. Dann versuchte er auf Bomongo seine Gegenwart zu entschuldigen. Aber als er am Wächter der Pfannen vorbei wollte, ergriff der alte Mann ihn sehr sanft, aber sehr fest am Arm.

»Herr, du gehst von hier nicht fort.«

Odwall versuchte, sich ihm zu entwinden, und da er das, beladen, wie er war, schwierig fand, ließ er seinen Sack fallen und stieß den alten Mann zurück. Er sah einen schimmernden Schlachtspeer warnend erhoben und schlug mit seiner scharfkantigen Kelle wild zu. Der Schlag traf, der alte Mann brach in die Knie und fiel als lebloses Bündel zusammen.

Odwall verfluchte seine Torheit, kniete nieder und legte den Häuptling auf den Rücken. Die Wunde blutete heftig, und beim Anblick des leblosen Gesichtes fühlte der Abenteurer, wie ein kalter Schauer über seinen Rücken lief. Wenn Sanders ihn jetzt erwischte, würde er erbarmungslos mit ihm verfahren. Ein Baum, ein Strick, und sein Name wäre ausgelöscht und vergessen.

Odwall nahm ein Taschentuch und verband die Wunde, so gut er konnte. Dann nahm er seinen Sack auf und ging, naß von Angstschweiß, zum Dorf zurück, packte seinen Koffer und schlug den Weg zur Küste ein.

Drei Tage plackte er sich ohne Träger in der glühenden Hitze der tropischen Sonne, jeden Augenblick gewärtig, das Patschen von Füßen hinter sich zu hören; er schlief im Gehen, wenn er unter der schweren Last seines Schatzes vorwärts stolperte.

Endlich gelangte er an den Ort, wo er seine Paddler zurückgelassen hatte. Kaum hatte er ohne viele Umstände Sack und Koffer auf den Boden des Kanus geworfen, als er selbst auch schon wie ein Klotz auf seinen Platz am Heck sank; noch ehe die Paddler ihren Singsang begonnen hatten, war er eingeschlafen. Als er aufwachte, war es früh am Morgen, und das Kanu war bei einem kleinen Gehölz festgemacht. Er sah den roten Schein des Feuers und streckte seine Hand nach dem Sacke aus, der ihn soviel gekostet hatte. Der Sack war fort.

Sein heiserer Wutschrei trieb den Vormann der Paddler zu ihm.

»Herr, es war doch nur Erde, und belastete das Kanu zu sehr; denn nahe dem Isisifluß sind die Wasser wild, darum warfen wir den Sack über Bord.«

Odwall wütete, lief das Ufer auf und nieder wie ein Wahnsinniger, verfluchte die Paddler, verfluchte Sanders, verfluchte alles außer seiner eigenen sinnlosen Torheit.

Bones ging hinunter, um das Kanu anzutreffen, sobald es in Sicht kam. Er war bestürzt von dem unheimlichen Aussehen des Mannes.

»Lieber alter Astrologe!« rief er aufs höchste beunruhigt. »Sie haben Fieber, lieber Sekretär! Lassen Sie mich Ihnen etwas Chinin geben...!«

»Wann fährt der nächste Dampfer ab?«

»Heute. Haben Sie die römischen Ruinen gefunden? Dieses...« Bones' Hände fuchtelten herum.

»Ja, ja ich hab's gefunden«, sagte der andere ungeduldig. Er atmete auf, als er erfuhr, daß Nachrichten über sein Verbrechen noch nicht an die Station gelangt waren. Vielleicht war Ch'uga gar nicht tot. Diese alten Eingeborenen waren zäh wie Draht.

»Wollen Sie nicht warten und den Distriktsgouverneur sprechen? Er kommt morgen zurück.«

»Morgen?« Odwall schrie das Wort beinahe. »Nein, nein, ich muß heute noch fort. Sie sagten doch, der Dampfer fährt heute ab?«

Mit dramatischer Geste deutete Bones auf die See. Ein großer deutscher Dampfer hatte Anker geworfen, und das Brandungsboot wurde zu Wasser gelassen.

Die Abreise Mr. Walter Bagens, des Sekretärs der Central-Afrikanischen Archäologischen Gesellschaft, war ihrer Natur nach etwas wie eine Enttäuschung für Bones, der eine Menge interessanter, aber ungenauer Nachrichten über eine unerwiesene griechische Besiedelung des Landes gesammelt hatte; diese waren hauptsächlich auf das Vorhandensein einer korinthischen Säule gegründet, die die Veranda des Wohnhauses der Station stützte und die, um bei der Wahrheit zu bleiben, von Sanders' Vorgänger ins Land gebracht worden war.

Nicht eher, als bis die flachen Ufer der Flußgebiete unter den Horizont des Ozeans gesunken waren, fühlte sich Mr. Odwall beruhigt.

Der Dampfer berührte keinen anderen britischen Hafen, bis er Plymouth anlief. Und nun konnte Odwall an die Erfindung einer Geschichte gehen, die seinen Geldgeber befriedigen sollte.

Mr. Wilberry kam zu dem wieder bewohnten Erdgeschoß in der Jermyn-Straße. Er war sich bewußt, daß er die Geschichte eines Fehlschlages hören würde, denn er war ein Geschäftsmann und durchaus befähigt, einen Brief zu deuten, der anfing: »Wie Sie sehen, bin ich zurückgekehrt; und obwohl die Ergebnisse meines Besuches nicht alle so waren, wie ich gern gewünscht hätte...«

»Ich werde Ihnen die Wahrheit sagen«, erklärte Odwall, als der Mann mit dem roten Gesicht sich bequem in dem einzigen, ziemlich geräumigen Lehnstuhl niedergelassen hatte.

Merkwürdig genug, die Geschichte, die der zurückgekehrte Wanderer erzählte, war inhaltlich wahr – es war die einfachste und glaubwürdigste Erklärung seines fruchtlosen Versuches.

»Pech!« sagte Mr. Wilberry, der schon früher Geld verloren hatte. »Aber ich hätte geglaubt, der alte Vogel würde Ihnen geholfen haben, wenn Sie ihm Geld genug gegeben hätten.«

Odwall schüttelte den Kopf. »Sie kennen den Einfluß nicht, den dieses Schwein, der Sanders, auf die Eingeborenen ausübt.« Und dann fiel ihm etwas ein. »Hier ist etwas, das Sie interessieren wird.«

Odwall ging in sein Schlafzimmer und kam mit einem kleinen

Krug eingeborener Machart zurück; er nahm das Ölpapier ab, mit dem er den Inhalt bedeckt hatte, und zeigte die gelbgrüne Salbe.

Mr. Wilberry runzelte die Stirn. »Ein Enthaarungsmittel? Ist es brauchbar?«

»Brauchbar?« Odwall lachte. »Es ist jetzt halb leer. Ich habe es auf der ganzen Rückreise von Afrika gebraucht, um mir das Rasieren zu ersparen.«

Wilberry streckte seine Hand aus, nahm den Topf, strich ein wenig auf das Haar neben seinem Ohre und wischte es mit seinem Taschentuch ab. Ein kahler Fleck zeigte, wo die Salbe gewirkt hatte.

Wilberry hielt seinen Atem an.

»Kennen Sie die... die Formel seiner chemischen Zusammenstellung?« stieß er atemlos hervor.

Odwall schüttelte den Kopf. »Nein...! Darum habe ich mich nicht gekümmert. Sie können's ja analysieren lassen...«

»Analysieren? Es ist ein Pflanzenerzeugnis, Sie Narr. Analytiker können uns gar nichts sagen. Hat er Ihnen die Zusammensetzung angeboten?«

»Ja. Aber damit konnte ich mich nicht befassen. Ich war hinter Gold her...«

Wilberry rang seine fleischigen Hände in Verzweiflung. »Mein Gott!« heulte er und wandte sich mit flammenden Augen zu dem Abenteurer. »Sie hirnloser Narr, Sie! Sie riesenhafter, hirnloser Narr!« schrie er. *Gold* wollten Sie? Und Sie hatten es!« Er hielt das Gefäß hoch. »Haben Sie eine Vorstellung von dem, was Sie hier haben? Was wir hätten haben können? Wenn ich die Zusammensetzung davon wüßte, könnte ich Sheffield zugrunde richten! Kein einziges Rasiermesser könnte mehr verkauft werden... O, Sie kurzsichtiger Narr!«

»Aber... aber...« stammelte der andere.

»Aber! Aber!« äffte sein Geldgeber wütend nach. »Dieser Topf war eine Million Pfund in Gold wert... Er war zehn Millionen wert... Ich hätte halb Sheffield um Gnade bettelnd zu meinen Füßen gehabt. Denn die Formel für dieses Mittel hätte jedes Rasier-

messer aus dem Handel verdrängt und jede Sicherheitsrasiermesser-Gesellschaft der Welt! Gold? Das hier ist Gold! Unter Ihrer häßlichen Nase! Und *Sie* konnten's nicht sehn!«

3

Es ist eine sonderbare Tatsache, daß weder Bones noch Sanders den unzeitigen Tod des alten Häuptlings mit dem Besuch des Sekretärs der großen Archäologischen Gesellschaft in Verbindung brachten. Sanders ging auf die Suche nach dem weißen Mann und erfuhr nun aus den Beschreibungen, die man ihm machte, daß Mr. Odwall auf irgendeine Weise in das Gebiet zurückgekehrt und wiederum entwischt war.

»Ich weiß nicht, ob es ein Zeichen der Trauer oder ob es einer anderen Ursache zuzuschreiben ist, aber das kahlköpfige Volk ist nicht mehr kahlköpfig«, sagte Sanders nach dem Essen am Abend nach seiner Rückkehr. »Anscheinend gebrauchten sie 'ne Sorte Zeugs, das der alte Häuptling machte und dessen Geheimnis er seinen Leuten nicht weitergab. Nun ist der arme alte Kerl fort, die kahlen Kerle werden wieder ganz normal. Sie sollten das Ihrer Archäologischen Gesellschaft mitteilen, Bones!«

Ein Rat, dem Bones folgte, aber der Brief kam zurück mit dem Vermerk: »Abgereist, Adressat unbekannt.«

Die Freudensucher

I

Die »Zaire« hatte einmal den Inseln der Freude einen Besuch abgestattet, einer Gruppe von sechs Inseln, keine größer als eine Meile im Umfang und zwei von ihnen nur halb so groß. Sie waren unbewohnt. Denn obwohl dort Wasser und eine üppige Vegetation vorhanden waren, gab es da weder Affen noch Ratten, nicht einmal Schlangen. Vor langer Zeit hatten einst die Portugiesen dort einen Posten errichtet, die grauen Ruinen eines kleinen Forts waren noch sichtbar, und Anzeichen bebauter Felder waren auch da. Aber niemand zeigte Sehnsucht nach diesen Freudeninseln; ihre geographische Lage rechtfertigte nicht einmal die Errichtung einer Kabelstation. Bones hatte gedroht, vierzehn Tage auf eine botanische Exkursion zu gehen – das war um die Zeit, als er schwer am botanischen Fieber litt und ganze Massen ungenau benannter gepreßter Gräser und Blumen sammelte. Aber er machte sein Versprechen niemals wahr, und die Inseln der Freude galten nur als Landmarke und als ein die Schiffahrt bedrohendes Hindernis, obwohl tatsächlich keine planmäßige Dampferlinie innerhalb zwanzig Meilen von diesen lieblichen Felsen vorüberkam.

Sagen gingen um über sie, und zwar bis weit den Fluß hinauf. Nach Ansicht der einen war es der Sommeraufenthalt M'Shimba-M'Shambas und nach einer anderen Fassung bevölkert von einer Rasse von Sklaven, die Kleider für die weißen Menschen webten.

Das Kanovolk verzeichnete eine Legende, nach der Mohammed einmal auf der größten dieser Inseln gelandet war und dort einen Traum gehabt hatte, daß alle Welt zu seiner Lehre bekehrt werden würde. Aber das Kanovolk umkleidet den gewöhnlichsten Flecken mit einem heiligen Geheimnis.

Die Haussa sind in allen ihren Gewohnheiten und Gebräuchen Mohammedaner, nur mit der Ausnahme, daß sie ihre Weiber unverschleiert halten, obwohl Abibu dem Distriktsgouverneur Sanders einmal erzählt hatte, daß manche der Fulas, die unter dem Emir stehen und die die Herren von Kano sind, dieser Sitte huldigen. Aber wenn die Haussa ihr Weibervolk auch nicht abschließen, so haben sie doch strenge Ansichten über ihre Unantastbarkeit. Und als Benabdul, ein Soldat der Königshaussa, durch den Wald kam und sein junges und reizvolles Weib in den Armen Achmets, des Hornisten, sich wehrend fand und ihre fürchterlichen Schreie hörte, stürzte er sich auf den hübschen Burschen, der über jegliche Verzeihung hinaus gesündigt hatte, und es hätte Mord gegeben.

Zum Glück brachte der Lärm des Streites Sergeant Abibu auf die Szene, und Abibus bevorzugter Friedensvermittler war ein steifer Streifen Rhinozeroshaut, die sehr weh tut. Leutnant Tibbetts hielt sein Morgenpalaver um sieben Uhr. Der sündigende Hornist wurde vor ihn gebracht und die Geschichte seiner verabscheuungswürdigen Vergehen erzählt. Das Weib legte kein Zeugnis ab; ihr Ehemann tat das an ihrer Statt. Er war sehr zungengewandt. Als die Beweisführung beendet war, setzte Bones sein Monokel ein und gab sein Urteil ab.

»Du wirst sieben Tage lang in Dunkelhaft bleiben. Alle die Auszeichnungen auf deinem Arm, die sagen ›Dieser ist ein guter Soldat‹, sollen von deinem Arm genommen werden, und solange du im Gefängnis bist, wirst du keinen Sold erhalten.«

So wanderte Achmet zu den Zellen hinter dem Wachraum und zupfte bei spärlicher Kost Werg.

»Senden Sie lieber den jungen Narren zum Government!« riet Sanders, und Hauptmann Hamilton stimmte dem bei.

Aber die Überweisung einer einzelnen Person von einer Station zur anderen ist keine leichte Sache. Da waren Berichte in dreifacher Ausfertigung an das Government zu machen, Memoranda zu beantworten, und das alles kostet Zeit. Der unbeliebte Achmet kam aus dem Gefängnis und nahm seine Hornistenstellung wieder ein, und es sah aus, als ob die ganze Angelegenheit beigelegt wäre, denn Benabdul, der geschädigte Ehemann, war ein nachsichtiger Mensch und unfähig, eine Fehde zu unterhalten. Nicht so sein Weib, wie es schien. Ihr Name war Fahmeh, und sie war vom Araberschlag, braun und, vom Europäerstandpunkt aus gesehen, hübsch, denn ihre Nase war dünn und gerade und sie hatte schöne Augen.

Sie hielt Leutnant Tibbetts' Hütte rein und wusch seine Wäsche.

»Gebieter!« sagte sie eines Morgens während ihrer Arbeit, »dieser Mann Achmet sieht mich immer an, wenn ich an ihm vorbeigehe, und seine Augen sehen schrecklich verliebt aus. Ich fürchte mich.«

Bones' Gesicht war in diesem Augenblick fast gänzlich mit Seifenschaum bedeckt, und sein glänzendes Rasiermesser durchzuckte die Luft.

»Weib, wenn du ihn nicht ansähest, würdest du nicht beleidigt sein«, sagte er, »denn es steht geschrieben in der Sure des Djin, daß Beleidigung vom Wissen kommt.«

Sie runzelte ihre Stirn. »Alle Weiber zeigen mit Fingern auf mich, und manche fragen mich, warum mein Mann ihn nicht schlägt. Und ich werde nicht glücklich, bis dieser Mann geht, denn ich hasse ihn«, sagte sie.

»Alle Dinge geschehen«, antwortete der philosophisch veranlagte junge Offizier und beendete seine Toilette.

Bones arbeitete gerade damals zweifellos sehr viel und hatte seine eigenen Sorgen. Seine vielen musikalischen Besitztümer verstaubten an sonderbaren Orten; sein tragbares Harmonium war niemals geöffnet worden, die Dudelsackpfeifen, die ihm ein irregeführter Gouverneur geschenkt hatte, hingen vernachlässigt da (Fahmeh staubte sie nicht einmal ab, da sie glaubte, sie seien die getrockneten Überbleibsel eines Meerungeheuers von der Familie der Polypen).

Bones arbeitete fleißiger und andauernder als gewöhnlich an einem Rechtskursus. Vom Government war ein umfangreiches Rundschreiben gekommen, das die Notwendigkeit in den Vordergrund stellte, daß »alle Offiziere, die eine Stellung in der Verwaltung einnahmen, oder Assistenten solcher Offiziere, die eine administrative Stellung einnahmen, oder Offiziere, die zu irgendeiner Zeit berufen werden können, in Abwesenheit der eigentlichen Verwaltungsbehörden solche Ämter einzunehmen«, ihre Gedanken auf das Studium der Gesetze richten sollten. Als Anreiz für Fortschritte in diesem Fach wurde ihnen eine Zulage in Aussicht gestellt, die nur mit dem Mikroskop zu entdecken war.

Es bedurfte nur dessen, um Bones in die frohen und beglückenden Arme der Doktorhut-Schule des Rechts und der Jurisprudenz zu treiben, deren seitenlange Anpreisung jedes Magazin von Ruf füllte.

»Lerne Gesetzeskunde!« sagte die Ankündigung befehlend.

Bones schrieb um nähere Auskunft und erhielt eine Wagenladung Literatur, einen Brief, der anfing: »Teurer Freund!«, und ein Blankett, das durchaus nicht leer war und nur seiner Unterschrift auf der punktierten Linie bedurfte, um Bones die enthüllten Geheimnisse des Gesetzes auf seine Frühstückstafel zu bringen.

»Und welchen Wert die Gesetze der Vereinigten Staaten von Nordamerika für Sie haben werden, mag Gott wissen«, sagte Hamilton, als er seinen Untergebenen in das Studium des »Personenrechts« vertieft fand. »Sie sollten sich vielmehr an die Auslegung der Zehn Gebote machen.«

Bones legte sich müde in seinen Stuhl zurück und schloß die Augen. »Lieber alter Herr!« antwortete er mit beleidigender Geduld, »warum machen Sie sich über mich lustig? Diese Sorte Zeugs ist ein bißchen zu schwer für Sie. Ich wette, Sie wissen nicht, daß es gesetzwidrig ist, zu behaupten, Sie seien jemand anders.«

»Sie verblüffen mich, Bones!«

»Und ich wette, Sie wissen nicht, armer alter Ignoramus, daß, wenn ich zu Ihnen käme und sagte, ich sei Sanders, und ich wäre nicht Sanders, und Sie dächten, ich sei Sanders, und gäben mir einen Scheck, was wäre ich dann?«

»Ich weiß, was ich sein würde«, antwortete Hamilton. Etwas später am Tage drückte Hamilton Sanders gegenüber seine Beunruhigung aus.

»Ich habe Bones niemals ein Studium so ernsthaft aufnehmen sehen. Er wandelt einher wie ein Mann im Traum und nennt mich ›Euer Ehren‹. Würde es Ihnen was ausmachen, die Post durchzugehen und alle Korrespondenz, die mit ›Doktorhut-Schule aller Rechte‹ bezeichnet ist, zu entfernen?«

Sanders lächelte. »Ich fürchte, ich darf das nicht tun, aber ich will mit Bones reden.«

Ehe Sanders das tun konnte, geschah etwas Sonderbares. Der Korporal der Wache berichtete, er habe Bones um Mitternacht um den Exerzierplatz gehen sehen. Bones hatte seine Hütte auf der anderen Seite des Exerzierplatzes gerade gegenüber dem Wachraum, und es war in einer heißen Nacht, wenn der Schlaf sich suchen ließ, nicht ungewöhnlich, daß der Posten einen langen jungen Mann sah, der in stark gestreiftem Pyjama und Moskitostiefeln außerhalb des Hauses auf- und abging. Als der Posten die Gestalt im Pyjama quer hinüber zum Magazin, einer häßlichen kleinen Wellblechbaracke, gehen sah, in der die Soldatenuniformen aufbewahrt wurden, dachte er sich nichts dabei. Er erwähnte die Angelegenheit dem Korporal der Wache gegenüber, und dieser sagte es, wie beiläufig, Hamilton.

»Um welche Zeit war das?« fragte der Haussahauptmann interessiert.

»Gebieter, es war die dritte Stunde vor Tag.«

Als sie sich beim Frühstück trafen, fragte Hamilton: »Was, zum Teufel, machten Sie mitten in der Nacht?«

»Ich, Sir? Schlafen, Sir; das tue ich gewöhnlich, teuerer alter Ham.«

Hamilton sah ihn betroffen an. »Aber mein lieber Mann, Sie sind nachts um drei Uhr auf dem Exerzierplatz herumgestrolcht!«

Bones starrte ihn mit offenem Munde an.

»Ich, Sir? Gönnen Sie dem armen alten Hauptmann ein wenig frische Luft!« sagte Bones sanft. »Sonnenstich, lieber alter Herr... Hitze, armer Hauptmann...«

»Wollen Sie damit sagen, daß Sie nicht in Ihrem unmöglichen Pyjama heut um drei Uhr morgens herumgelaufen sind?«

»Nein, Sir, und was meinen Pyjama...«

»Beim Frühstück wollen wir über den nicht sprechen«, antwortete Hamilton.

»Waren Sie jemals Schlafwandler?« fragte Sanders.

»Als Jüngling, Sir«, gab Leutnant Tibbetts zu. »Vor vielen, vielen Jahren.«

Als Hamilton und Sanders die Sache unter sich erörterten, nahm Sanders sie leicht.

»Er arbeitet hart, und das erklärt anscheinend sein Schlafwandeln. Er kann sich nicht viel schaden, aber Sie täten gut, dem Sergeanten der Wache zu sagen, daß er ihn im Auge behält.«

In dieser Nacht geschah nichts. Aber in der folgenden Nacht

fand es Hamilton zu heiß zum Schlafen und zog sein Feldbett auf die Veranda. Er hoffte, die Moskitos würden die Abwesenheit des schützenden Moskitonetzes nicht bemerken. Nachdem er eine Stunde mit Klatschen und Wischen verbracht hatte, stand er mit einer Verwünschung auf, ging in das Speisezimmer und machte sich ein laues Zitronensaft-Gemisch zurecht. Als er wieder zu seinem Bett herauskam, war er so wach wie jemals in seinem Leben. Er gab seinen Plan auf, das Moskitonetz wieder um sein Bett aufzustellen, setzte sich in einen der Liegestühle und zündete sich eine Zigarre an.

Es war Vollmond – fast so hell wie am Tage. Er sah das Glitzern des Bajonetts des Postens, als dieser lässig auf- und abwandelte, und den rötlichen Schein der unerlaubten Zigarette, die der Soldat rauchte. Hamilton grinste. Früher würde er den Mann herangeholt und ihn wegen Pflichtverletzung bestraft haben. Aber er hatte gelernt, daß es gewisse Vergehen gegen das Militärgesetz gab, die so menschlich verständlich waren, daß scharf gegen sie vorzugehen, sich der Unmenschlichkeit schuldig machen hieß.

Und dann sah er plötzlich eine Gestalt im Pyjama den Platz überqueren und in der von Bones bewohnten Hütte verschwinden. Er wartete fünf Minuten. Seine Neugier gewann die Oberhand, er stand auf, nahm seine elektrische Taschenlampe und ging quer über den Übungsplatz. Bones hatte beide Fenster und Türen weit offen gelassen, und als Hamilton seine Taschenlampe spielen ließ, sah er seinen Untergebenen unter dem Moskitonetz in tiefem Schlaf. Als der Lichtstrahl über Bones' Gesicht glitt, grunzte dieser und drehte sich auf die andere Seite...

»Mordbrennerei«, murmelte er, »ist eine Art Verbrechen, die von zivilisiertem Gemeinwesen hübsch verabscheut wird.«

Hamilton schritt quer über den Platz zu dem Posten hin, dessen Zigarette als stummer Zeuge seines Vergehens brennend am Boden lag.

»Nein, Gebieter, ich habe Tibbetti nicht aus seinem kleinen Haus herauskommen sehen«, sagte der Mann. »Aber das Haus hat eine Hintertür, die ich nicht sehen kann, und Tibbetti kommt und geht ... darum habe ich ihn nicht angerufen, denn er ist von hohem Rang.«

»Hat *er* die Zigarette weggeworfen?« fragte der Offizier spöttisch.

»Gebieter, er muß das wohl getan haben, denn wer sonst würde rauchen?«

Hamilton hielt es für unklug, diesen Punkt weiter zu verfolgen. Am folgenden Tag kam die europäische Post und die von der Küste an; und in der Sendung (die einige dicke Briefe der Doktorhut-Rechtsschule einschloß) befand sich der amtliche Befehl, den Hornisten Achmet zum Government zu schicken. Hamilton hatte gerade Zeit, die Papiere des Mannes in Ordnung zu bringen (denn ein Soldat ist an umfangreiche Aktenstücke gebunden) und den Mann an Bord des nach Norden bestimmten Dampfers zu verfrachten, und war dadurch so beschäftigt, daß er keine Zeit fand, den Schlafwandler zu befragen. In Zeiten einer Krisis wie dieser war Bones das schwankendste aller Rohre. Unabänderlich trug er die Vergehen eines Mannes auf der für den Gesundheitsbericht bestimmten Seite von dessen Paß ein und berichtete von dessen Halskrankheit auf der für militärische Vergehen vorbehaltenen Seite.

Die Gelegenheit, Bones zu fragen, fand sich erst spät am Abend.

»Segen auf meine nette alte Seele!« sagte Bones bestürzt. »Schlafwandeln! *Ich*! – Sie verkohlen mich, Ham!«

Bones schien über diese Enthüllung seiner Absonderlichkeit weniger beunruhigt als stolz auf seinen krankhaften Zustand. Er sprach von haarsträubenden Abenteuern in seiner Jugend und erzählte eine lange und schauerliche Geschichte, wie er einmal im Schlaf ein Geländer entlanggetänzelt sei.

»Vernichtung, lieber alter Herr, starrte mir ins Gesicht.«

»Vernichtung könnte mein Mitgefühl erregen«, sagte Hamilton kalt, »aber augenblicklich warne ich Sie. Sie werden sich in eine sehr böse Lage bringen. Es würde nicht nett aussehen, wenn ich Ihnen einen Wärter beigäbe.«

»Das würde es nicht! Das sage ich auch!« antwortete Bones bissig.

»Aber«, fuhr Hamilton fort, »Sie müssen ein Mittel finden, um Ihr nächtliches Herumstreichen zu verhindern. Ich möchte Ihnen raten, Ihren Fußboden mit Reißzwecken, die Spitzen nach oben, zu spicken.«

Bones murmelte einen Widerspruch.

»Oder Ihre große Zehe an den Bettpfosten zu binden. Sie wirken demoralisierend auf die Truppe, und das muß ein Ende nehmen.«

Bones zuckte die Achseln. »Ich werde mich darum kümmern, Sir«, sagte er verdrossen.

Als er nach seiner Hütte zurückging, rollte Fahmeh, das Kanoweib, gerade das Moskitonetz herunter und steckte die losen Enden unter die Matratze.

»Nun ist mein Herz glücklich, Tibbetti, denn Achmet ist auf das große Schiff gegangen, und ich werde ihn nicht mehr sehen«, sagte Fahmeh.

Bones befand sich nicht in der Stimmung, über Achmet und über das Wohl und Wehe der jungen Dame zu schwatzen. Dagegen war er begierig, Nachrichten von außerhalb über seine eigenen nächtlichen Gewohnheiten zu erlangen.

»Sage mir, Fahmeh, haben die Soldaten mich jemals in der Nacht herumgehen sehen?«

Zu seinem Erstaunen nickte sie. »Ja, Gebieter, ich habe dich in deinem feinen seidenen Bettanzug und in deinen hohen gelben Stiefeln gesehen. Einmal kamst du aus deiner Hütte und riefst meinen Mann; und ich kam zu dir hinaus, und du sagtest mir, du benötigtest ihn. Und weil du so sonderbar aussahst, dachte ich, du seist krank im Kopf.«

Bones ließ sich schwer in den nächsten Stuhl fallen. »Segen auf mein Leben!« sagte er schwach und wurde blaß. »Beim lebendigen Himmel und allen heiligen Schlangen!« fügte er hinzu und fuhr mit seinen Fingern durch sein dünnes strohgelbes Haar.

»Auch viele von den Soldaten haben dich in das Haus gehen sehen, in dem das Soldatenzeug aufbewahrt wird«, fuhr sie erbarmungslos fort. »Und letzte Nacht sah Militini dich.«

Bones winkte ihr, aus der Hütte zu gehen. War er auf dem Weg, wahnsinnig zu werden? Junge Leute – intelligente und lebensfrohe Männer – waren vor ihm in diesem Lande durch die brennende Sonne und die ewige Bläue dieses Himmels zum Wahnsinn getrieben worden.

Als er zum Essen ging, trug er ein Dokument bei sich, das er mit tragischer Gebärde vor Sanders' Blicken ausbreitete.

»Ich möchte gern, daß Sie das hier beglaubigen, lieber alter Herr und Exzellenz«, sagte er gedrückt. »Ich habe Ihnen meinen kleinen Bungalow bei Shoreham und dem alten Ham alle meine Gewehre und Sachen vermacht...«

»Was ist denn das?« fragte Sanders und überflog das Dokument, das folgendermaßen begann:

> »Ich, Augustus Tibbetts, Leutnant der Königshaussa, bei gesunder Vernunft und in vollem Besitz meiner geistigen Fähigkeiten...«

»Ein Testament? Was für ein Blech! Und außerdem, Bones«, lächelte Sanders, »ich könnte nicht gut ein Testament beglaubigen, das mir einen Shoreham-Bungalow vermachte. Sind Sie krank?«

»Nein, Sir, aber an der Grenze!« antwortete Bones in tiefstem Grabeston. »Klapsig, Sir.« Er klopfte mit dem Finger leise auf seinen Kopf. »Sehe Gesichter und höre Stimmen und Geschrei in der Luft, des Nachts und über den ganzen Platz.«

»Oh, Sie sind Schlafwandler? Well, das wird Sie nicht umbringen«, sagte Sanders und, als Achmets Nachfolger den Offiziersruf zum Essen blies: »Setzen Sie sich und essen Sie!«

2

Die Hütten der Haussa bilden zwei Linien, fast parallel mit dem Flußufer. Daneben, und näher der See, befinden sich ihre Gärten, in denen süße Kartoffeln und Zwiebeln und Mehlfrüchte in Menge wachsen. Zur Nachtzeit liegt eine gewisse Romantik über diesen Hütten, denn Feuer brennen dort, der Ton einer ungestimmten Banjogitarre läßt sich hören, das Klatschen von Händen und das

Tam-Tam der langen Tanztrommel.

Ehe Bones in dieser Nacht zu Bett ging, stellte er eine mühsam verfertigte Falle auf, die ihn aufwecken sollte, falls er unbewußt einen Spaziergang antrat. Die Falle bestand aus einem alten Schrotgewehr, das höchst gewagt auf der Kante der offenen Tür lag, und aus einem Besenstiel. Die erforderliche Höhe wurde dadurch gewonnen, daß man den Besenstiel in der Schwebe auf einen Stuhl legte.

Der Mann, der ihn gegen die Mitternachtsstunde wecken kam, mußte damit gerechnet haben – höchstwahrscheinlich –, da Mann, Weib und Kind in der Station gesehen hatten, wie Bones die Falle aufstellte.

»Tibbetti!« rief der Mann in dringlichstem Tonfall.

Als sein Name zum drittenmal wiederholt wurde, sprang Bones aus dem Bett, stieß die Tür auf und wurde von dem Schießeisen zu Boden geschlagen.

»Kerl, warum rufst du mich?« grollte Bones und rieb seinen Kopf.

»Gebieter, willst du kommen und sehen? Benabdul ist ermordet worden.«

Bones fuhr in seinen Rock, zog seine Stiefel an und trat in die schwarze Nacht hinaus.

»Wer hat diesen Mann getötet?« fragte er.

»Herr, niemand weiß. In der Nacht hörte sein Weib ihn schreien, und als sie aus ihrer Hütte kam, da lag, durch die Fügung Gottes, Benabdul.«

Jemand hatte ein Feuer zu lichter Flamme geschürt. Alle Haussahütten waren leer, und eine Menge halbnackter Männer und Weiber umringten das Etwas, das auf dem Boden lag.

Der Mann war durch das Herz gespeert worden und lag auf einer Seite, die Arme nach der Dorfstraße zu ausgestreckt. Benabduls Weib bettelte weinend, man möchte ihn in die Hütte tragen, aber die Haussa ließen ihn dort liegen, wo man ihn gefunden hatte.

Bones ging zum Wohnhaus und weckte den Distriktsgouverneur und Hamilton. Sie gingen zu den Hütten zurück.

Sanders stand vor einem Rätsel. Es herrschte kein Krieg in diesem Lande, und dieser Mann war so unbedeutend gewesen, daß er keinen Feind hatte, ausgenommen Achmet, und der befand sich auf einem Schiff und war hundert Meilen weg. Familienstreitigkeiten, durch die sich die meisten Familien auszeichnen, lagen ebensowenig vor. Er lebte glücklich mit seinem Weibe und prügelte sie nur selten. Die Sache war unerklärlich.

Später untersuchte Sanders die Waffe – einen kurzen Wurfspeer. Dutzende davon befanden sich auf der Station. Die Haussa kauften sie oder stahlen sie am Oberfluß – Bones hatte ein Dutzend in seiner eigenen Hütte.

»Das ist sehr sonderbar. Holt mir das Weib her!« befahl Sanders.

Ihren Freunden war es gelungen, das schluchzende Weib zu beruhigen, und sie wurde zu dem neben einem Feuer sitzenden Sanders gebracht.

»Nun erzähle mir, Weib!« sagte er freundlich. »Hast du kein Geräusch in der Nacht gehört?«

Sie zögerte. »Gebieter, ich hörte eine Stimme, die meinen Mann rief, und er ging aus der Hütte.« Sie schluchzte.

»Was für eine Stimme?« fragte Sanders sanft. »Denn du kennst doch alle Kameraden deines Mannes, Fahmeh.«

Sie schüttelte den Kopf. »Von diesen war es keiner.« Dann sah sie Bones sonderbar an, und dieser wurde bleich wie der Tod.

»Meine?« krächzte er.

Sie nickte. »Gebieter, es war deine Stimme, die ich gehört habe und die mit meinem Manne sprach«, sagte sie in gedämpftem Tone. »Und dann hörte ich nichts mehr, bis er aufschrie.«

Bones zuckte nicht mit der Wimper. Er wurde etwas steifer, richtete sich höher auf als gewöhnlich. Dann bückte er sich und hob den Speer auf, den man herausgezogen hatte, und untersuchte ihn beim Scheine des Feuers. An dem einen Ende war er abgekrazt, und dort befand sich ein Buchstabe.

»Der Speer gehört mir«, sagte er einfach. »Ich habe ihn vor drei Monaten von den N'Gombi mitgebracht.«

Hamilton nahm Bones' Hände und drehte sie um. Es haftete

Blut an ihnen, aber das mochte von dem Speere herrühren, den er in den Händen gehabt hatte und der noch feucht vom Blut war.

Und dann richtete Hamilton seine kalten Augen auf Fahmeh. »Weib, du kannst Tibbetti gar nicht gehört haben. Das ist närrisches Gerede. Ich saß im Schatten von Tibbettis Hütte, während dieser schlief, und wachte, da ich seine sonderbare Gewohnheit kannte, im Schlafe herumzuwandern.«

»Was das anbetrifft, Gebieter, so weiß ich nichts«, sagte das Weib einfach, »nur, es war Tibbettis Stimme, die Benabdul herausrief.«

Und davon ging sie nicht ab. Der Posten wurde gefragt. Er hatte Bones nicht über den Exerzierplatz gehen sehen. Aber es gab einen Pfad durch den Busch, der es Bones möglich gemacht haben konnte, die Hütte ungesehen zu erreichen.

»Wir werden das durchsprechen«, sagte Sanders ruhig. »Kommen Sie mit ins Haus rauf, Bones, und trinken Sie einen mit uns!«

Die drei Männer gingen schweigend über den Platz in das im Dunkeln liegende Haus. Hamilton zündete eine der Lampen an und setzte eine große Flasche Whisky auf den Tisch. Bones' Gesicht war bleich, seine Züge starr, mit Kopfschütteln schob er das Glas beiseite.

»Nein, danke, lieber alter Ham«, sagte er ein wenig heiser. Und dann: »Habe *ich* diesen unglücklichen Kerl getötet? Ich muß bekennen, daß ich vor dem Einschlafen an ihn gedacht habe.«

»Sie haben niemand getötet«, antwortete Hamilton wild. »Worüber quatschen Sie denn? Das Weib ist vor Angst halb verrückt, und morgen früh wird sie eine wesentlich abweichende Geschichte erzählen. Irgend jemand hatte einen Groll gegen Benabdul und erledigte ihn. Da ist doch nichts Seltsames daran?« Er sah Sanders herausfordernd an.

»Nichts, gar nichts«, antwortete Sanders ruhig.

»Denken Sie, daß ich ihn getötet habe?« fragte Bones, ganz Spannung im Gesicht.

Sanders' Hand griff nach seinem eigenen Kinn. »Ob ich denke, Sie haben ihn getötet?« wiederholte er langsam. »Nein, Bones, ich denke das nicht.«

Es wurde eine schlaflose Nacht für alle von ihnen, und als der Morgen anbrach, kam Sanders auf einen Gedanken, den er dem älteren Offizier mitteilte.

»Haben Sie daran gedacht, Ihr Magazin einmal daraufhin nachzusehen, ob dort etwas fehlt? Nach den Aussagen wurde Bones doch dabei gesehen, wie er bei zwei ganz verschiedenen Gelegenheiten das Magazin besuchte.«

Diese Idee war Hamilton nicht gekommen, und ohne weiteres nahm der den Schlüssel, ging in Begleitung des Sergeanten Abibu, des Schreibers, zu dem kleinen Bau hinunter und hielt dort kurze Umschau. Kurz war die Umschau deshalb, weil augenscheinlich jemand das Magazin in großer Eile besucht hatte. Ein Stapel brauner Decken war umgewühlt, und als man diese zählte, fehlten sechs. Im inneren Raum des Lagers, wo die Konserven aufbewahrt wurden, war eine Kiste aufgebrochen worden, und zehn Dosen Fleisch und Gemüse fehlten. Das war aber noch nicht alles. In einem kleineren Raum, es war wenig mehr als ein Verschlag, hatten zehn Gewehrständer neuer Lee-Enfield-Gewehre gestanden, die zu Übungszwecken an die Station geschickt worden waren, da die Truppen hier herum mit den alten Lee-Metford-Büchsen bewaffnet waren. Zwei Gewehre und eine Kiste Patronen waren verschwunden. Und was mehr bedeutete, ein Versuch war gemacht worden, den kleinen Geldschrank aufzubrechen, der jedoch nichts Wertvolleres enthielt als Protokolle und Lagerlisten.

Hamilton ging mit diesem eben gewonnenen Ergebnis zu Sanders.

»Ein Schlafwandler hätte unmöglich einen so systematisch verübten Raub ausgeführt«, sagte Sanders nachdenklich. »Ich werde ans Government drahten. Der letzte Dampfer hätte heute morgen dort sein müssen, und wenn der Landtelegraf instand ist...«

Daß dieser instand war, erwies sich, als der Eurasier, der als Obertelegrafist Dienst tat, mit einer gekritzelten Botschaft herüberkam. Das Telegramm kam vom Oberkommando der Truppe:

»Gemeiner Achmet war nicht an Bord, als Schiff ankam. Kapitän glaubt, Achmet sprang über Bord, ehe Schiff seinen Platz verließ.«

Sie sahen einander an.

»Achmet muß aufgefunden werden!« sagte Sanders kurz. »Er ist, wie ich mich erinnere, ein tüchtiger Schwimmer und kann leicht den Wald erreicht haben.«

Hinter dem Strande war ein Streifen Waldland, der sich fünfzig Meilen nach Norden erstreckte. Das Land war spärlich bewohnt, da es zu gewissen Zeiten unter einem schrecklichen Wind zu leiden hatte, der stets den Fluß selbst verschonte, und außer ein paar von Armut geplagten Stämmen, die ihr Leben durch Fischen fristeten, gab es keine nennenswerte Bevölkerung in diesem Strich.

»Er hat den Busch erreicht, ist während der Nacht zur Station gekommen und hat Benabdul erledigt«, bemerkte Hamilton.

»Aber Bones' Stimme?«

Sanders zuckte die Achseln. »Das ist ein alter Trick. Diese Haussakerle sind die geborenen Nachahmer, und Bones machten sie besonders gern nach.«

Hamilton selbst gab eine lebenswahre Nachahmung zum besten, wie Bones Benabdul auf arabisch beim Namen rief.

Ein Durchsuchen des Buschlandes ließ sich praktisch nicht ausführen. Aber Bones und zwei Fährtensucher gingen am Strand entlang auf der Suche nach Fußspuren, und zwei Meilen von der Station fanden sie solche: eine Folge von Fährten, die vom Rand der See bis zum Busch führten und dort verschwanden. Gerade dort lief ein seichter Fluß vom Busch in die See, und Bones ging im Fluß aufwärts, bis dieser zu tief wurde und zu verwachsen, um darin weiter waten zu können. Hier hatten die Krokodile ihren Brutplatz, und gerade als Bones durchs Wasser schritt, hörte er, wie ein großes Vieh von einem unbemerkten Baumstamm mit einem Klatsch ins Wasser fiel.

Bones ging zurück und berichtete über die Fährten. Alarm wurde geblasen. Jeder Soldat, gleichgültig, ob auf Posten oder nicht, kam auf den Exerzierplatz, und Hamilton fragte Mann für Mann. Aber niemand hatte Achmet, den Hornisten, gesehen. Hamilton wußte, sie logen nicht. Der Mann war nicht beliebt, und er würde keine Freunde finden, die ihm ein Versteck boten.

»Sie sollten heute nacht lieber oben in unserem Wohnhaus schlafen, Bones!« schlug Sanders am Abend vor.

Bones zögerte. »Ich möchte feststellen, wie weit ich in diese Sache verwickelt bin, Sir«, sagte er ruhig. »Wenn der alte Ham dem Posten Befehl gäbe, mich anzurufen, wo immer ich gesehen werde, wäre ich ruhiger, denke ich.«

Seine Augen waren schwer von Müdigkeit, und als er das Moskitonetz beiseite zog und sich aufs Bett legte, hatte sein Kopf kaum das Kissen berührt, als er auch schon in tiefen Schlaf sank.

Als Hamilton sicher war, daß Bones schlief, trug er einen Deckstuhl zu Bones' Hütte, stellte diesen vor dessen Tür, machte die Runde um die Hütte und stützte einen starken Pfahl gegen die Hintertür, so daß diese nicht geöffnet werden konnte. Hierauf kehrte er zur Vorderseite des Hauses zurück, setzte sich, eine Decke über die Knie, und fiel in einen unruhigen Schlaf. Der Stuhl stand vor dem Eingang der Hütte, so daß es unmöglich war, daß jemand die Hütte verlassen konnte, ohne ihn aufzuwecken.

Der Schrei, der ihn auf seine Füße jagte, kam nicht aus der Hütte. Er stand auf, sein Herz schlug etwas schneller, er horchte und hörte erregte Stimmen vom Wachraum herüberschallen. Sein erster Gedanke war Bones. Er stieß den Stuhl beiseite und lief in die Hütte.

Bones' Bett war leer.

Niedergeschlagen sprang er aus der Hütte und lief über den Platz, gerade als der Sergeant ihn wecken wollte.

»Gebieter!« sagte der Mann zitternd. »Sergeant Abibu...«

»Tot?« fragte Hamilton bestürzt.

»Nein, Herr, aber verwundet. Während er schlief, kam jemand in seine Hütte und speerte ihn, aber er lag auf seiner Seite...«

Hamilton wartete nicht auf weitere Nachrichten, sondern raste den Haussahäusern zu, stieß die Leute, die den Eingang von Abibus Hütte versperrten, beiseite und trat ein. Die Wunde war leicht. Abibu saß auf seinem Fellbett, während eine seiner beiden Frauen die Wunde vorsichtig verband.

»Ich weiß gar nichts, Gebieter«, sagte Abibu offen, »außer, daß ich einen scharfen Schmerz fühlte und aufwachte. Ehe ich von dem Bett springen konnte, war mein Feind fort.«

»Hast du irgend jemand sprechen gehört?« fragte Hamilton schnell.

Wenn Abibu das nicht hatte, ein Weib, das in der Hütte nebenan schlief, hatte jemand gehört, der Abibu beim Namen rief.

»Es war Tibbetti, Gebieter«, sagte sie.

»Urmutter aller Narren«, schnappte Hamilton, »wie konnte es Tibbetti sein, wenn Tibbetti in seinem Hause schläft?«

Fahmeh löste sich von der Gruppe, die herumstand.

»Gebieter, ich sah Tibbetti«, sagte sie, »wie er durch das Dorf ging wie ein Geist. Und er hatte einen Speer in der Hand, der war ganz rot von Blut, und diesen warf er vor meiner Hütte nieder, wo ich wachte. Und weil ich Angst hatte, habe ich den Speer nicht berührt.«

Sanders war um diese Zeit angekommen, und beide Männer gingen, um festzustellen, was sich feststellen ließ. Der Speer lag in der Mitte des Weges, der zwischen den beiden Hüttenreihen hindurchführte. Hamilton hob ihn auf, ließ den Strahl seiner Taschenlampe darauffallen und stöhnte. Ohne ein Wort zu sagen, reichte er Sanders die Waffe.

»Ist er in seiner Hütte?« fragte Sanders beunruhigt.

»Nein, Sir. Wie er da herausgekommen ist, mag der Himmel wissen.«

Der Hornist blies Alarm. Die Haussa eilten in ihre Hütten, um sich anzukleiden. In Patrouillen zu zwei und drei wurden sie ausgesandt, um zuallererst das Stationsgehölz abzusuchen, während eine stärkere Abteilung Hals über Kopf den Strand entlang geschickt wurde. Das Suchen wurde die ganze Nacht fortgesetzt, aber weder von Bones noch von dem Haussa Achmet war eine Spur zu entdecken.

»Ich verstehe das nicht«, sagte Sanders, als Hamilton beim ersten Schein der Morgendämmerung wiederkehrte und das Mißlingen der Suche berichtete. »Bones konnte doch nicht gut... pah! Es ist lächerlich!«

Hamilton stand, die Hände auf dem Rücken gefaltet, das Kinn auf der Brust, ein Bild tiefster Niedergeschlagenheit.

»Es ist fürchterlich«, sagte er in Verzweiflung. »Natürlich, es mag ein sonderbares...«

Aus dem Winkel eines seiner Augen heraus sah er einen Mann über das Viereck rasen. Es war der verwundete Abibu. Er setzte die vier Stufen der Treppe, die zur Veranda führten, mit einem einzigen Satz hinauf.

»Herr!« rief er atemlos. »Fahmeh, Benabduls Weib, ist fort!«

Tiefstes Schweigen.

»Fort?«

Der Mann nickte.

»Ja, Herr. Niemand sah sie fortgehen, aber Tibbetti wurde gesehen...«

»Was?« schrie Hamilton. »Wann wurde er gesehen?«

»Als alle Leute auf dem Exerzierplatz standen«, antwortete der Haussa. »Ein altes Weib, die wegen ihres geschwollenen Fußes zurückblieb... Sie war das Weib des Korporals Ali Fula, der gefallen ist...«

»Wo hat sie Tibbetti gesehen?« unterbrach Sanders.

»In seinem kleinen Schiff«, war die verblüffende Antwort. »Der Tschick-a-Tschick. Er glitt wie ein Geist den Strom hinunter zu den großen Wassern.«

»Ich will verdammt sein!« sagte Hamilton hilflos.

Er lief zum Kai hinunter, er hoffte, das Weib hätte sich getäuscht. Das Motorboot war fort.

Das versprach ja eine ganz geheimnisvolle Sache zu werden, und Sanders hatte einen drei Foliobogen langen Bericht an das Government geschrieben, als Hamilton ihn ganz aufgeregt an den Strand rief. Die kleine »Wiggle« kam von See herein, hinter sich im Tau ein langes Kanu, in dem zwei niedergeschlagene Menschen saßen.

3

Als Fahmeh, das Kanoweib, vor Sanders stand, erzählte sie folgendes:

»Herr, dieser Achmet war mein Liebhaber, weil er jung war und schön, und mein Mann war alt und albern. Und als Benabdul mich in seinen Armen fand, tat ich so, als ob ich Achmet haßte, denn ich wußte, daß die Zeit kommen würde, wo wir zu den Inseln der Freude gehen, eine Hütte bauen, unseren eigenen Garten bepflanzen und für immer dort leben würden. Und ich haßte Tibbetti, weil er meinen Liebhaber in ein finsteres Gefängnis steckte. Wir hatten ein Kanu in dem kleinen Bach, und da wir wußten, daß Tibbetti tief schläft, nahm Achmet den Schlüssel zu dem kleinen Haus, wo das Zeug aufbewahrt wird, und wir nahmen daraus alles, was wir für unsere lange Fahrt zu den Inseln brauchten. Auch einen Sack Reis nahmen wir mit und einen Sack Salz und Schnüre mit listigen Haken zum Fischen und Zeug, um uns zu kleiden. Ich tötete Benabdul, weil ich ihn haßte, und ich sprach böse von Tibbetti, weil ich ihn noch mehr haßte. Ich hätte Abibu getötet, weil er meinen Liebhaber in so grausamer Weise schlug, aber Abibu lag auf der Seite.«

Sanders machte keine Bemerkung. Es wäre Zeitverlust gewesen. Er überwies die beiden Gefangenen dem Gefängnis und gab Bones Gelegenheit, das Wunder zu erklären.

»Ich habe alles ausgeheckt, als ich im Bett lag, liebe alte Exzellenz«, sagte Bones, »während der arme alte Hamilton draußen schnarchte wie ein Schwein«, fügte er anmaßend hinzu. »Kriegte die Idee in einem Blitz! Schlüsse und Logik, Herr und Kamerad! Ich wußte, diese unartige alte Dame besorgte die Wirtschaft in meiner Hütte und war die einzige Person, die den Speer genommen haben konnte. Ich bin eine sehr nette methodische Person! Eine Menge Leute stellen sich das nicht vor. Ich wußte, ich hatte zehn oder, kann sein, zwölf Speere in meiner Hütte, und so stand ich auf, zündete Licht an und zählte sie, und da waren bloß noch sieben oder, kann sein, neun.«

»Oder, kann sein, zwölf«, ergänzte Hamilton grinsend.

»Da fehlten drei oder vielleicht fünf«, sagte Bones feierlich. »Auf jeden Fall fehlten einige. Ich dachte mir, was für eine nette, gute Idee es wäre, wenn ich hinunterginge und die Hütte dieser verruchten alten Person durchsuchte.«

»Mitten in der Nacht!« murmelte Hamilton.

»Ich trat über Sie hinweg, und Sie hörten nichts!« sagte Bones triumphierend. »Und, hören Sie, Ham! Ich bin *kein* Schlafwandler! Die verruchte Person, die in meinem Pyjama in meiner Hütte ein und aus ging, war Achmet selbst. Ich hätte mir niemals träumen lassen, jemand könnte ein so gemeiner Kerl sein, meinen Pyjama zu klauen. Das so nebenher. Ich ging also auf dem Buschweg zu den Haussahäusern runter und war kaum im Haussadorf angelangt, als ich Mrs. Benabdul aus Abibus Hütte herauskommen sah und das Gepolter hörte. Mich zu verbergen war ein Werk des Augenblicks. Ich erriet die ganze Geschichte in einer Sekunde. Mein Gehirn...«

»Wir können uns das alles vorstellen, Bones«, sagte Sanders gut gelaunt. »Was geschah nun?«

Anscheinend war Bones der Mörderin durch das Gehölz gefolgt, wo der Liebhaber mit seinem Kanu wartete, das verproviantiert und fertig zur Reise war. Das Kanu glitt über die Brandung, ehe Bones die Absicht der beiden erkannte. Er raste zum Kai zurück, an dem die kleine Motorbarkasse lag, und machte sich an die Verfolgung der beiden.

»Aber ich wandle *nicht* im Schlaf. Diesen Punkt möchte ich feststellen, lieber alter Offizier!« sagte Bones nachdrücklich. »Wenn ich gehe, dann bin ich wach, und wenn ich wach bin, dann bin ich fürchterlich scharf! Wenn Sie das ans Government berichten, Exzellenz«, er wandte sich an Sanders, »dann könnten Sie die Tatsache erwähnen, daß ich das alles ohne die geringste Unterstützung getan habe... In der Tat, wenn irgend etwas dann doch nicht klappte, dann war ich nur gehindert durch einen garstigen alten Vorgesetzten.«

Hamiltons Antwort läßt sich im Druck nicht wiedergeben.

Das Ballspiel

Dora Campbell-Cairns war sehr freundlich gegen Tiere. Sie betete Schmetterlinge geradezu an und betrachtete die Entomologen, die diese Tiere sammelten, als schreckliche Menschen. Sie hätte niemals ihr zartes Füßchen auf einen unschuldigen und notwendigen Wurm gesetzt und wäre bei dem Gedanken, eine Fliege zu klatschen, in Ohnmacht gefallen. Sie war rank und schlank, hatte jene blasse, reine Gesichtsfarbe, die manche anbetungswürdig finden, schön geschwungene Augenbrauen und Augen, so hell und blau wie der Morgenhimmel.

Sie war die einzige Tochter des Gouverneurs und kam zu der gesündesten Zeit im Jahr an die Küste, ehe sie sich in Paris niederließ, um auf eine Schule zu gehen, in der junge Damen die Kunst, sich zu kleiden, einen gewählten Geschmack, die neuesten Tänze lernten, und wo sie gelehrt wurden, sich in den vornehmeren und teureren Restaurants zu bewegen.

Dem Leutnant Tibbetts schien sie nicht jung. Er meinte, sie befände sich geradezu in einem idealen Alter. Er hätte sie sich weder jünger noch älter vorstellen können. Sie hatte duftiges, goldblondes Haar und Lippen, die darauf berechnet waren, einen empfänglichen jungen Mann auf seinen Füßen zappeln zu lassen. Bones war empfänglich – und zappelte, und die vier Tage, die Seine Exzellenz auf der Station verbrachte, waren vier farbige Bilder in seinem grauen Alltagsleben, vier duftende Rosen in einem Zwiebelgarten, wenn ein so göttliches Erlebnis mit etwas so Lächerlichem verglichen werden darf.

»Bones!« sagte Sanders eines Morgens. »Der Gouverneur kommt Ende der Woche und bringt seine Tochter mit.«

»Segen auf ihr hübsches altes Herz!« murmelte Bones, im Augenblick in seine Post vertieft. »Wenn ich irgend etwas tun kann, es der lieben alten Dame angenehm zu machen...«

»Soweit ich mich erinnern kann«, unterbrach Hamilton, nachdenklich die Stirn in Falten legend, »ist sie noch ein Kind. Meine Schwester schrieb mir neulich über sie, sie hat eben erst die Schule hinter sich.«

»Ein paar eingeborene Puppen, denke ich ...«, sagte Bones, aufblickend. »Überlassen Sie das nur mir, liebe Exzellenz! Ich werde das Kind schon unterhalten. Es ist spaßig, lieber alter Ham, aber Kinder haben eine Vorliebe für mich. Ich bin so was wie der Rattenfänger von – von irgendwoher. Den Augenblick, in dem er seine netten Pfeifen anstimmte... aber Sie haben jedenfalls die Novelle gelesen, lieber Ham. Warum langweilen Sie mich mit solchen Fragen?«

»Um bei der Wahrheit zu bleiben, ich habe keine Fragen an Sie gerichtet«, sagte Hamilton. »Wenn ich eine solche stellen wollte, dann geschähe es, um zu wissen, ob Sie ein so großer Esel sind, wie Sie scheinen, oder ob Ihre Überdämlichkeit bloß Maske ist.«

»Tut! Tut!« murmelte Bones, sich wieder seiner Korrespondenz zuwendend. »Tut! Tut! Alter Babyfänger!«

»Was Sie tun können, ist, das Tennisnetz instand zu setzen und Ihre Leute zu beauftragen, endlich die Eismaschine zu reparieren.«

Bones ging lustig pfeifend hinunter, um den Gouverneur zu empfangen. Er kam wie vor den Kopf geschlagen und, zum erstenmal in seinem Leben, schweigend wieder. Miss Dora hatte sich natürlich an ihn angeschlossen, weil er der einzige junge Mann unter den dreien war. Sie hatte den Eindruck, daß Sanders fürchterlich streng aussehe, und vertraute dem in Ehrfurcht ersterbenden Bones an, daß Hamilton einen grausamen Mund habe.

»Durch und durch fürchterlich, junges Fräulein!« antwortete Bones heiser vor Bewegung. »Was der nette, alte Mann alles zu mir sagt...«

»Ich meine, er sieht aus, als ob er... nun... als ob er verletzen könnte.«

Bones nickte feierlich mit dem Kopfe. »Einfach fürchterlich, liebe alte junge Dame!« stimmte er bei. »Schert sich etwa den Teufel um jemandes Gefühle.«

Ihre wunderbaren Lippen äußerten einen Laut der Ungeduld. »Sie sind sehr dumm, Mr. Bones!« sagte sie.

»Tibbetts heiße ich, aber Sie können ruhig Bones zu mir sagen, Fräulein Exzellenz.«

»Ich werde Sie nennen, wie ich will«, antwortete Fräulein Exzellenz scharf.

»Und mir soll's recht sein, wie immer Sie mich auch nennen, liebe alte Person!« sagte Bones und war so entzückt über diese Antwort, daß er ein wenig von seinem verlorenen Selbstvertrauen wiedergewann.

Vier Tage ihrer Gegenwart beim Frühstück, beim Dinner! Achtundvierzig Stunden mit ihr auf der »Zaire« zusammen, als sie mit ihrem Vater auf eine kleine Inspektionsreise ging! Und die Abende auf der Veranda, wenn sie in schimmerndem Weiß dasaß, ihre kleine Hand der seinen so nahe, daß er sie hätte berühren können, und in der Tat einmal auch berührte, wobei er dann hastig erklärte, er habe da einen Moskito weggejagt. Am vierten Morgen machte er ihr in einem wahren Delirium des Elends – denn ihr Dampfer fuhr am Nachmittag ab – eine Liebeserklärung.

»Die Sache ist die, junges Fräulein Dora!« sprach er mit einer ihm selbst fremden Stimme. »Ich bin einfach fürchterlich verrückt in Sie. Wirklich! Bin ich! Liebe alte Miss... Ich weiß, Sie sind sehr jung, und ich bin einfach fürchterlich alt, und ihr alter netter Vater ist ein vollkommenes Scheusal... obwohl wir ihn nicht oft zu Gesicht bekommen...«

»Wovon, um Himmels willen, reden Sie denn?«

Ihre Sternaugen hafteten an seinen.

Bones räusperte sich, wischte sich den Schweiß von der feuchten Stirne – mit einer kleinen seidenen britischen Flagge, einem seiner kostbarsten Besitztümer, das er ihr vor ihrer Abreise zu schenken beabsichtigte – hustete wieder, sah überall hin, nur nicht auf sie, und dann, in einem Augenblick höchster Verzweiflung:

»Die Sache ist die, liebe alte Dame, wovon?« fragte er heiser.

»Was wovon?«

»Nette alte Ehe«, krächzte Bones. »Tum-tum-ti-tum-tum-tum...«

Sie erkannte darin nicht Mendelsohns Hochzeitsmarsch, aber es war seine gute Absicht.

»Ehe? Soll das ein Antrag sein?«

Ihre Augenbrauen hoben sich hochmütig.

Bones nickte. Er war stumm vor lauter Anbetung, Furcht, Hoffnung und Gefühl.

»Wie grenzenlos lächerlich!« antwortete die junge Dame, die auf keinen harmlosen und notwendigen Wurm trat, die keiner Fliege weh tun und keinen Schmetterling auf einen Korken aufspießen konnte. »Wie unerreicht schrecklich dumm! Ich kann Sie unmöglich heiraten! Sie sind doch so schrecklich alt! Wie alt sind Sie eigentlich?«

»Hundertundfünf!« antwortete Bones mit einem traurigen Versuch zu scherzen.

»Ich bin überzeugt, Sie sind vierundzwanzig«, sagte sie hart, »und Sie sind so schrecklich häßlich!«

»*Ich?* Ich häßlich? Machen Sie sich doch nicht lächerlich, liebe alte Albernheit!« antwortete Bones entrüstet.

»Natürlich sind Sie häßlich!« foppte sie. »Betrachten Sie doch Ihre Nase!«

Bones schielte auf das in Frage stehende Organ. Er konnte nichts Bemerkenswertes daran sehen, außer, daß es ziegelrot war, aber das war sein übriges Gesicht auch.

»Was soll mit meiner Nase los sein?« fragte er hitzig. »Und wenn es sich darum handelt, Sie haben ja auch keine Nase, über die es sich zu sprechen lohnte.«

Sie öffnete ihren Mund zu einem zornigen und schmerzvollen »Oh! Wie dürfen Sie sich erlauben, über meine Nase zu sprechen! Ich werde das meinem Vater sagen.«

»Und das sollten Sie auch hübsch tun, weil er teilweise dafür verantwortlich ist!« sagte Bones bitter.

»Oh«, sagte sie wieder, und dann boshaft: »Ich könnte unmöglich einen Mann heiraten, der kein Sportler ist. Und wenn Sie's durchaus wissen wollen, ich liebe Harry Gilde. Er ist einer der besten Stürmer in der Cambridge-Fußballmannschaft.«

»So, das ist die Sorte Kerl, die Sie lieb haben – ein Stürmer! Als ob Sie nicht stürmisch genug sind!«

»Lassen Sie uns zum Wohnhaus zurückgehen!« antwortete sie mit unheilvoller Ruhe.

Bones zuckte die Achseln und schritt neben ihr her.

»Nach allem, was ich für Sie getan habe...«, sagte er nach einer langen Pause.

Sie stand still und starrte ihn an. »Was haben Sie denn für mich getan?«

»Na, ich habe Ihnen doch alles gezeigt. Oder nicht?« sagte er entrüstet. »Wer hat das Tennisnetz für Sie aufgespannt? Ich hab's getan.«

»Und noch dazu ein elendes altes Netz!« antwortete sie.

»Es ist das beste, das wir haben«, erwiderte Bones ruhig.

»Was sonst haben Sie für mich getan? Bitte, sagen Sie mir das doch!«

Bones wußte im Augenblick nichts zu sagen, aber er wies mit seiner Hand rundum.

»Haben Sie die Erde geschaffen?« fragte sie sarkastisch. »Sind Sie unseres Herrgotts Gärtner?«

Die Reihe, verblüfft zu sein, war an Bones. »Lassen Sie uns nicht darüber streiten!« sagte er.

Mit aufeinandergepreßten Lippen gingen sie zum Wohnhaus der Station.

Der Gouverneur war im Begriff abzufahren.

»Wo um Himmels willen hast du denn gesteckt, Dora?« fragte er sehr sanft, denn er hatte etwas Scheu vor seiner schönen Tochter.

»Ich habe« – ihr Ton war sehr überlegen – »ein sonderbares Insekt gesehen und seine merkwürdigen Possen beobachtet«, sagte Dora, indem sie nach Bones schielte.

»Das habe ich auch. Eines der aufgeblasensten Insekten«, bemerkte Bones.

Sie nahm ihres Vaters Arm und verließ Bones so plötzlich, daß es auffiel.

»Kommen Sie mit hinunter zum Strand, Bones?« fragte Hamilton.

Sein Untergebener zog eine wunderliche Grimasse, in der Verachtung, Gleichgültigkeit, Mißvergnügen und Erhabenheit über das Weib zugleich um Ausdruck rangen. Nichtsdestoweniger standen Tränen in seinen Augen, als er das weiße Schiff langsam am Horizont verschwinden sah. Er fühlte es in seiner Kehle würgen, und an der Stelle, wo sein Herz war, empfand er einen dumpfen, zehrenden Schmerz. Er wünschte fast, er könnte sich dem Trunk ergeben, aber unglücklicherweise konnte er keinen Whisky vertragen, und beim zweiten Glas Portwein sank er unwiderruflich in Schlaf.

»Was halten Sie von ihr, Bones?« fragte Hamilton.

»Kein übles Mädchen«, sagte Bones gleichgültig. »Ziemlich frühreif, aber nicht schlecht.«

»Ich war der Meinung, sie sei schön«, sagte Sanders, ruhig aufblickend.

»Ja–a«, gab Bones zu, »aber das Aussehen macht's nicht. Intelligenz ist die Hauptsache, liebe alte Exzellenz. Und, wie der nette alte Kipling sagt: ›Ich habe dies getan und jenes getan und das andere, und ich habe von ihr über die Weiber gelernt‹.«

Bones zog sich frühzeitig zurück, weigerte sich hartnäckig, Hamiltons Einladung zum Pikett anzunehmen, und verbrachte den größten Teil der Nacht damit, ein melancholisches Gedicht zu machen, an dessen Ende er die Worte setzte:

»P.S. – Ich nehme alle Bemerkungen über Ihre Nase zurück.«

Dieser Brief mag Miss Dora Campbell-Cairns erreicht haben oder nicht. Wenn das Schreiben in ihre Hände gelangt ist, war sie jedenfalls von Reue so überwältigt, daß sie nicht den Mut hatte zu antworten. Aber was auch immer die Ursache gewesen sein mag, jedenfalls erhielt Bones keine Antwort. Bones wurde zynisch, was Frauen anlangte, und fing an, die Sportzeitungen zu lesen, bis sein Interesse am Rugby wieder auflebte.

Und dann ereignete sich jener Vorfall in dem Ugundidorfe, der ihn veranlaßte, ein lebhaftes Interesse an einem Spiele zu nehmen, das er seit seiner Schulzeit nicht mehr gespielt hatte.

Nahe bei dem Ugundidorfe ist ein Platz, den man »Die Zehn Leoparden« nennt. Ein Flecken, bar jedes Pflanzenwuchses und umringt von Haufen von faulenden, mit Schwämmen bedachten Baumstümpfen, die die großen Elefanten vor Generationen im Spiel herausgerissen und beiseite geworfen haben. Bis hinunter zum Flußrand liegen diese Wahrzeichen der Liebhaberei und der Stärke der Riesen, denn geschwärzte Stämme ruhen Schicht auf Schicht zwischen Sand und Schlamm, und der Fluß hat sie durch seine Rückstände verkittet, bis sie zu einer unbeweglichen Masse geworden sind.

Hunderte von Jahren lang kamen die Elefanten herbei, um auf diesem harten Boden zu spielen, zum Schein ihre Herausforderung hinauszutrompeten und in dieser Jahreszeit im Scherz miteinander zu kämpfen, wobei selbst die reizbarsten Bullen Kopf gegen Kopf miteinander fochten und niemals in Versuchung gerieten, ihre scharfen Stoßzähne zu benutzen. Hierher kamen die Elefantenkälber in Herden, um unter den Augen der schläfrigen Elefantenkühe einen Scheinkrieg zu führen, und an einem denkwürdigen Tage wurden hier die verstümmelten Überbleibsel von zehn Leoparden gefunden. Vielleicht hatten sie ein Elefantenkalb gejagt, denn damals war die große Hungerperiode (Sanders schätzte die Zeit um 1763 herum). Aber warum die zehn Leoparden auf einem Haufen gefunden wurden, ist, da die Leoparden von Natur aus ungesellig sind, ein Geheimnis, das die Jahrhunderte niemals aufklärten.

In dem in der Nähe liegenden Ugundidorfe fand ein Palaver statt, bei dem Distriktsgouverneur Sanders über den Wert Katabelis als Ehefrau zu Gericht saß, die das Weib des Akasavahäuptlings und die vierzehnte berüchtigte Tochter des Isisikönigs war.

M'laba, der Häuptling, hatte dieses Weib erstanden und hatte für sie drei Säcke Salz, zwei seltene kostbare Hunde und viertausend Messingstangen bezahlt. Das war ein sehr großer Preis für eine, die eine mittelmäßige Tänzerin war, und nun wollte M'laba diesen Kaufpreis zurückgezahlt haben, denn das Weib fand an anderen Gefallen. Sanders hörte mit Geduld die lange Reihe ihrer Liebhaber, bekannter oder vermuteter, aufzählen, warf ein beißendes Wort oder zwei über die Moral der Isisileute drein und erkannte dem Ehegatten bei der Dämmerung des dritten Tages zu, was ihm zukam, mit Ausnahme des Salzes.

Gewöhnlich wäre ein solches Palaver an einem Tage erledigt worden. Unglücklicherweise gab es in diesem Falle mehr als die gewöhnlichen Verwicklungen, den Katabeli war die Tochter eines Häuptlings und einer Frau, die beide drei Schnitte als Stammesabzeichen im Gesicht trugen, während M'laba nur zwei über Kreuz liegende Gesichtsschnitte besaß. Mit anderen Worten, ihre Gesichter waren in einem Falle verziert mit drei waagrechten Gesichtsschnitten und in dem anderen Falle mit zwei Schnitten in Gestalt eines Andreaskreuzes. Für den gelegentlichen Beobachter mag die Verwicklung nicht zutage treten, aber, auf eine praktische Formel gebracht, stellte diese Heirat zunächst die Verbindung zwischen zwei rivalisierenden Stämmen dar, und zweitens hatte sie – vorübergehend – sozusagen die widerstrebenden Interessen eines Bundes von Kneipenwirten mit Abstinenzlern verknüpft. Die Isisi und die Akasava waren tatsächlich, was sittliche Grundsätze und deren praktische Durchführung anbelangt, unverträgliche Gegensätze. Und die Scheidung stellte Streit in Aussicht.

»Herr!« sagte der Vater des Weibes, »das hier ist keine Gerechtigkeit, denn meine Tochter hat ihm einen Sohn geboren, und dieser Umstand allein berechtigt sie zu dem Salze. Auch werden mich diese zwei Kreuzschnittleute verspotten, und es wird mir schwerfallen, meine jungen Männer von Angriffen auf diese aufgeblasenen Akasava zurückzuhalten.«

»Wer immer dich verspottet, verspottet mich!« sagte Sanders. »Und, was das Salz und das Kind anbelangt, so sollst du jetzt so viel Salz zurückhaben, wie das Kind wiegt.«

Und feierlich wurde der kleine braungesichtige Sprößling auf der großen hölzernen Waage gegen so viel Salz abgewogen, bis sich die Schale zu senken anfing. Sanders hatte von dem kleinen Körper des Kindes einen Gürtel entfernt, von dem gewisse schwere Eisenstücke herunterhingen.

»Gebieter, wenn das weggenommen wird, wird er sein ganzes Leben lang Unglück haben«, sagte der mißvergnügte Großvater.

»Und wenn ich das nicht wegnehme«, antwortete Sanders, »erhältst du zuviel Salz, und das bedeutete in der Tat Unglück für M'laba.«

Sanders ließ zwei starke, mannbare und mordsüchtige Stämme zurück, die sich ganz und gar nicht mit seinem Urteil zufriedengaben. Es kam dazu, daß diese beiden, wie er sie nannte, »Schlüsselstämme« waren, die in vergangenen Generationen eine hervorragende Rolle im Anzetteln von Kriegen gespielt hatten. Zwischen dem blutdürstigen Akasavavolk und den wilden Grenzern der Isisi waren häufig zuerst die blutigen Streitigkeiten entstanden, die dann ganze Völkerschaften mit hineingezogen hatten. Sanders kehrte daher ziemlich beunruhigt zurück.

Die Ernten waren in diesem Jahr sehr gut gewesen, und gute Ernten waren ein Anlaß zum Kriege. Auch Fische gab es in diesem Teil des Flusses mehr als reichlich, und die Menschen waren zwischen einer Regenzeit und der anderen wohlhabend geworden. Sanders wurde unterwegs so besorgt, da er die »Zaire« halten und wenden ließ, weil er zurückfahren und auf der Stelle ein System für eine dauernde Versöhnung ersinnen wollte. Dann überlegte er es sich reiflicher und setzte seine Reise fort. Einmal wäre seine Rückkehr eine Schwäche gewesen, und weiter hätte sie möglicherweise die Bedeutung der Streitenden in ihren eigenen Augen erhöht.

Bones war mittlerweile der »Lehrkurse auf schriftlichem Wege« müde geworden und fühlte sich so geplagt, daß er sogar von der Zeitung geringschätzig sprach, die seine Beiträge über irgendwelchen Gegenstand in seiner Heimatstadt brachte. Und Bones ohne ein Steckenpferd, war ungefähr wie eine kranke Kuh. Er grübelte, langweilte sich und stieß glucksende Töne aus, die seinen Ekel vor dem Leben und allem, was das Leben ihm brachte, ausdrücken sollten. Aber Sanders war zu sehr mit der drohenden Kriegsgefahr beschäftigt, um sich wegen Bones zu ängstigen.

In Augenblicken wie diesen pflegte er einen Kriegsrat mit seinen beiden Offizieren zu halten, dem Ahmet, sein Hauptkundschafter, beiwohnte. Aber da er Ahmet zurückgelassen hatte, um sich Kenntnis der Vorgänge zu verschaffen, kam man zu keiner Entscheidung, bis der Späher mit seinem Kanu und den gemieteten Paddlern den Fluß herunterkam und dem Distriktsgouverneur einen beängstigenden Bericht über die Lage unterbreitete.

»Gebieter! Es wird Krieg kommen, denn das Weib und ihr Verwandter sind sehr aufgebracht gegen M'laba, und in den Augen ihres Volkes sind sie im Recht. Wie du weißt, Sandi, denkt das Isisivolk über solche Angelegenheiten so: Wenn ein Weib hierhin geht oder dorthin, machen sie darüber kein Aufheben, denn die Isisi halten das einfach für menschlich. Und, wie du weißt, Herr, pflegen die Isisi in solchen Fällen ihre Weiber nicht fortzujagen, es sei denn, sie wären faul oder kochten so schlecht, daß die Nahrung der Innenseite des Mannes weh tut. Ich habe neue Speere in beiden Dörfern gesehen, und M'laba hat seinen Vormann ins N'Gombiland geschickt, um mehr Speere zu kaufen.«

»Dieser Krieg muß verhindert werden«, sagte Sanders, »und zwar ohne Waffengewalt.« Er sah nachdenklich Bones an. »Ich hätte große Lust, Sie hinaufzusenden und dort oben zu lassen«, sagte er. »Ich glaube, ihre Gegenwart dort oben könnte viel dazu beitragen, Unruhen zu vermeiden. Wenn Sie sie ruhig halten können, bis Regen kommt, wird es keinen Krieg geben.«

Bones hatte sofort einen Plan fertig, und zu Hamiltons Überraschung billigte Sanders dessen Vorschlag ohne den geringsten Einwand, ja sogar mit einer gewissen Begeisterung.

»Es ist wenig wahrscheinlich, daß Sie diesen Teufeln beibringen werden, Rugby zu spielen... aber es sind Kinder. Versuchen können Sie's ja, Bones; aber, um möglichst sicherzugehen, werden Sie guttun, nach Bosambo zu schicken... Ich werde ruhiger sein, wenn Sie ein paar Dutzend Ochorispeere als Rückhalt haben.«

Bones fuhr mit der »Zaire« hinauf und wurde in der Nähe des Zehn-Leoparden-Platzes an Land gesetzt. Dieser Platz ist eine Art neutralen Gebietes zwischen den Akasava und den Isisi.

Er kam durchaus nicht zu früh an, wie er erfuhr, nachdem sein Zelt errichtet war. Denn während seine Leute einen rohen Verhau aus Dornen um das kleine Lager machten, schlenderte Bones in das Ugundidorf und fand die jungen Männer, wie sie unter den bewundernden Augen des Weibervolkes kriegerische Übungen veranstalteten.

Bones' Ankunft kam völlig unerwartet. M'laba, der Häuptling – er war ein großer Häuptling, denn sein Dorf faßte etwa zweitausend Seelen –, hatte von Bones' Kommen keine Ahnung, da der Platz der Zehn Leoparden nur selten besucht wurde.

»Das kommt vom Hochmut meines Weibes und ihres Vaters, Gebieter Tibbetti!« sagte M'laba. »Auch wir sind ein stolzes Volk, und Cala-Cala, vor langer Zeit, sagte man, haben wir Akasava die Berge bis zu dem großen Wasser beherrscht.«

Bones saß auf einem geschnitzten Stuhl vor des Häuptlings Hütte, und die jungen Männer, die herumgesprungen waren und getanzt hatten, standen mäuschenstill und sahen betreten drein.

»Ich habe dich zu gern, M'laba, um dich wegen einer solchen Verrücktheit an einem hohen Baum hängen zu sehen«, antwortete Bones. »Und ich habe einen großen Gedanken in meinem Magen, daß ich bald ein Palaver auf dem Leopardenplatze halten werde; dort werde ich sagen, was ich will.«

Er ging von da aus in das Isisidorf, das fünf Meilen entfernt war, aber dort hatte man seine Ankunft wahrgenommen. Die »Zaire« war auf ihrer Fahrt flußaufwärts an dem Dorfe vorbeigekommen und hatte keine Anzeichen kriegerischer Vorbereitungen bemerkt. Die Weiber mahlten ihren Mais, und die jungen Männer erzählten sich schauerliche Geschichten, aber nach einer anderen Richtung hin als vom Krieg. Aber gewisse Zeichen waren sehr bedeutungsvoll für Bones. Katabeli, das geschiedene Weib des Akasavahäuptlings, hatte einen ehrenvollen Platz innerhalb der Familie inne, was für ein geschiedenes Weib recht ungewöhnlich war; und sie trug gewisse Knöchelringe und Armringe an ihren hübschen Armen, die bewiesen, welche Hochachtung sie genoß.

»Wir denken gar nicht an Krieg«, sagte ihr alter Vater, der

Häuptling, »denn das wäre ein Vergehen gegen Sandis Befehl. Aber wenn uns diese Akasavahunde angreifen, müssen wir unser Dorf schon wegen der Weiber und Kinder verteidigen, die sie grausam behandeln werden. Und es wird erzählt, Tibbetti, daß die Isisi seit Cala-Cala, seit undenklichen Zeiten, das Land von den Geisterbergen an...«

Bones hörte geduldig zu, und zuletzt bestimmte er einen Tag für das Palaver. Er wählte dazu eine Zeit, die seinem wertvollsten Verbündeten gestatten würde, zur Stelle zu sein.

Bosambo erhielt die Aufforderung mit Taubenpost und brachte drei Kanus, jedes mit zwanzig Paddlern bemannt, die durch den einfachen Umtausch der Paddeln mit Speeren und Schilden im Augenblick ihrer Landung zu Kriegern wurden. Nach der ersten Begrüßung erklärte Bones seine hochfliegenden Pläne, und die beiden Dorfschaften wurden zu einem Palaver gerufen und ihnen bedeutet, Speere und Schilde zu Hause zu lassen.

Die Akasava saßen zu seiner Linken, die Isisi zu seiner Rechten, und zwischen ihnen befand sich die feste Phalanx der Lanzenleute der Ochori. Bosambo hockte an ihrer Spitze, ungefähr ein halbes Dutzend Meter von Bones entfernt.

Als Redner in der Eingeborenensprache hatte Leutnant Tibbetti wenige, die es ihm gleichtaten. Er sprach Bomongo fließender als Sanders und wußte in allen Redewendungen der vertrauteren Umgangssprache, wie sie am Fluß gang und gäbe ist, glänzend Bescheid.

»Hört alle zu!« sagte Bones. »Ich will euch von einem Zauber erzählen, der mein Heimatland groß gemacht hat. Denn mein Volk kämpft nicht im Zorn. Es kämpft dort einer gegen den anderen mit einem freundlich gesinnten Herzen; und wer in diesem Wettkampf gewinnt, empfängt eine hohe Belohnung. Nun wünsche ich von euch, ihr Akasavahäuptlinge, und von euch, ihr Isisihäuptlinge, fünfzehn starke Männer, die sehr geschmeidig sind und sehr schnell zu Fuß. Und dann wollen wir das so machen...«

Die Theorie und Praxis des Rugby-Fußballspieles ins Bomongo zu übersetzen war allein eine Tat. Und Bones gelang das so vollkommen, daß die Männer, die mit Mord in ihrem Herzen hergekommen waren, beim Fortgehen keinen anderen Gedanken hatten als diesen unblutigen Kampfzauber.

Es war ein großer Tag für Bones, denn gegen Abend kam ein Paddler von der Station und brachte einen Brief von Sanders und, Wunder über Wunder, einen großen viereckigen Briefumschlag, adressiert in riesigen Buchstaben: »Leutnant Tibbetts, Königshaussa«. Sein Instinkt hätte ihm den Namen der Absenderin verraten, wenn er auch nicht ihre Unterschrift in großen flammenden Lettern in seiner Autographensammlung gehabt hätte.

»Lieber Mr. Tibbetts! Ich bin einfach ergriffen von Ihrem Gedicht. Wie wunderbar gescheit Sie doch sein müssen! Ich fühle, daß ich sehr gemein und schlecht Ihnen gegenüber gewesen bin. Werden Sie mir jemals vergeben? Ich denke, Ihre Nase ist sehr hübsch. Schreiben Sie mir, bitte! Ich werde noch einen Monat hier bleiben.«

Bones schrieb. Er berichtete über sein Vorhaben in Umrissen. Er deutete dunkel auf die schreckliche Gefahr hin, in der er schwebte. Er sprach mit bitteren Selbstvorwürfen über seine »Tölpelhaftigkeit« und hoffte, sie sei so gesund wie er im Augenblicke.

Die Arbeit, die beiden Mannschaften einzuüben, ging Woche für Woche vor sich. Am Anfang gab es gewisse Schwierigkeiten, aber diese Schwierigkeiten lagen mehr in der Begeisterung der Spieler als in der Technik; denn beide, Isisi wie Akasava, widmeten sich dem Spiel mit Hingebung.

»Gestern«, sagte ein Akasavastürmer, »als wir unsere Köpfe zusammenlegten, um den kleinen Ball unter unsere Füße zu kriegen, zwickte mich so ein Isisihund von hinten. Aber heute nehm' ich mein kleines Messer...«

Glücklicherweise entdeckte Bones das kleine Messer, ehe das nächste Scrum (Haufen) gebildet wurde, und jagte den begeisterten Spieler rund um die Ebene der Zehn Leoparden, die ihr Übungsplatz war.

Das Ringen um den Ball führte zu einer weiteren Unannehmlichkeit.

»O Mann!« sagte der atemlose Trainer. »Wenn du noch einmal den Läufer mit dem Ball fängst und ihn ins Bein beißt, dann hau' ich dich, bis du blutest.«

»Gebieter!« verteidigte sich der Sünder. »Als ich diesen Mann niederwarf und über ihn fiel, lag es doch nahe, zuzubeißen.«

Bosambo von den Ochori gab einen sehr aufmerksamen Beobachter dieser sonderbaren Vorgänge ab.

»Herr, dieses Spiel ist wie Krieg ohne Speere«, sagte er. »Was wird nun das Ende davon sein?«

Bones' erklärte seinen Plan. Er wollte einen Wettkampf vor den Zuschauern aus beiden Dörfern aufführen lassen, denen vorläufig noch das Zusehen streng verboten war; und es sollte vereinbart werden, daß, welcher Stamm auch geschlagen würde, dieser sich mit der Niederlage abzufinden habe. Die Jahreszeit war im Vorrücken, die Regenzeit war bald zu erwarten, und das Gerede vom Krieg war so in den Hintergrund geraten, daß es nur noch einem leisen Geflüster glich und weder in dem einen noch in dem anderen Lager vernommen wurde.

Sanders' Beifall dünkte dem jungen Mann eine große Errungenschaft; aber eine noch größere Freude bereiteten ihm der Brief und das kleine Holzkästchen, das mit dem Distriktsgouverneur ankam. Dora Campbell-Cairns war gerade im Begriff, die Küste zu verlassen.

> »Ich halte Sie einfach für wunderbar«, schrieb sie. »Schreiben Sie mir nach Paris (sie gab keine Adresse an). Papa hält Ihren Plan mit dem Fußballspiel einfach für wundervoll! Ich schicke Ihnen einen Becher, den ich von meinem eigenen Taschengeld erstanden habe. Es ist kein wirkliches Gold, aber Väterchen sagt, er wird sich lange halten. Bitte, verzeihen Sie mir alles, was ich über Ihre Nase gesagt habe!«

Bones hätte ihr sonst etwas vergeben, und als sie sich später mit dem Sohne einer hohen Adelsfamilie verlobte, vergab ihr Bones auch das.

Der Becher war prächtig.

»Er könnte Hunderte gekostet haben«, bemerkte Bones mit einer Stimme, die in Ehrfurcht erstarb.

Später fand er am Fuß des Bechers den Preis und war nicht wenig überrascht, daß ein so seltener und prächtiger Gegenstand so billig verkauft wurde.

Am Morgen des Fußballwettkampfes übernahm Sanders den Vorsitz, und die Stimmung war fast begeisternd.

»Sie sind tatsächlich ein großartiger Kerl!« sagte Sanders zu dem schmunzelnden jungen Mann. »Und, Gott sei Dank, das Barometer zeigt auf Regen«, fügte er ganz unlogisch hinzu.

Das gesamte Akasavavolk im Bereich von fünfzig Meilen und alle Isisi im Umkreis von achtzig Meilen waren auf der großen Ebene versammelt. Sie bevölkerten die Zweige der Bäume und hielten in dichten Haufen den sanften Abhang besetzt, der zu den Isisiwäldern hinaufsteigt; denn in diesem natürlichen Amphitheater hatte jeder Zuschauer einen guten Platz.

Sanders ließ seine Augen in die Runde gehen. »Mir sind es zu viele, und meistens Männer«, sagte er.

Er saß vor einem kleinen Zelt, das von dem übrigen Volke getrennt war, und vor ihm stand auf einem kleinen Tische der goldene Becher und schimmerte in den matten Strahlen einer Sonne, die durch regenschwere Wolken brach.

Er schickte seine Soldaten unter das Volk, um nachzusehen, ob sie Waffen bei sich trügen, aber anscheinend hatten sie keine lebensgefährlicheren Waffen bei sich als ihre langen Wanderstecken. Das Spiel begann bei tropischer Hitze. Und als Bones auf seiner Pfeife das Zeichen gab und die Isisimannschaft vorstürmte, entstand ein derartiger Lärm, eine solche Aufregung bei den Zuschauern, daß sich dieses Fieber auch Sanders mitteilte. Zu seinem Erstaunen wurde er gewahr, daß er einem sehr guten Durchschnittsballspiel beiwohnte. Die Stürmer arbeiteten außerordentlich geschickt. Die Scrums (Haufen) bildeten sich und zerstreuten sich hurtig.

Der richtige Unfug begann, als L'mo, ein großer Akasavamann, einen Isisistürmer angriff, ihn krachend zu Boden schleuderte und auf dessen Schultern kniete. Zwei würdevolle Zuschauer sprangen aus dem Gedränge und schlugen L'mo auf den Kopf. Aber sogar dieser Zwischenfall wurde beigelegt, und das Spiel ging weiter.

Das erste Strafgoal gegen die Isisimannschaft wurde unter dem Beifallsgebrüll der gedankenlosen Isisizuschauer gestoßen. Es war L'mo, der den zweiten Zwischenfall veranlaßte. Wieder griff er seinen Mann an, wieder brachte er ihn zu Fall; aber nicht zufrieden damit, daß er ihm den Ball entwand, packte er den unglücklichen Stürmer bei den Ohren und schleppte ihn in die Mitte des Feldes, als Bones dazwischensprang.

Das Spiel ging etwa zwei Minuten weiter, vielleicht auch weniger als das. Und dann warf sich ein Akasavaverteidiger auf einen unglücklichen Rivalen, der den Ball zwischen seinen Zähnen gepackt hielt, und begann ihn langsam nach allen Regeln der Kunst abzuwürgen. Nun waren die Zuschauer nicht mehr zu halten.

»Zurück!« brüllte Sanders.

Bones rannte zu der dünnen Linie der Haussa und zu dem festen Karree, das Bosambos Krieger bildeten.

»Gott sei Dank, sie haben keine Speere!« sagte Sanders.

Vor ihm befand sich ein Meer durcheinanderwirbelnder Stöcke. Überall auf dem ganzen Platz entwickelten sich kleine Gefechte. Gruppen von Akasavaleuten wurden mit Isisileuten handgemein.

»Bajonett aufpflanzen!« befahl Bones atemlos. Mitten durch die kämpfenden Massen bahnte sich das Bajonett seinen Weg, bis sich die heulende, fechtende Menge in zwei ungleiche Hälften teilte.

Und in diesem Augenblick begann der ersehnte Regen zu fallen, nicht in schwachen Schauern, sondern in reißenden Sturzbächen, die plötzlich aus dem grauen Himmel hervorbrachen. Bosambos Leute fegten den Platz zur Rechten und zur Linken rein, aber dafür bestand kaum noch eine Notwendigkeit. Die Dörfler strömten ihren Häusern zu, während sie ihre Wunden verbanden und schrien.

»Das macht uns Luft!« sagte Sanders.

Er sah sich nach dem Tisch um, auf dem der prächtige Becher gestanden hatte, aber der Tisch war ein einziger Trümmerhaufen und der Becher verschwunden.

»Ich hoffe nur, daß der Gewinner ihn hat«, sagte Sanders mit grimmigem Lächeln. »Beiläufig, wer hat denn eigentlich gewonnen?«

Bones war außerstande, ihm auf diese Frage Antwort zu geben. Aber wenn er in dem lecken Kanu Bosambos gewesen wäre, als es seinen Weg durch das niedrige Wasser nach dem Ochoriland zu machte, würde er nicht im Zweifel darüber gewesen sein. Bosambo brachte Fatima, der Sonne seiner Seele und seinem einzigen Weibe, einen reizenden goldenen Becher.

»Dieser gab mir Sandi für meine Stärke und Gewandtheit in einem Spiel, das Tibbetti die Völker gelehrt hat und in dem ich allein mich ausgezeichnet habe. Aus *diesem* will ich das Bier trinken, das du für mich braust, o Taube und Licht meiner Augen.«

Der weise Mann

In großen Zeitabständen, vielleicht einmal in hundert Jahren, steigen aus einer Menge von Scharlatanen und Schwindlern Magier von solcher Macht hervor, daß man sich ihrer noch erinnert, wenn die Namen von Königen und Häuptlingen längst vergessen sind.

Manche von ihnen sterben infolge eines natürlichen Ereignisses in ihrer Jugend, und ihre Kräfte bleiben unbekannt. Andere erreichen das Mannesalter und finden keine Verwendung für ihre Gaben oder behüten ihre Geheimnisse eifersüchtig vor ihren Nachbarn. Wieder andere werden mißverstanden und ganz von selbst den Wahnsinnigen zugezählt.

Aber T'chala, der weise Mann der Ochori, steuerte in der Mitte zwischen diesen, denn er war der einzige Sohn eines Mannes, der reich an Vieh und Salz und Messingstangen war, die in jenem Lande statt baren Geldes dienen. Und da er seine Mitmenschen liebte und niemandem ein Leid tat und, wenn er nicht Gutes prophezeien konnte, überhaupt nicht prophezeite, näherte er sich einem Zustand der Heiligkeit. Und sogar Sanders, der jeden schief ansah, der übernatürliche Gaben für sich in Anspruch nahm, und der einen Strick oder Fesseln für jeden bereit hatte, der seinen Ruf zu Übeltaten benutzte, sogar Sanders sprach gut von ihm und kam niemals zum Oberlauf des Ochori, ohne daß er der Hütte des weisen Mannes einen Besuch abgestattet und seiner Philosophie zugehört hätte. »Nun, T'chala, was für sonderbare Dinge siehst du?« fragte er ihn eines Tages.

»Gebieter, in der Nacht sehe ich die Toten«, antwortete T'chala. »Sie wandeln von links nach rechts an mir vorüber, eine Menge Gesichter, schwarze und weiße und gelbe. Und ich habe Furcht. Denn sie sind wirklich. Und Tod ist Wirklichkeit, und Leben ist nur der Traum eines kranken Mannes.«

»Was sonst siehst du« fragte Sanders.

»Herr, gewisse Dinge kommen auf mein Gebot und reden zu mir. Aber das ist wahnwitziges Zeug, und wenn ich dir's sagte, würdest du mich zu den alten Leuten auf die Insel verbannen, wo sich mein Bruder schon aufhält.«

»Was reden diese Dinge zu dir?« fragte Sanders geduldig.

T'chala grübelte einen Augenblick, sein Kinn in die Hand gestützt.

»Sie sagen mir, das erste in der ganzen Welt sei Wahrheit und alles Übel wachse aus der Saat der Lüge: Kriege und Morde und Schmerz und Tod.«

»Und siehst du auch manchmal M'shimba M'shamba und die kleine grüne Eidechse?« fragte Sanders listig.

T'chala lächelte. »Das ist die große Torheit der Welt«, sagte er, »daß die Menschen ihre Götter in Menschengestalt machen oder in der Gestalt des Übels, das sie fürchten. Und dieses ist mein großer Gedanke, daß es weder Götter gibt auf der Erde noch solche, die in den Lüften hausen oder im tiefen Wasser, sondern daß die Erde in diesen Göttern lebt. Nun, Sandi, wirst du sagen, ich sei wirklich wahnsinnig.«

Sanders lachte leise. »Ich glaube, du bist sehr weise, T'chala, weiser als viele weise Menschen, die ich kenne.«

Sanders schenkte dem Manne Salz und eine Dose konservierter Früchte, die jener gern aß.

Bald danach verfiel T'chala in ein Fieber. Und wegen seiner großen Heiligkeit und seiner Verbindungen mit den Dämonen beschlossen die Dorfbewohner, die ihn liebten – aus Furcht, daß sie seine vielen Geister und Götter beleidigten, wenn sie ihn pflegten –, daß es das beste sei, ihn sterben zu lassen. Aus diesem Grunde ließen sie T'chala ohne Essen und Trinken, und er hätte sich sicher der Prozession angeschlossen, die jede Nacht an seinem geistigen Auge vorüberwandelte, wenn ihm nicht das Weib eines Häuptlings, eine gewisse M'lema, aus reinem Widerspruchsgeist und Hochmut Essen und Trinken gebracht und ihn vom Lande der Geister zurückgeholt hätte.

Diese M'lema war eine von zwei Schwestern im Ochorilande und die Tochter des ältesten Weibes eines gewöhnlichen Mannes, der N'kema hieß. N'kema hießen alle gewöhnlichen Männer. M'lema, die ältere Schwester, war schlank und schön nach dem besonderen Maßstab des Landes. O'fara, die jüngere, war weder schlank noch hübsch. Sie war daher froh, einen ältlichen Fischer zu heiraten, der eine einsame Hütte am Rande einer Lagune besaß, die wegen der Binsen und Gräser, die an ihrer Oberfläche wuchsen, »Der Bart« genannt wurde.

O'fara genügte allen Erfordernissen ihrer Ehe mit dem alten Manne. Sie trocknete und räucherte die Fische, die er fing, sie wässerte und stampfte den Maniok für sein Brot, sie versorgte das Feld, auf dem seine Mehlpflanzen wuchsen, und kochte für ihn Früh- und Abendmahl. Für die Liebe war er zu alt. Aber er war stark genug, um den Stock zu handhaben, wenn sie irgend etwas versah. Denn er dachte, nach kurzer Zeit würde sie zufrieden sein, wenn man sie in Ruhe ließe, und sie würde sich glücklich schätzen, wenn sie nicht seine Aufmerksamkeit auf sich lenkte.

O'fara dachte den größten Teil eines Jahres über diese Dinge nach, und dabei fand sie den Gegenstand ihrer Neigung in einem Mann aus den Wäldern, der jung und lebensfroh war.

Zur richtigen Zeit kam diese Angelegenheit dem Häuptling dieses Striches zu Ohren, der ein reicher Mann war und der O'faras Schwester geheiratet hatte. Eine Verteidigung gab es nicht. Denn

O'fara trug, als sie zum Palaver vor den Häuptling kam, alle nötigen Beweise auf ihren Hüften. Und der alte Fischer lieferte unter schallendem Gelächter der schwarzen Kriminalstudenten – denn das Ochorivolk ist ein Kannibalenvolk, und Kannibalen lachen sehr leicht – ins einzelne gehende Beweise. Am Ende des Palavers erkannte der Häuptling auf Scheidung, und da es sich hier nicht um Wiedererstattung eines Heiratskaufgeldes handelte, hatte niemand den Schaden als O'fara.

Als sie zu M'lema, ihrer reichen Schwester, kam, zeigte diese ihr, wie das Sprichwort sagt, den Weg am Feuer vorbei.

»Du hast große Schande über mich und meinen Mann gebracht!« sagte M'lema mit so lauter Stimme, daß der rittlings auf O'faras Hüften sitzende Scheidungsbeweis seine schläfrigen Augen öffnete und seine Tante ernst betrachtete. »Du bist ein böses Weib, und für dich gibt es keinen Platz in meiner Hütte.«

Deshalb ging O'fara in den Wald und schlief in einer Hütte, deren Eigentümer verstorben und die deshalb verlassen war. Und hier lebte sie, und ihr Kind lernte das Laufen. Sie wußte geschickt mit der Angel umzugehen, und sie fing in den Mitternachtsstunden Fische, bis die Fischer sie erwischten. Sie lief rasch genug davon, aber einer, der schneller als die übrigen war, hing sich an ihre Fersen, als sie bald hierhin, bald dorthin lief, und brachte sie am Flußufer zum Stehen.

»Nun weiß ich, Weib, daß der Satan die Fische aus dem Fluß gescheucht hat, so daß ich und meine Brüder bis zum Isisiland fahren müssen, um einen Fang zu machen«, sagte er zu ihr.

Er fesselte sie an Hand- und Fußknöcheln (sie war zu atemlos, um sich zu wehren), und dann kamen die anderen Fischer heran. Und nachdem jeder der Männer sie mit seinem Ledergürtel geschlagen hatte, hielten sie beim Morgendämmern Rat, was man mit ihr anfangen solle. Die Verzögerung erwies sich jenem Plan unheilvoll, denn um das steile Ufer herum kam der weiße Hulk der »Zaire«. Ihre blaue Flagge mit der goldenen Krone darin hing über das das Wasser peitschende Heckrad. Und Sanders, der über ein paar weitsehende Augen verfügte und über ein noch wunderbareres Prismenglas, sah die Gruppe und schickte ein flaches Boot ans Land.

»Herr, dieses Weib scheuchte die Fische aus dem Fluß. Und sie ist böse, denn als sie K'ravikis, des Fischers, Weib war, hat sie so und so gehandelt.«

»O ko!« sagte Sanders in höflichem Erstaunen.

O'fara erhob sich steif auf ihre Füßen, denn sie litt Schmerzen.

»Sage mir, Mann«, sprach Sanders zu dem ältesten Fischer, »wie oft hast du dieses Weib geschlagen?«

Verstört nannte der kleine Fischerhäuptling eine beliebige Zahl.

»Dieselbe Anzahl der Schläge sollst du erhalten und noch einmal soviel«, sagte Sanders sanft.

Er schnappte mit seinen Fingern, und Sergeant Abibu nahm seine Jacke ab und rollte seine Ärmel auf...

Sanders ging in den Wald, wo sich das Kind des Weibes befand, und nahm beide an Bord der »Zaire«. Eine Stunde später traf er den Häuptling des großen Dorfes, in dem sich O'faras Schwester befand, die so mit Fuß- und Armringen beladen war, daß bei jedem ihrer Schritte ein Rasseln von ihr ausging.

»Häuptling, ich sehe dich!« grüßte ihn Sanders und nahm und kostete das Salz, das der Mann in seinen Händen hielt. »Ich bringe dir dieses Weib und Kind. Sie sollen in deinem Dorfe wohnen, und keiner soll ihnen etwas tun.«

Der Häuptling war nicht entzückt davon. Sein Weib, das weniger Scheu vor einem Manne hatte, wurde laut.

»O'fara ist ein übel berüchtigtes Weib«, sagte sie, »und Sandi weiß nicht, daß sie, als sie das Weib K'ravikis, des Fischers, war...«

Sanders sah das beifällige Kopfnicken der Weiber.

»Bringt mir eine Schale Ziegenmilch!« sagte er. Und als diese gebracht war, fuhr er fort: »Jedes Weib soll davon trinken. Und wenn sie außer ihrem Ehemann keinen Liebhaber hat, wird die Milch weiß bleiben, aber wenn sie einen Liebhaber hat, wird die Milch schwarz werden.«

M'lema streckte ihre Hand halb aus, zog sie dann aber zurück.

»Gebieter, das ist ein Zauber, und ich fürchte mich«, winselte sie.

Sanders hielt der scheu dastehenden Zuhörerschaft den Napf hin, aber die Weiber zuckten zurück.

Ein gezwungenes Lächeln huschte über Sanders Gesicht. »O ihr tugendhaften Weiber!« spottete er. »Wer von euch ist tugendhaft?«

Das Kind auf O'faras Rücken gab einen schwachen Laut von sich, und Sanders hielt den Napf an den Mund des Kindes.

»Seht ihr? Die Milch bleibt weiß, denn dieses Kind ist sündenlos.«

Er sah dem Häuptling ins Gesicht. »Was soll ich mit O'fara machen?« fragte er.

Und M'lemas Ehemann sagte mit einem Donnerwettergesicht: »Laß sie hier bleiben, Sandi. Sie ist sicher, bei meinem Kopfe! Und was mein Weib anlangt, weiß ich, was ich weiß... Aber ich werde bald noch mehr wissen!«

Wieder trafen Sanders' kalte Augen die des Häuptlings. »In einem Monat komme ich zu dir, um Palaver zu halten, Häuptling. Ich würde dich da natürlich gern neben mir haben, aber wenn du *vor* mir sitzest, werde ich Gerechtigkeit üben...!«

Das war eine genügende Warnung für Sabaya. Er begnügte sich mit dem Gebrauch eines warnenden Prügels.

Als M'lemas Mann in dieser Nacht mit seinen Leuten in den Urwald gegangen war, um Affen zu schießen, traf M'lema mit ihrem Liebhaber zusammen, einem jungen Mann, dem sie wie eine Göttin erschien. Er war ein Akasavamann und vertraut mit heiligen Dingen, denn er war ein Missionszögling und M'lema als Laienprediger begegnet. Das geschah, ehe Pater Begelli herausfand, was für ein Mensch er war.

»Schleiche dich heute nacht«, sagte sie, »zu T'chala, dem weisen Mann, der ganz am Ende des Dorfes wohnt! Und da er mich gern mag – denn als er krank war, habe ich ihn immer besucht und ihm zu essen und Ziegenmilch gebracht –, wird er manches für mich tun. Sage ihm, daß Sanders mich wegen meiner Schwester O'fara gedemütigt hat, und er solle einen Bann auf O'fara legen, daß sie verwelkt und alt wird und stirbt, sie sowohl wie das Kind ihres Liebhabers.«

Bologa, der Akavasamann, war bestürzt.

»Das ist ein schlimmes Palaver«, sagte er. »Laß das Weib in Ruh', denn sie wird eines heiligen Tages hinweggenommen werden, wenn die Schafe und die Lämmer getrennt werden... wie uns der Gottesmann gesagt hat.«

Das Weib drängte ihn nicht, sie befahl, und gehorsam ging ihr Liebhaber zu T'chalas Hütte. Er fand ihn in der Abendkühle vor seiner Hütte sitzen, seine Augen blickten wie abwesend, denn er dachte an innere Wahrheiten.

T'chala hörte zu, während Bologa sich in Allgemeinheiten erging, und während dieser ganzen Zeit blieb T'chalas Gesicht unbeweglich und ausdruckslos. Da ging der Liebhaber dorthin zurück, wo er das Weib verlassen hatte.

»Dieser Mann ist verrückt«, sagte er, »denn er redete nur von Wahrheit und Lügen, und als ich ihn fragte, ob er das machen wolle, antwortete T'chala, das sei böse und das Böse sei nichts für einen Mann wie ihn.«

»Geh zu diesem alten Hunde zurück«, drängte M'lema, »und sage ihm, wenn Sandi kommt, dürfe er ihm kein Wort von dem erzählen, was du gesagt hast.«

Bologa kehrte zu der Hütte des weisen Mannes zurück und richtete seine Botschaft aus.

»Wenn er mich fragt, muß ich sprechen«, sagte T'chala offen. »Denn eine Lüge ist wie die kleine Schlange, die entzweibricht und zu zwei Schlangen wird, so daß, wenn sie nicht totgemacht werden, die ganze Welt mit ihnen kriecht.«

M'lema konnte sich in ihrem tödlichen Schrecken nur eine Lösung ihres Problems vorstellen. Mitten in der Nacht, als T'chala schlief, ging ihr Liebhaber, der ein Mitglied der »Gelben Geister« war, zum Fluß hinunter, zu einem Platze, wo es Lehm gab. Dort knetete er einen großen Klumpen und kroch in die Hütte des alten Mannes, drückte den Lehmklumpen auf das Gesicht des Schlafenden und lag eine beträchtliche Zeit mit seinem Gewicht auf ihm, bis des weisen Mannes krampfhafte Zuckungen aufhörten. Und das, dachte M'lema, wäre das Ende seiner Weisheit. Aber als sie am Morgen herauskam und erwartete, eine große Anzahl von Trauernden vor der Hütte des Weisen zu finden, da saß T'chala im Sonnenlicht, die Hände vor sich gefaltet und seine abwesenden Augen auf eine Wahrheit gerichtet.

Der Liebhaber hörte die Nachricht, ganz grau vor Furcht. Er wäre in den Wald geflüchtet, aber T'chala ließ ihm sagen, er bedürfe seiner, und der Liebhaber, voller Angst, ging zu ihm.

»Bologa, ich sehe dich«, sprach T'chala feierlich. »Aber wegen deines bösen Tuns soll dich von Stunde an kein Mensch mehr sehen!«

Bologa, außer sich vor Schrecken, ging die Dorfstraße zurück und kam zu einer Anzahl Verwandter, unter denen sich sein Bruder befand.

»O ko!« sagte er. »Ich habe eine fürchterliche Geschichte erlebt.«

Aber sein Bruder blickte weder auf, noch antwortete er. Niemand im Dorfe schien sich der Gegenwart Bologas bewußt zu sein. Er bückte sich und berührte die Schulter des Mannes, aber seine Hand schien weder Gewicht noch Fleisch zu haben. Er schrie in seiner Furcht laut auf, aber niemand hörte ihn.

»Oh, Leute, hört!« Er schrie es laut.

Nicht ein einziger Kopf wandte sich nach ihm um.

Wie wahnsinnig raste er die Dorfstraße entlang und sah M'lema, die allein vor ihrer Hütte saß und einen brodelnden Topf überwachte.

»M'lema«, wimmerte er, »der alte Mann hat seinen Zauber auf mich geworfen.«

Sie erhob weder ihre Augen zu ihm noch ihren Kopf, und als er sie mit Angstgeheul am Arme packte, griffen seine Hände leere Luft.

Das war die Geschichte, die er erzählte, als man ihn auf die kleine Insel brachte.

»Und das merkwürdige war«, sagte Sanders, als ihm diese Geschichte zu Ohren kam, »daß alle Leute, die Bologa sahen, schwören, er hätte sich nicht von der Vorderseite von T'chalas Hütte entfernt, sondern hätte fast eine geschlagene Stunde dort gesessen. Zweifellos war er wahnsinnig, als man ihn von dort wegführte. Suchen Sie ihn doch mal auf, Bones, wenn Sie das nächstemal zu den Ochori gehen, und sehen Sie zu, ob Sie was Gescheites aus ihm herausbekommen können!«

Wenn alte oder junge Leute wahnsinnig wurden, pflegte man ihnen, sofern sie nicht schon blind waren, seit undenklichen Zeiten die Augen auszustechen und sie an einem dafür passenden Platze den herumschleichenden Leoparden auszuliefern. Und als Distriktsgouverneur Sanders diesen Mißbrauch abstellte, gab es viele alte Leute, die scharf gegen diese unverantwortliche Einmischung Widerspruch erhoben, obwohl sie vielleicht selbst in wenigen Jahren die Opfer dieser Unsitte werden konnten.

Bosambo von Ochori regierte sein Land mit einem eisernen Besen, und wehe denen, die ein von ihm erlassenes Gesetz übertraten. Denn er war sehr rasch zu Fuß und vermochte selbst den langbeinigsten seiner Krieger zu überholen. Und stets hatte er seinen Bambusschild bei sich und sechs kleine Wurfspeere, die niemals ihr Ziel verfehlten. Und als er im Auftrag seines Gebieters verkündete, daß die alte Unsitte, so mit den Alten zu verfahren, tabu sei, murrten die jungen Männer und gehorchten.

Man hatte einen neuen Weg gefunden, um die betagten Verwandten loszuwerden. Auf einer breiten Halbinsel, die sich in den Fluß hinaus erstreckte und die durch einen schmalen Landstreifen mit dem Festland verbunden war, baute man ein kleines Dorf für diese Leute. Jeden Morgen brachten dazu bestimmte Leute dem umnachteten Volk Nahrungsmittel, und eine Wache wurde auf der Halbinsel aufgestellt, um die Altersverblödeten am Übertritt auf das Festland zu hindern. Das war ein ganz gutes System, das in dem fruchtbaren Gehirn Leutnant Tibbetts von den Königshaussa entstanden war. Aber das System hatte den Fehler, daß es diesen Verrückten Gelegenheit gab, miteinander zu verkehren und ihre verbrecherischen Ideen gegenseitig zu erörtern. Auf gemeinsame Zustimmung hin richteten sich diese Pläne gegen einen schmächtigen Jüngling, der immer, sogar im Schlaf, ein Monokel trug.

»Dieser Mann«, sagte Bologa, ein junger Bengel, aber auf Grund seiner Erfahrung im Zaubern eine Person von Bedeutung, »hat uns grausam behandelt, denn er hat uns ins Gefängnis gesteckt. Nun wurden zu meines Vaters Zeiten die betagten Männer in den Urwald gebracht, wo man sie laufen ließ und sie in einen Zustand brachte, daß sie die nachts umherschleichenden, schrecklichen, wilden Bestien nicht sehen konnten.«

Seine Zuhörer stimmten zu. Die sieben alten Männer und Bologa hatten ein gutes Mahl hinter sich und saßen nun im Halbkreis herum. Bis spät in die Nacht hinein schwatzten sie zwecklos über Bones. Zwei der Alten schliefen ein, zwei von ihnen waren in lebhafte Unterhaltung mit den Geistern verloren, die sie heimsuchten. Aber die anderen drei hörten aufmerksam zu.

»Ihr seid alt und schwach, er ist jung und stark. Aber bin ich nicht auch stark? Und kann die Kraft von acht kleinen Hunden nicht einen Leoparden überwältigen?«

Mit einiger Mühe weckten sie die zwei Schläfer auf und eröffneten ihnen ihr Vorhaben. Dieses bestand kurz darin, Bones bei einem seiner Besuche zu überfallen und danach mit ihm nach sechs verschiedenen Arten zu verfahren, denn jeder der Alten hatte darüber seine eigene Lieblingsidee. Das alles wäre vielleicht ihrem verrückten Hirn entfallen, aber unglücklicherweise kam Bones am folgenden Morgen an; er hatte ein Lächeln in seinem eckigen Gesicht, und sein großes Monokel warf das Licht der westlich wandernden Sonne zurück.

»Ah, da seid ihr ja, ihr netten alten Gemüter!« grüßte Bones, der die »Zaire« an einem Holzplatz, drei Meilen weiter, verlassen hatte und ganz allein kam. »Glücklich und zufrieden und den Bauch voll Bohnen!«

Die Wache an dem entfernten Ende der Halbinsel war nicht auf Posten gewesen, als er dort vorbeikam; tatsächlich befand sie sich auf einem Hochzeitsfest im Dorf und hatte daher den jungen Mann weder kommen noch gehen sehen.

Der erste Gedanke an Gefahr kam Bones, als sich ein dünner und sehniger Arm um seinen Nacken schlang und zwei knorrige Knie sich plötzlich in seinen Rücken gruben. Wäre der Überfall im Freien geschehen, hätte man den Vorgang bemerkt, so aber spielte er sich in der gemeinsamen Hütte ab, als Bones in diese eintrat, um die Vorkehrungen zu besichtigen, die er für die Bequemlichkeit dieser Leute getroffen hatte.

Dabei hätte Bones ein höchst unrühmliches Ende finden können. Aber das große Kriegskanu Bosambos, des Ochorikönigs, kam vorbei, und der Gesang seiner Paddler drang zu den Ohren der Wahnsinnigen. Wie die Kinder ließen diese ihre Beschäftigung im Stich und liefen bis an den Rand des Wassers, um das wunderbare Kanu mit seinen rollenden Trommeln und seinem scharlachroten Sonnensegel (es war früher einmal der Vorhang gewesen, der Sanders Schlafkabine von dessen Arbeitsraum trennte) zu sehen. Sie klatschten in die Hände zu dem prächtigen Rhythmus der vierundzwanzig Paddler, die ihre scharlachrot bemalten Paddeln zugleich, wie eine einzige Paddel, ins Wasser tauchten.

Bosambo wäre vorübergefahren, aber er bemerkte, daß sämtliche Wahnsinnige bewaffnet waren. Sein Kanu schwenkte ein, und behend sprang er an Land.

»Oh, Geisterleute, was ist das?« fragte er.

»Gebieter Bosambo, wir haben Tibbetti in jener Hütte, und wir wollen soundso mit ihm machen«, antwortete Bologa.

Und die anderen sieben nickten und wiederholten jeder sein eigenes Erledigungsverfahren.

Mit drei Schritten war Bosambo in der Hütte, hatte den Strick um den Hals des erstickenden jungen Mannes durchgeschnitten und ihn an das Tageslicht geholt.

»Gebieter, was soll ich mit diesen alten Narren und mit dem jungen Narren, der verrückter ist als alle anderen, anfangen? Sie sind verrückt und daher besser tot. Wenn du mir den Befehl gibst, werde ich sie auffordern, in die große Hütte zu kommen, und sobald einer von ihnen eintritt, wird er sterben und es nicht einmal wissen«, sagte Bosambo.

»Du bist doch ein böser alter Mörder!« sagte Bones entrüstet.

Bosambo ging hoch. »Ich sein christlicher Mann, selbe wie Marki-Luki-Johanni. Ich kommen einmal Himmel, du gehn einmal Himmel. Wie geht dersch?«

Er gab eine verständliche Darstellung, wie er Bones einmal in einer besseren Welt begrüßen würde.

Bones hatte doch einen Schrecken von der Geschichte davongetragen, einen der schlimmsten, der sich je seiner bemächtigte, denn diese Gefahr hatte etwas gespensterhaft Häßliches an sich gehabt, das einen tieferen Eindruck auf sein Gemüt hinterließ als andere und weit schlimmere Gefahren.

Den ganzen Weg zur Station über grübelte er über die angemessenste Belohnung, die er Bosambo anbieten könne, nach. Der Häuptling, den er deswegen um Rat gefragt, war die Offenheit selbst.

»Gib mir Geld, Gebieter! Denn jedesmal wenn ich das Bild deines großen Königs auf einer Silbermünze sehe, werde ich ihm mehr und mehr zugetan.«

Aber Bones war anderer Meinung.

»Warum überreichen Sie ihm nicht eine mit buntem Bildschmuck versehene Dankesadresse?« schlug sein zynischer Vorgesetzter (und Hauptmann Hamilton konnte in der Tat sehr zynisch sein) vor. »Oder einen Satz Fischbestecke? Oder eine Marmoruhr mit vergoldeten Engeln oder ohne solche?«

»Bitte, lassen Sie uns nicht die Religion hereinziehen, lieber alter Herr!« bat Bones feierlich. »Lassen Sie nur unsere schlimmen alten Gedanken gefälligst auf dem geraden und engen Pfade der lieben alten Agnostik bleiben! Bosambo... bei allen Göttern!«

Er klatschte seine Handfläche mit seiner knochigen Hand, und eine Sekunde später war er die Stufen des Wohnhauses heruntergesprungen und lief über den sonnengedörrten Exerzierplatz. Nach einer kleinen Weile kehrte er zurück, ein Lachen im roten Gesicht. Unter jedem Arm trug er ein großes Bündel Zeitschriften, die er auf den Tisch legte.

»Ich weiß jetzt, was Sie ihm geben«, sagte Hamilton. »Ein Grammophon, fünf Schilling sofort und zehn Schilling jeden Monat, solange Sie leben.«

Bones schüttelte den Kopf.

»Einen schriftlichen Kursus in der Ausbildung als Geschäftsreisender... Unterzeichnen Sie das Formular und senden Sie Geld!...« schlug Hamilton vor.

»Falsch, alter Rater!«

»Warten Sie!« Hamilton schlug sich an die Stirn. »Vielleicht 'nen Anzug für Gentlemen, von der Stange...? Oder eine elektrische Taschenlampe... Knipse und hab Sonnenlicht?«

»Nee, lieber alter Offizier, Hauptmann und Freund!«

Sanders sah über seine »Times« zu ihm hinüber und versuchte es mit Raten.

»Hat es vielleicht was mit Farbe zu tun?«

Leutnant Tibbetts machte ein blödes Gesicht. »Wie konnten Sie das wissen, Exzellenz?«

Sanders lachte leise.

»Drei Wochen ehe Sie den Fluß hinaufgingen, hatten Sie mich doch wegen Anstreichens meines feinen Hauses ausgepumpt«, sagte Sanders trocken, »und seit drei Wochen hatte ich mich bemüht, dieses Unheil abzuwenden.«

»Malerfarbe?« wiederholte Hamilton ungläubig.

»Schablonenmalerei!« sagte Bones und watete durch die Drucksachen.

Es nahm ihn bis zur Essenszeit in Anspruch, die folgende Ankündigung aufzufinden:

»Verschönern Sie Ihr Heim!

Missourimann verdient in seiner freien Zeit hundert Dollar die Woche. Sie können das auch.«

Es war eine Ankündigung von »Malen leicht gemacht«.

»Nicht ein Spielzeug, sondern ein Geld-Verdiener!«

»Tatsächlich, Ham«, bekannte Bones, »ich habe bereits Ausrüstung Nr. 4 bestellt; ich hoffe, lieber alter Herr, Sie werden nichts gegen etwas Kunst haben.«

»Alles in allem halte ich es für klüger, Bosambo das ganze Zubehör dieser Schablonenmalerei zu übergeben.« Sanders sprach mit feierlichem Ernst. »Ich zweifle nicht, daß er einen guten Gebrauch davon machen wird. Und wenn Sie, auf Ihrem Wege dorthin, T'chala sehen, geben Sie ihm eine Dose Konserven! Denn das, bei allen Himmeln, ist der einzige weise Kopf im Ochorilande.«

»Kluge Hühner legen auch in die Nesseln«, bemerkte Hamilton.

»Mit T'chala verhält es sich anders. Selbst wenn er ein Weißer wäre, würde er ein bemerkenswerter Mann sein.«

»Sage mir, wovor ein Mensch Furcht hat, und ich werde den Wert seiner Philosophie ermessen«, antwortete der zynische Hamilton.

»T'chala hat vor nichts Furcht«, sagte Sanders.

»Gerade wie ich auch«, murmelte Bones.

Einen Monat später erklärte dieser dem gespannt aufmerkenden Oberhäuptling die Kunst und die Ausführung der Schablonenmalerei. Sie befanden sich auf der vordersten Kommandobrücke der »Zaire«, die Sanders bei Isisistadt ausgebootet hatte. So hatte Bones einen ganzen Tag für sich.

»Gebieter, das ist ein Wunder!« hauchte Bosambo. »Denn du legst diese kleinen Stücke gelben Papiers auf, und du tanzt ein paarmal mit diesem Pinsel drüber, und siehe, da steht ein Bild von einer schönen Blume, so leibhaftig, daß ein Mann dran riechen kann.«

»Und ein Mann zu Pferde«, murmelte Bones. »Vergiß ja nicht den netten alten Kerl auf dem netten alten Gaul, Bosambo! Und eine Windmühle, lieber alter Bosambo!«

Bosambo war zu sehr bezaubert, um sich zum Englischreden verleiten zu lassen.

»Nun wird das gesamte Ochorivolk sehen, was für ein großer Magier ich bin. Sogar T'chala, der weise Mann, kann keine Blume mit geschlossenen Augen malen«, sagte Bosambo.

Das geschah zu einer Zeit, da die Ochori ihrem Herrn ohne jede

Entschuldigung, die zu ihren Gunsten gesprochen hätte, die volle Steuerquote verweigerten. Eine Krankheit der Ziegen wurde vorgeschützt. Meltau sollte auf das Korn gefallen und die Fische sollten nach anderen Gewässern abgewandert sein. Aber in Wahrheit herrschte im Ochorilande eine Epidemie passiver Resistenz, und diese Bewegung wurde so allgemein, daß Bosambo zögerte, Gewalt anzuwenden, um das aus diesem geizigen Volke herauszuholen, was dem Government und ihm selbst – und das besonders – zukam.

Den größten Teil einer Woche verbrachte Bosambo mit seiner wunderbaren Kiste voller Schablonen, stellte Versuche an und grübelte. Und dann schickte eines Nachts sein Lokoli die Botschaft durch das Land, die die Häuptlinge und Unterhäuptlinge zu einem großen Staatspalaver zusammenrief.

Sie kamen, obwohl zögernd, und bereiteten sich vor, die unvermeidlichen Forderungen weiterer Steuererhebung zu bekämpfen. Sie waren überrascht und entzückt, als ihnen Bosambos Vertrauensmänner vertraulich mitteilten, daß keine Steuerfrage erörtert werden solle.

Am Morgen saß Bosambo in seinem Staatsstuhl unter dem Grasdach des Palaverhauses und redete die im Halbkreis um ihn herumhockenden Zuhörer an.

»Hört gut zu, alle Leute!« bellte er los. »Sandi, der mein Freund ist, und Tibbetti, der mir wie ein Bruder ist, haben ein Palaver mit mir gehalten. Und Sandi sagte das: ›Es gibt gute Menschen im Ochoriland, und es gibt schlechte Menschen. Mache ein Zeichen auf die guten Menschen, damit ich diese belohnen kann, wenn ich sie treffe! Denn so lautet der Befehl des großen Königs, der mein Vater ist.‹«

Die Ochoris waren argwöhnisch und betroffen, aber trotzdem verstanden sie den Zweck der Markierung. Trugen nicht alle kleinen Häuptlinge Silbermünzen an ihrem Halse zum Beweis ihrer Größe? Ein alter Kerl, ein berüchtigter Sünder, der bei zwei Gelegenheiten nur um Haaresbreite dem Stricke entgangen war, stand auf und grüßte.

»Bosambo, das ist eine gute Rede!« begann er. »Obwohl Leute übel von mir gesprochen haben, liebe ich Sandi dennoch, wie ihr alle wißt. Drücke mir das Zeichen auf, damit ich in meine Stadt zurückkehre und meinen Leuten das Wunder zeige!«

»Das will ich in der Tat, Osaku«, sagte Bosambo bereitwilligst, »und die vierhundert Matakos (Münzen), die du mir für diese Ehre bezahlen mußt und die ich an unseren Gebieter Sandi schicken werde, werden so gut wie nichts für einen Mann von deinem großen Reichtum sein.«

Osaku wand sich bei dieser Eröffnung, aber die Möglichkeiten waren zu verführerisch. Er vereinbarte dreihundert Matakos, legte sich flach auf den Bauch und gestattete Bosambo, eine wundervolle grüne Windmühle auf sein linkes Schulterblatt zu malen.

Den ganzen Tag hindurch redete Bosambo und malte. Einige der Männer hatten keine Messingstangen mitgebracht und baten um Stundung; aber der listige Herrscher der Ochori zeigte sich diamanthart gegen solche Bitten. Diese Verschönerungsfrage dürfe nur streng gegen Barzahlung erledigt werden, sagte er.

Es gab Zweifler unter ihnen, aber nachdem die größere Anzahl das Wunder ausgeführt sah und denen gefolgt war, die bereits gemalt und gesegnet waren, um die Rosen, die Windmühlen und die Holländer in ihren sackähnlichen Hosen besser bewundern zu können, die ihre Genossen schmückten, kehrte die Mehrzahl sofort nach Hause zurück, um sich ihre Schätze zu holen.

Viele kamen, die nicht bemalt wurden. T'chala, der weise Mann der Ochori, ging zehn Meilen durch den Urwald, um die Malerei anzusehen. Aber als er sie sah, schüttelte er den Kopf.

»Diese Malerei ist für dummes Volk, das keine Tugenden besitzt, Gebieter Bosambo! Ich aber bin erfahren und besitze Wissen über Leben und Tod, und ich weiß, daß Leben ein Traum ist und Tod Wirklichkeit. Ich strebe weder nach Belohnung noch nach Bestrafung.«

»Ich will das für dich tun, weil ich dich gern mag«, sagte Bosambo, der das Zeugnis des weisen Mannes als Beweis seiner Zustimmung brauchte, »auch wird dir dieser Zauber langes Leben geben und eine große Sicherheit.« Er wollte auf T'chala als seinen Schüler hinweisen können, wenn Sanders ihn eines Tages zur Rechenschaft dafür ziehen sollte.

Aber T'chala lächelte würdevoll und ging.

Am dritten Tage kam der Unterhäuptling, der Gatte M'lemas, und brachte diese mit sich. Im Austausch für hundert Matakos und einen kleinen Sack Salz hatte er das Vergnügen, eine glänzende rote Kuh auf seinem Bauch zu tragen. Aber als er sein davor zurückschreckendes Weib vorschob, wischte Bosambo sich den Schweiß von der Stirn und legte seinen abgenutzten Pinsel beiseite.

»Dieses Weib werde ich nicht bemalen«, sagte er, weil er wußte, wie sehr der Häuptling auf dieses Mädchen versessen war, »denn unser Gebieter Sandi hat gegen sie gesprochen.«

»Bosambo«, drängte der Häuptling, »sie ist ein Weib, und da sie ein Weib ist, hat sie keinen Verstand. Nun will ich dir tausend Matakos geben und zwei Ziegen obendrein, wenn du ihr dein schönes Zeichen aufmalst, damit Sandi freundlich zu ihr spricht, wenn er sie sieht.«

Bosambo feilschte um eine Ziege mehr, erhielt diese und schmückte das Weib auf eine ganz neue Art.

»Bosambo«, wandte der Häuptling ein, »wie kann man diese wunderbare Zeichnung sehen, denn sie ist kein schamloses N'Gombiweib, die ohne geziemende Kleidung herumläuft.«

Bosambo erkannte die Triftigkeit dieses Grundes an und wiederholte das Muster noch einmal auf dem Nacken des Weibes.

Später kam O'fara, die arme und freundlose. Aber Bosambo hatte kein Mitgefühl, und außerdem fing ihm an, Farbe zu fehlen. Hochmütig gab er ihr einen Wink zu verschwinden.

»Diese hohen Geheimnisse sind nicht für dich bestimmt, O'fara. Gehe zu deinem Buschmann und sage ihm, er soll mir einen Sack Salz oder solche Schätze bringen, wie sie die Waldleute in der Erde vergraben!«

Die bekümmerte O'fara ging zum Dorf und in ihre Einsamkeit zurück. Dort fand sie T'chala, den Weisen, über die Wahrheit grübelnd. Sie saß zu seinen Füßen nieder und erzählte ihm von ihrer

Armut. T'chala war ungewöhnlich zerstreut.

»Ich sah, wie Bosambo ein Zeichen auf die Brust eines alten Mannes malte, das aussah wie ein großer Baum und das dem Manne ein langes Leben gibt«, sagte T'chala sinnend und streifte das Mädchen mit seinem Blick. »Wessen bedarfst du, Weib, das Bosambo dir geben könnte? Du bist jung – damit besitzest du alles. Nun bin ich ein sehr alter Mann, und ich gehe niemals an einem Grab am Flußufer vorbei, ohne daß ich daran stillstehe, um zu fragen: Wo werden sie einen Platz für mich graben? – Und das Leben kommt und geht wie die Sonne. Es ist kaum Morgen, dann ist es auch schon Nacht... ein großer roter Baum mit Zweigen, der so aussah...«

Sie fuhr fort, ihren Mißerfolg zu beklagen, daß man sie nicht gezeichnet habe und sie so die Gunst Sandis nicht gewinnen könne.

»Das liegt nicht in meinem Begehr«, antwortete T'chala ein wenig ungeduldig für einen so heiligen Mann, »denn Sandi liebt mich um meiner Weisheit willen, und ich stehe hoch über dem gewöhnlichen Mann... Leben ist nur ein Traum, aber gar manche lieben es, zu träumen. Und Tod ist Wirklichkeit – aber wer will noch Wirklichkeit, wenn es Träume gibt?«

Das Gerücht von der Malerei Bosambos gelangte auch zu dem kleinen Landstreifen, auf dem die Wahnsinnigen wohnten. Und Bologa, der Akasava, aufgebracht über das ihm widerfahrene Unrecht, sah hier eine Erfüllung dessen, was der Missionar versprochen hatte. Ein großer Gedanke nahm in seinem Hirn feste Gestalt an, und Bologa führte einen Plan aus. Er kroch um die Mitternachtsstunden an der schlafenden Wache vorbei, ging zu einem Fischerdorf, stahl dort ein Kanu und fuhr den Fluß hinunter, bis er zu seinem eigenen Lande kam. Dort fand er, daß sich die Akasava von einem Ende des Landes bis zum anderen in einem Zustand der Gärung befanden. Er bemerkte nicht die »Zaire«, wie diese mit Volldampf nordwärts jagte, während ihr schwarzer Schornstein Schwärme von Funken spie. Ihr Deck wimmelte von Soldaten, und um ihre beiden Geschütze herum waren Kartätschen in Reihen aufgestapelt, denn die scharfe Nase des Distriktsgouverneurs Sanders witterte Krieg.

Die Geschichte von Bosambos Malerei war wie ein Lauffeuer den Fluß hinauf und hinunter geeilt, und jeder Stamm hatte der Begünstigung der Ochori seine eigene Auslegung gegeben. Bologa suchte den Akasavakönig auf und erklärte diesem seinen Plan.

»Der Gottesmann sagte, daß die einen als Schafe und die anderen als Ziegen gezeichnet werden sollen. Und wer anders sind die Schafe, wenn nicht die Ochori? Denn diese waren große Feiglinge, bis Bosambo kam, wie du wohl weißt. Und das ist das Geheimnis, daß alle, die so gezeichnet wurden, die Herren unseres Volkes sein sollen, und wir sollen ihre Sklaven sein, genau wie der Gottesmann das vorhergesagt hat.«

»Das ist ein schlechtes Palaver!« antwortete der Akasavakönig, indem sich sein Gesicht verfinsterte. »Laßt uns zu diesen Schafen gehen und ein Morden anstellen!«

Sanders war nur zwanzig Meilen entfernt, als der Akasavakönig tausend Speere aus seiner eigenen Stadt mit sich nahm und im Dunkel einer regnerischen Nacht zu der ersten großen Stadt der Ochori kam. Um Tagesanbruch rasselte der Lokoli Alarm, und Bosambo begab sich schnell an die Rettung seines verwüsteten Gebietes. Er warf seine beste Truppe gegen das rauchende Dorf und trieb die Akasavaspeere in wilder Flucht in ihre Kanus und der »Zaire« entgegen, als sie nach der Strommitte zu paddelten. In der Hitze der Nachmittagssonne begleitete Sanders einen ernüchterten Bosambo durch die Trümmer. Eine Hütte stand aufrecht, und vor dieser saß die ungezeichnete O'fara.

»Herr, sie haben mich nicht getötet, weil ich kein Zauberzeichen an mir trug. Aber M'lema haben sie erschlagen und ihren Mann, den Häuptling, denn sie kamen bei Tagesgrauen über uns, und unsere Leute waren im Schlaf.«

»Wo befindet sich T'chala, denn das ist seine Hütte?« sagte Sanders. »Und ich weiß wohl, daß dieser weise Mann dem Untergang entronnen ist.«

Ohne ein Wort zu sagen, wandte sie sich um und ging in die Hütte, und Sanders folgte ihr.

T'chala war tot. Der Messinggriff des breitklingigen Elefantenmessers, das ihn getötet hatte, ragte zwischen den Zweigen eines großen roten Baumes hervor, der roh auf seine Brust gemalt war.

»Diese Zaubermalerei habe ich ausgeführt, weil er mich darum bat und weil er mir Kambalholz und Öl brachte und mir zeigte, wie der Zauberbaum gemacht wird. Denn er fürchtete den Tod sehr«, sagte O'fara.

Der süße Sänger

Wenn Leutnant Tibbetts eine große erzieherische Idee hatte, legte er diese gewöhnlich schriftlich nieder. Das Stationswohnhaus sah wenig von ihm und hörte gar nichts von ihm, denn Bones war sehr schweigsam und in sich gekehrt, um nicht zu sagen, reizbar. So war er es damals, als er seinen Plan ausarbeitete, die Wiegenlieder seiner Jugend in die Bomongosprache zu übersetzen. Denn Bones war ein rastloser Pädagoge, und wenn er nicht gerade selber Wissen sammelte, war er niemals so glücklich, als wenn er andere der Früchte seines Studiums teilhaftig werden ließ.

Seine Wiegenlieder hatten keinen zu großen Erfolg:

»Miri-miri hat eine kleine Geiß.
Mit Haar so weiß
Ging Miri-miri zum Fluß;
Die Geiß ging auch.
Sie ging zu allen Orten
hinter Miri-miri.«

lautete die buchstäbliche Übersetzung von »Mary had a little lamb«, und Bones machte heroische Anstrengungen, diese Legende den Isisi-, den Akasava- und den Ochorikindern beizubringen.

»Gebieter!« klagte einer der Isisi-Unterhäuptlinge, »Tibbetti kam hierher und rief die Kinder zu einem Palaver und brachte auf diese Weise Schande über uns Männer. Denn er ließ sie gewisse Dinge über eine weiße Ziege sagen, und, wie du weißt, Sandi, ist eine weiße Ziege ein schreckliches Tier, das Unglück bringt. Aus diesem Grunde schlachten wir sie sofort, wenn sie geboren sind. Und seitdem unsere Kinder diesen Zauberspruch gelernt haben, haben wir Mißernten, und die Kautschukbäume sind ausgetrocknet. Auch ist eins der kleinen Kinder am Husten gestorben, und ein anderes ist in den Fluß gefallen.«

Ebensowenig war Bones erfolgreich in seinen Bemühungen, die unreifen Gemüter der kleinen Akasavajungen zu einer Würdigung von »Tom, Tom, des Pfeifers Sohn« zu erziehen. Daraufhin gab es eine Klage, er lehre die Akasavakinder das Schweinestehlen.

»Ich glaube, Sie täten besser, ihre Erziehung in den Händen der Missionare zu lassen, Bones«, sagte Sanders.

»Der Übelstand bei diesen Leuten ist, daß sie die Dinge zu wörtlich auffassen.«

Die Übersetzungen in die Bomongosprache wurden daher in kleine Stücke zerrissen, und Bones suchte nach einer neuen Eingebung.

»Der Mann ist nicht totzukriegen!« sagte Hamilton. »Donnerwetter, wenn ich seine Energie hätte, würde ich eine Dampfmaschine treiben. Er hat mir den ganzen Morgen Witze aus dem ›Putzigen Zeug‹ vorgelesen, das, soviel ich weiß, in Amerika erscheint. Und Bones saugt sich Ideen aus diesen elenden amerikanischen Zeitschriften... gestern morgen nannte er mich ›sauberes Bündel‹... Ich lasse mir das noch gefallen, aber wenn er mich wieder ›Zicke‹ nennt, dann werde ich mich nach einem humanen Schlächter umsehen.«

Jene Artikel in den volkstümlichen Zeitschriften, die zu kurz sind, um wahr zu sein, üben eine unheimliche Anziehungskraft auf gewisse Leser aus. Bones behielt sich unabänderlich die Spalte mit der Überschrift: »Dinge, die man gewöhnlich nicht weiß«, bis zuletzt vor. Es war ihm Portwein und Zigarre nach dem Essen. Er hockte am Tisch, auf dem seine Studierlampe manchmal brannte und manchmal rauchte, und las:

Der Betrag der nationalen Schuld in Pennies aneinandergereiht, würde dreimal um die Erde reichen.

Oder: In Yorkshire gibt es mehr Morgen Land als Wörter in der Bibel.

Oder: 500000 Pfund Sterling werden im Jahr von englischen Dramatikern verdient.

Oder: Die Tinte wurde erfunden von... usw.

Vielleicht war es eine ihm eigene Eingebung, oder vielleicht hatte der Schriftleiter der Spalte »Dinge, die man gewöhnlich nicht weiß« ein Übereinkommen mit dem Schriftleiter der »Merkwürdigen Tatsachen, die selten als wirklich angesehen werden«, getroffen; oder vielleicht steckten beide unter einer Decke mit dem Gentleman, der die Spalte in einem anderen Blatte: »Nachrichten in einer Nußschale« redigierte, aber mit Sicherheit stieß Bones stets auf einen anregenden Artikel über Autorenhonorare.

An einem Sonntagnachmittag, als Sanders und die beiden Soldaten auf der Veranda faulenzten und um das unvermeidliche Gewitter baten, das den ganzen Tag über gedroht hatte, raffte sich Bones in seinem Stuhle auf.

»Ham, alter Schwächling, ich werde ein Stück schreiben.«

Bones pflegte sich gewöhnlich solche Augenblicke auszusuchen, um seine entsetzlichsten Ankündigungen zu machen. Die Hitze und die Windstille des schwülsten Tages setzten sein Denkvermögen niemals bis zum Kohlkopfniveau herab, noch saugten sie an seinem Lebenssaft.

Hamilton wandte sein feuchtes Antlitz und sein flehendes Auge in der Richtung nach Bones. »Warten Sie, bis es kühler wird, Bones!« bettelte er. »Seien Sie ein netter Kerl und halten Sie's Maul, bis der Regen da ist... Ich glaube, ich habe es eben donnern hören.«

»Weit ab? Entfernter Donner, lieber alter Dramatiker?«

Hamilton stöhnte.

»Warum nicht ein Stück über diese Gebiete?« fragte Bones. »Das hier ist die Story: Ein junger und gutaussehender, aber vollkommen netter alter Leutnant – der Held, Ham – wird fürchterlich von seinem unartigen alten Hauptmann gehaßt. Wenn die Dinge verkehrt gehen, ist es immer der nette alte Leutnant, der die Leute aus dem Schlamassel zieht, und immer der alte, böse Kapitän, der den Ruhm dafür einheimst. Folgen Sie mir, Hamilton?«

Hamilton schloß die Augen und ächzte.

»Dann kommt eine hübsche alte Dame auf die Station, Ham. Schöne Augen, schönes Haar, schöne Gestalt, und natürlich verliebt sie sich hoffnungslos in den netten alten Untergebenen. Hören Sie, Ham?«

Hamiltons Augen blieben geschlossen.

»Ob Sie hören, lieber alter Herr?«

Hamilton ächzte von neuem.

»Aber dieser nette alte Untergebene ist riesig ehrenhaft. Er weiß, daß... Oh, ich unterließ es, Ihnen zu sagen, Ham, daß der Vater dieser schönen alten Dame den netten alten Offizier nicht liebt und daß sie in Wirklichkeit gar nicht seine Tochter ist. Was ich meine, ist ein Schuft namens Hauptmann Finster. Nun, wie stellen Sie sich vor, Ham, alter Herr, auf welche Weise dieser nette junge Untergebene das Mädel rettet?«

»Welches Mädel?« fragte Hamilton schläfrig.

»Na, das Mädel, von dem ich spreche. Ein Geist warnt sie!« Bones schnippte mit den Fingern. »Das Stück wird ein Vermögen machen, Ham!«

Ein heller Blitz zuckte hinter dem Stationsgehölz auf, ein Rollen, das sich zu einem betäubenden, kopfspaltenden Krach steigerte, und Hamilton öffnete seine Augen.

»Da weht er!« sagte er munter. »Oh, riech den lieblichen Wind!«

Der Staub auf dem Exzerzierplatz wirbelte in kleinen Spiralen, das Brüllen des entfernten Regens drang zu ihnen herüber, ehe die ersten Tropfen fielen.

Sanders wachte von seinem Nicker auf, langte nach seiner Zigarrentasche und zündete sich eine schwarze Nikotinrübe an. Er hatte ein Lächeln in seinen müden Augen.

»Dieser häßliche alte Vater, Ham, will die Tochter dem andern Kerl geben, und natürlich, der hübsche alte Leutnant weiß das, und er will natürlich nichts mit ihr zu tun haben...«

»Kommen Sie herein, Sie geschwätziger Teufel!« sagte Hamilton und stand lässig auf, als der Regen herunterkam. »Und wenn Sie mich in Ihr Stück bringen, dann werde ich Ihnen Ihren Satansschädel zertrümmern.«

Bei Bones war Denken und Handeln eins. Ehe das Gewitter vorüber war, hatte er seine ungeheuere Idee zu Papier gebracht.

1. Szene.

Eine bekannte Station.

Leutnant Harold Darcey tritt ein.

Leutn. H. D.: Ah, niemand hier. Niemand hier. Der hübsche alte Platz ist verlassen. Jetzt 'n Whisky und Soda (schenkt einen Whisky und Soda ein). Ah! Ich darf keine Zeit verlieren. Mein Studium hat Vorrang.

Dorman Mackalyster, eine junge Dame, tritt ein. D. M.: ...Oh, ich wußte nicht, daß Sie da sind, Lt. Darcey. Oh, wie ich Sie liebe!

Leutn. H. D.: Das kann niemals sein, liebe Dorman! Unsere Wege liegen weit auseinander. Sie sind mit einem anderen verlobt. Leben Sie wohl! Ich weiß, es kann niemals sein.

D. M.: Oh, verlaß mich nicht, Harold! Da ist etwas, was Sie wissen müssen, mein Vater ist nicht mein Vater, sondern er hat mich adoptiert.

Hauptmann Finster tritt ein.

Hauptm. F.: He, was tust du hier allein mit diesem Mann? Zum Teufel mit Ihnen, Harold! Ich will Ihr Leben ruinieren.

Um Mitternacht herum, als Hamilton zu Bett ging, brachte Bones den ersten Akt.

»Lesen sie's alter Ham!« sagte Bones etwas nervös. »Sagen Sie mir nur, was Sie darüber denken! Lassen Sie mich offen Ihre Meinung hören, Ham! Was mich anlangt, halte ich es für das beste Stück, das ich jemals geschrieben habe.«

»Wie viele haben Sie denn geschrieben?« fragte sein erstaunter

Vorgesetzter.

»Es ist das erste, lieber alter Kritikaster«, antwortete Bones schamlos.

Hamilton drehte das mit Tintenklecksen bedeckte Manuskript um.

»Ich werde es im Bett lesen«, sagte der lügenhafte Mann. Am Morgen hatte er Zeit, den ersten Akt zu lesen.

»Es ist ein ganz faules Stück«, lautete seine Kritik beim Frühstück.

Bones lächelte höhnisch. »Aha! Sie haben sich wiedererkannt, lieber alter Hauptmann Finster! Natürlich, alter Lazarus, liebten Sie das nicht. Aber wenn Sie den zweiten Akt sehen...«

»Es wird keinen zweiten Akt geben«, sagte Hamilton bestimmt.

»Sie kennen den alten Bones nicht«, sagte Bones, der den alten Bones kannte.

Das Veto kam von einer ganz unerwarteten Richtung. Sanders widersprach mild und sanft der weiteren Entwicklung der Fabel.

»Wenn Sie darüber schreiben, wie einer Gesellschaft amerikanischer Gelehrter die Zulassung zum Schutzgebiet verweigert wurde, werde ich an die Luft befördert werden. Das mag hochdramatisch sein, aber es ist eine schlechte Geschichte.«

Bones begann den zweiten Akt umzuarbeiten, und ein junger Dramatiker, der damit beginnt, zweite Akte neu zu schreiben, schreibt gewöhnlich überhaupt nicht mehr. Und was die Angelegenheit mit der amerikanischen Expedition anlangte...

Alle britischen Beamten sind geneigt, ein wenig hochnäsig gegen Ausländer und ungefällig gegen ihre eigenen Landsleute zu sein.

Distriktsgouverneur Sanders war bei Outsidern nicht beliebt, weil er Einmischung jeder Art haßte und allen Fremden gegenüber ein strenges Gesicht zeigte. Quer über die Gebiete hätte in eine Meile langen Buchstaben geschrieben stehen müssen: »Kein Zutritt, außer in Geschäften!« Er hatte mehr Forschungsgesellschaften, mehr Prospektoren und mehr Händler zurückgeschickt als zehn andere Distriktsgouverneure in Afrika zusammengenommen. In Missionarskreisen wurden Predigten gegen ihn gehalten und in beleidigendster Weise für ihn gebetet. Man hatte ihn angezeigt, hatte in den Zeitungen über ihn geschrieben, und zwar sehr unangenehme Leitartikel. Aber seine Politik der Nichteinmischung fand die geheime Billigung seiner Vorgesetzten, obwohl er sich gelegentlich selbst im Streit mit diesen Mächten befand.

Das zeigte sich im Falle der Creß-Rainer-Expedition, die von den Vereinigten Staaten mit dem Segen des britischen Botschafters aufbrach. Es waren Artenjäger, und zweifellos war das Gebiet reich an Säugetieren und unbestimmten Wanzenarten. Aber Sanders hatte die Tür zugeschlagen, und mit Recht. Es war zur Zeit des großen Krieges, der die großen Völker vernichtete und sogar nach dem Süden, bis an die Tür des Stationshauses, kroch. Es gab großen Lärm darüber, aber schließlich siegte Sanders, und die Expedition ging nach Angola hinunter. Dennoch hatte Sanders die Amerikaner gern, und trotz all seiner sogenannten Abneigung gegen »das heilige Werk« liebte er eine Missionarin, die nicht nur Amerikanerin war, sondern von deutscher Herkunft obendrein. Er hätte sein halbes Gehalt gegeben, wenn er diese schlichte Frau in schon mittleren Jahren hätte unter seinen Augen behalten können. Aber das sollte nicht sein.

Als Mrs. Kleine aus Cincinnati das Isisivolk verließ, gab es laute Klagen, denn sie war als Gottes-Mammi so beliebt, daß ein ganzer Stamm sie die ersten dreißig Meilen auf ihrer Reise begleitete. Sie war eine praktische, hartköpfige Christin mit allen besseren Eigenschaften ihrer Vorfahren. Sie verließ die Isisi, weil ihr dort die Arbeit zu leicht war, und sie ging in das fürchterliche Ojubiland hinauf und zog es vor, an einem Orte zu leben und zu sterben, wohin weiße Männer nur selten kamen.

Und dort erlangte sie eine fast noch größere Verehrung ihrer Herde als im Isisilande. Sie war eine große Hymnensängerin, hatte einen wunderbaren Kontra-Alt und war bei den drei großen Stämmen berühmt. Als ihr Gesundheitszustand auf einem Tiefpunkt war und sie sich entschloß, nach den Vereinigten Staaten zurückzukehren, hielt das Ojubivolk einen Rat; und eines Morgens, als sie schlief, ging ihr Lieblings-Laienprediger mit von Tränen überströmtem Gesicht in ihre Hütte und speerte sie – so schnell und geschickt, daß nur ihre Augenlider ein wenig zuckten.

Sanders war achtzig Meilen entfernt, als er die Nachricht durch den Lokoli erfuhr; er machte einen Gewaltmarsch durch Urwald und Sumpf und kam beim ersten Morgenrot, als die wundervollen kleinen Blumen, die die Mammi vor ihrer Hütte gepflanzt hatte, in einer einzigen Pracht erblühten, in dem Ojubidorfe an.

Er setzte sich, ein müder Mann, und hielt das Palaver.

»Gebieter!« sagte der Mörder, »die Mammi galt uns allen als sehr schön, und darum töteten wir sie, damit ihr heiliger Leichnam immer bei uns bleiben solle.«

Das war nicht nur die Ansicht des Mörders, sondern die Ansicht des ganzen Volkes, bis hinauf zum Häuptling, der im Dorf und im angrenzenden Bezirk herrschte.

Sanders war nicht erschüttert; er war nicht zornig; er war ein wenig traurig bei dem Gedanken, daß das Leben einer so Guten so plötzlich enden mußte. Er henkte den Mörder kurzerhand, und der Mann ging, mit einer Trauerhymne auf den Lippen und gelobt von seinen schwarzen Mitmenschen, seinem Schicksal entgegen.

Sanders schickte den Dorfhäuptling nach der Strafniederlassung und ernannte einen Nachfolger. Andere Palaver mußten abgehalten, das Eigentum Frau Kleines gepackt und in ihre Heimatstadt gesandt werden; und am letzten Tage seines dortigen Aufenthaltes rief Sanders den neuen Häuptling beiseite und gab ihm einige Ratschläge.

»Was deine Leute begangen haben, Häuptling, ist geradezu fürchterlich. Und es ist um so schrecklicher, weil sie keine Sünde darin sehen. Und obwohl alle Welt weiß, daß die Ojubi ein dummes Volk sind, sind sie noch törichter, als die Menschen glauben.«

»Gebieter, darin, daß man Mammi zu den Geistern sandte, lag doch keine Torheit«, sagte der neue Häuptling mit Staunen im Blick. »Und das wissen wir wohl, denn in der letzten Nacht haben viele unserer jungen Männer sie ihre wunderbaren Lieder im Urwald singen hören. Und sie sagte uns, daß die Menschen nicht sterben, wie können sie dann getötet werden?«

Der Distriktsgouverneur hatte weder Zeit noch Lust, abstrakte Fragen der Theologie zu erörtern. Die Geschichte von der singenden Stimme legte er als unvermeidliche Erfindung beiseite und ging zu den Isisi, um diesem Volke die Neuigkeit mitzuteilen und jeden Plan von Maßregelungen bei ihnen im Keime zu ersticken. Und das war sehr gut, denn die Neuigkeit hatte die Isisi schon erreicht, und eine kleine, aber erlesene Strafexpedition bildete sich, um mit den Ojubi abzurechnen, obwohl dreihundert Meilen Flußlauf und Urwald zwischen den beiden Stämmen lagen.

Auch einige unangenehme Sachen gab es mit dem abgesetzten Ojubihäuptling zu erledigen. Eine davon war, ihn zur Schlangeninsel mitzunehmen, wo die wahnsinnigen Weiber hausten.

Wo der große Fluß mit den wirbelnden Wassern des Kasava zusammenfließt, befindet sich das kleine, birnenförmige Eiland, das »der Schlangenplatz« genannt wird. Und mit gutem Recht, denn dort führen gewisse große Schlangen ein beschauliches Dasein. Es gibt dort viele Bäume, in denen die fliegenden Hunde, die großen Vampir-Fledermäuse, tagsüber in großen Trauben hängen und schlafen – und Fledermäuse sind ein guter Bissen für die langen glitzernden Wesen, die so langsam die Bäume hinaufgleiten, daß es aussieht, als bewegten sie sich nicht.

Viele Jahre lang zählte die Insel einen einzigen Bewohner. Ein Weib lebte dort, das Schlangen und Fledermäuse und die merkwürdigen Wesen liebte, die nur sie verstand. Sie hieß Loboli und war eine Fremde und in dem Jahre ins Land gekommen, als Sanders sich auf Urlaub befand.

Sie war reich. Nicht an Vieh und Salz oder Messingstangen, an denen das Volk dieses Landes den Reichtum bemißt, sondern, nach allem, was man darüber hörte, an Geld. Es lag kein Grund vor für Sanders, sie zu besuchen, aber viele Gründe, warum er sie nicht besuchte. Die Insel lag in einer Gegend, wo starke Strömungen und Wirbel ein Ankern unmöglich machten. Er wußte, daß sie sich dort befand, nahm an, sie sei ein Weib von der Küste und aus irgendeinem Grunde in das Land ihrer Vorfahren zurückgekommen. Er begnügte sich mit den Berichten, die er von ihr benachbarten Häuptlingen und von seinen Kundschaftern, die beinahe alles wußten, über sie erhielt. Unter anderem hatte er erfahren, daß sie rauchte und daß ihr Haus eine hübsche Hütte sei, die ihr Isisiarbeiter errichteten, die sie bestochen hatte, sich an diesen schrecklichen Platz zu wagen. Ferner, daß sie ihre Steuern an den Häuptling bezahlte und daß gewisse Schlangen starben, sobald sie ihre Hand erhob. Er machte den gewöhnlichen Abzug von diesem Wunder, das man allen zuschrieb, die man für Meister der Zauberkraft hielt.

An dem Tage, als er sie sah, traf er auch mit ihr zusammen. Als die »Zaire« im Strom herumschwenkte, erblickte er von ihrem Deck aus eine grauhaarige Gestalt am Rande des Wassers, die angelte. Sie hatte eine Pfeife im Munde und erhob die Hand zum Gruß, als die »Zaire« an ihr vorüberfuhr.

Sanders war auf seiner Fahrt zur Isisistadt, die der Insel gegenüber liegt, um dort nach einigen Unregelmäßigkeiten zu sehen. Denn Obisi, der Sohn eines Unterhäuptlings, war mit einer großen Beule auf der Stirn halbtot aus dem Wasser gezogen worden. Der Mann war ein berüchtigter Tunichtgut, der nur jagte, wenn das Wild so nahe herankam, daß er seine Pfeile vom Bett aus abschießen konnte, auf dem er zu liegen liebte, und nur fischte, wenn er in seinem Kanu hocken und seinem Hauptweib befehlen konnte, wie sie die Fische speeren sollte. Energie bewies er nur bei einem Geschäft: Er war ein gewissenloser Dieb und hatte bereits ein Jahr in der Strafniederlassung zugebracht. Obisi befand sich in einer schlimmen Lage, denn auf seiner Stirn zeigte sich eine große Schwellung und eine winzige Wunde, die wie von einer Nadel gestochen aussah.

»Gebieter, ich ging zu der Insel, auf der das verrückte Frauenzimmer wohnt«, jammerte er, »und sie kam zu mir und sprach böse Worte, und als ich antwortete, streckte sie ihre Hand aus, und ich fühlte einen fürchterlichen Schmerz in meinem Kopf.«

»Um welche Stunde etwa gingst du auf die Insel?« fragte Sanders.

Der Mann zögerte. »Gebieter, es war im Dunkel der Nacht, denn ich schämte mich, daß einer meiner Freunde mich sehen sollte, wenn ich mit dem wahnsinnigen Weibe spräche.«

Sanders ging stets unmittelbar auf sein Ziel los.

»Du bist hingegangen, um zu stehlen!« beschuldigte er den Mann, und Obisi verneinte die Anklage gewohnheitsmäßig.

Sanders untersuchte die Wunde und war überrascht. Natürlich ließ er Zaubergeschichten nicht gelten, aber das hier war ganz gewiß ein geheimnisvolles Vorkommnis, das Aufklärung erforderte. Er landete mit einiger Schwierigkeit auf der Insel, ging vorsichtig den ausgetretenen Pfad entlang, immer seinen Browning in der Hand, denn er haßte Schlangen, und kam zuletzt zu der Hütte, wo das alte Weib saß – ein großes, breitschultriges Weib, das weder Isisi noch Akasava war.

Sie wartete geduldig, die Hände auf dem Schoß gefaltet.

»Lobili, ich sehe dich!« begrüßte er sie. »Man erzählt mir sonderbare Dinge von dir...«

Er wiederholte Obisis Geschichte, sie hörte schweigend zu.

Als er geendet hatte, sagte sie: »Gebieter, dieser Mann ist schlimmer als ein Dieb. In der vergangenen Nacht kam er auf die Insel, und ich glaube, eine von den Schlangen, die von den Bäumen herunterhängen, hat ihn verletzt.«

»Warum lebst du hier so ganz für dich allein, Lobili? Du bist doch ein Weib, und hier auf der Insel gibt es fürchterliche Geschöpfe.«

»Für mich sind sie nicht fürchterlich, Gebieter!« sagte sie und gab einen kleinen pfeifenden Laut von sich. Und dann sah Sanders, zu seinem Schrecken einen flachen spatenförmigen Kopf schief um die Türecke, hörte ein wütendes Zischen und schnellte herum, den Browning vorgestreckt.

»Gebieter, sie kann dir nichts tun, ich habe das Gift aus ihren Zähnen entfernt«, sagte sie mit dem Schatten eines Lächelns in ihren braunen Augen.

Sie machte ein schnalzendes Geräusch mit ihren Lippen, und die Schlange verschwand.

»Ich fürchte mich vor keinem dieser Geschöpfe«, sagte sie. »Es gibt schlimmere hier...« Sie zeigte auf das Isisiufer. »Denn an gewissen Plätzen im Walde gibt es große Schlangen, die einen Menschen zu Tode drücken und ihn mit einem Schlag ihrer großen Köpfe töten. Und dort wohnen auch Menschen, die das Böse aus Liebe zum Bösen tun.«

Sanders sah sie scharf an, denn dieses Gerücht war auch ihm zu Ohren gekommen. Er fragte sie nicht weiter danach, denn sie deutete auf etwas hin, worüber kein Eingeborener spricht.

Er ging zur »Zaire« und zum Dorf zurück und warf einige Fragen hin über gewisse Fremde in der Tiefe des Waldes.

Das Isisivolk beobachtete die »Zaire« in den nächsten Tagen besorgt. Sie lief ziellos den Fluß herauf und hinunter, besuchte kleine Fischerdörfer und lief unbewohnte Inseln im Strom an und einsame Niederlassungen. Und überall hörte er dieselbe Geschichte. Menschen waren auf geheimnisvolle Weise verschwunden; Fischer waren in ihren Fahrzeugen ausgefahren und niemals zurückgekehrt; in einem Falle war ein Weib in den Wald gegangen, und das war das letzte, was man von ihr gehört hatte.

Sanders war sich dessen bewußt, daß ihn nicht nur die sichtbaren Dörfer beobachteten, sondern daß auch unsichtbare Augen aus dem Walddunkel der »Zaire« von Ort zu Ort folgten.

Als schließlich sein Schiff außer Sicht stromabwärts paddelte, gab es manche im Isisilande, die erlöst aufatmeten.

Sanders legte die »Zaire« an den kleinen Kai und gab Befehl, daß Dampf auf und das Fahrzeug bereitgehalten würde, um jede Minute aufbrechen zu können. Und als er mit Hamilton sprach, erzählte er weder von dem verwundeten Obisi noch von dem Schlangenweib.

»Oben im Isisilande gibt's wieder Menschenfresserei, und ich habe doch erst vor sechs Monaten den D'firo-fusu gehängt«, sagte er in einem verzweifelten Tone.

Hamilton stieß einen Pfiff aus. »Die Schweine!« sagte er sanft.

Die Isisi, die N'Gombi und ein Teil der Akasava sind Kannibalenvölker. Sie behandelten die Sache ganz offen. Mensch war Fleisch, und das war alles. Die Krieger fochten auch besser, wenn ein solches Mahl auf den Sieg folgte.

Langsam, aber sicher hatte das neue Gesetz diesen Unfug ausgerottet. Viele Männer waren an hohen Bäumen gehängt worden; viele arbeiteten in Ketten für das Government. Die Peitsche und der Strick hatten die Gewohnheiten des Volkes geändert, aber ab und zu erschien doch wieder eine Bande solcher, die dem alten Brauch ergeben waren, und hinter ihnen kam ein starkes geschäftsmäßiges Ende.

»Bones muß mit der ›Zaire‹ scheinbar zu einem Heiratspalaver fahren – in Ochoristadt wartet eins auf Erledigung. Er darf nur so wenig Leute wie möglich mit sich nehmen, um diese Galgenvögel nicht zu erschrecken. Wir werden mit der ›Wiggle‹ und allen Leuten, die wir entbehren können, folgen. Und – was ich noch sagen wollte – die Maschinengewehre werden Sie brauchen können. Ich denke, ich weiß, wo ich die Kerle zu finden habe.«

Bones zog los und nahm sein unbeendetes Theaterstück mit, und an stillen Plätzen, an denen sie anlegten, um Holz zu laden, wurden die Abenteuer des Harold und des bösen Hauptmanns Finster so geisterhaft entwickelt, daß es Zeiten gab, zu denen Bones bei dem Knacken eines brechenden Zweiges aufsprang.

Schiffahrt war eine Kunst, die sich Leutnant Tibbetts niemals vollständig angeeignet hatte. Der Fluß war heimtückisch und niemals das, was er an der Oberfläche schien. Sandbänke hatten die Gewohnheit, zu kommen und zu verschwinden, so daß dort, wo in der Nacht eine Durchfahrt gewesen, am Morgen eine Falle für das Fahrzeug lauerte.

Die Hinfahrt war eine ziemlich einfache Aufgabe, denn der Fluß hatte eine Geschwindigkeit von fünf Seemeilen, und die »Zaire« machte deren zehn; das hieß, daß sie glänzend lief, wenn sie fünf Knoten gegen die schwarzen Wasser machte.

Aber diese Fahrt Bones' nahm einen Verlauf, der ungewöhnlich war. Jede zwanzig Meilen längs des Flusses befand sich ein Holzstapelplatz, wo große Haufen Spaltholz und geschlagene Stämme auf die Verfügung Sanders' warteten. Die Männer, die diese schlugen, boten ihre Dienste an und wurden dafür von jeder anderen Steuerleistung befreit. Oberflächlich gerechnet, erstreckte sich ihre Arbeit auf eine Woche im ganzen Jahre, denn die Holzplätze wechselten, und manchmal wurde das Brennholz nicht früher als ein Jahr, nachdem die Stangen abgeholzt waren, an Bord der »Zaire« gebracht.

Und am ersten Holzplatz, an dem Bones haltmachte und die Nacht zubringen wollte, gab es kein Holz. Das nächste Holzlager war zwanzig Meilen entfernt. Nacht war im Anrücken und die Schiffahrt hierherum im Finsteren kein leichtes Unterfangen. Bones sandte einen Haussa durch den dämmernden Forst und berief den Häuptling des kleinen Dorfes zu sich, der diese Arbeit liefern mußte.

Dieser Mann war sehr zungenfertig. »Gebieter, Sandi selbst nahm vor zwei Monden und noch einem unser Holz; und weil meine jungen Männer krank und schwach gewesen sind, haben wir keine Bäume schlagen können...«

Bones schnitt seine Erklärung ab. Auf der »Zaire« befand sich ein kleines Buch, in dem eine sehr genaue Kontrolle über die besuchten Holzplätze geführt wurde, und dieser Holzplatz war als Nr. 57 angeführt, und die »Zaire« hatte hier nachweislich seit achtzehn Monaten nicht an den steilen Ufern des Waldes festgemacht.

»Du bist ein ungezogener alter Geschichtenerzähler«, sagte Bones ärgerlich, und dann auf Bomongo: »Du wirst die doppelte Menge Holz, die ich nötig habe, vor meiner Rückkehr schlagen und aufspeichern, Kibili! Außerdem werde ich die Steuer von dir eintreiben... so viele Schnuren Fisch und so viel Salz. Ablieferungstermin, wenn ich zurückkehre!«

Der Häuptling war ein wenig erschrocken, kreuzte seine Arme über seiner mageren Brust und klatschte an seine Seiten, eine Geste äußerster Hilflosigkeit.

»Gebieter, den Fisch sollst du haben und auch das Salz, aber Holz kann ich dir nicht verschaffen, weil meine jungen Männer krank sind, und, Gebieter, wir fürchten uns sehr wegen der mächtigen Geister, die hier herum wohnen, wie Deine Herrlichkeit weiß.«

»O Narr!« antwortete der junge Mann in übler Stimmung. »Was

für Geister gibt es denn in der Welt?«

»Es gibt viele Geister hier, Tibbetti«, sagte der Häuptling mit gedämpfter Stimme. »Und deswegen haben meine jungen Männer Angst, in diesen Teil des Waldes zu kommen. Denn hier hört man die Stimme der singenden Mammi.«

»Der singenden...?«

Bones hatte die singende Mammi gekannt, und ein kalter Schauer kroch sein Rückgrat hinunter. Der kleine Häuptling sah die Wirkung und benutzte sie.

»Wir haben ihre schönen Gesänge oft gehört, wenn sie durch den finsteren Wald wandelt. Und manchmal fürchten wir um sie wegen der Schlächter...«

Er hatte sich verraten. Der junge Offizier sah, wie er sich in einem Übermaß von Furcht wand.

Nun war der Bones in seinen Mußestunden und Privatangelegenheiten gänzlich verschieden von dem Bones im Dienst. Seine blauen Augen verengten sich, bis sie fast ganz geschlossen schienen. Er hatte den Wendepunkt erreicht, an dem er alles hinter sich ließ, was nicht tödlicher Ernst war.

»Sprich, Mann«, befahl er leise, »und erzähle mir von den Schlächtern, die im Walde leben und Menschen fressen!«

Nun wußte er, warum es hier kein Holz gab, um ihn bis zum nächsten Posten zu bringen: Furcht vor den Menschenschlächtern, die alle einsamen Arbeiter fingen und auf die kleinen Gruppen der Holzschläger lauerten.

»O ko! Ich habe zuviel gesagt«, stammelte der Häuptling mit graugeflecktem Gesicht. »Laß mich mit meinen Leuten sprechen!«

Bones nickte. Er ging zur »Zaire« zurück und schickte eine Taube an Sanders, dann rief er Ali Mahmet, den Korporal seiner sechs Soldaten.

»Zwei Mann bleiben auf dem Puk-a-Puk und stehen fertig bei den Vertäutrossen. Yoka, der Maschinist, und sein Mann halten Dampf auf. Du und deine vier Leute kommen, mit fünfzig Patronen jeder, an Land und gehen, wohin ich gehe!«

Dann ging Bones an Land, und der Häuptling erwartete ihn, um mit ihm zu sprechen.

»Das ist die Wahrheit, Tibbetti. Die Schlächter befinden sich einen halben Nachtmarsch im Busch. Es sind ihrer zwei Hände voll« – der Häuptling hielt seine beiden Hände hoch und spreizte die Finger. »Nun meine ich, mit deinen feinen Soldaten wirst du sie schon fangen, denn es ist wahr, wir sind dazu zu furchtsam. Und früher einmal, als mein Vater noch lebte, nahmen sie meinen leibhaftigen Bruder mit sich...«

Bones hörte mit großer Geduld der tragischen Erzählung zu.

»Du wirst mir vorangehen, Häuptling. Und wenn du selbst einer dieser Schlächter bist und mich und meine Soldaten in Gefahr führst, sollst du noch diese Nacht in der Hölle lustwandeln.«

Es gab einen ganz bestimmten Pfad durch den Wald, wie es schien. Bones entsann sich, daß er einmal auf der ersten Hälfte davon gewandelt war, als er einen gewissen weißen Schwächling verfolgte, der die Gesetze übertreten hatte. Er verbrachte den übrigen Teil des Tages, um seine Leute anzustellen, und erwartete sehnsüchtig Nachrichten von Sanders. Wenn er diese Gelegenheit verlor, war es möglich, daß ihm sein Wild ganz aus dem Garn ging.

Er wartete, bis die Nacht kam, eine kühle Sternennacht, und setzte seinen kleinen Zug in Bewegung. Der Häuptling voran, hinter ihm Bones. Eine Stunde lang marschierten sie schweigend dahin, und dann befahl der Mann Halt. Bones zog seinen Kompaß aus der Tasche und sah nach der erleuchteten Kompaßrose. Es ist beinahe unmöglich, während des Marsches eine genaue Kompaßpeilung zu erhalten, aber Bones sah genug, um festzustellen, daß sie von dem nördlichen Pfade abgewichen waren und in einem Halbkreis nach Osten gingen. Anstatt daß sie den Wald betreten hätten, marschierten sie auf einem fast parallelen Kurse zum Fluß. Als sie haltmachten, bestätigte sich das. Sie bewegten sich auf Isisistadt zu. Er steckte den Kompaß wieder in die Tasche, nahm seinen Browning heraus und hielt seinen Daumen an der Sicherung.

Eine Minute lang überlegte er sich, ob es nicht geratener sei, zur »Zaire« zurückzukehren. Aber wenn der von ihnen gefaßte Plan in der Ausführung begriffen war, würde Sanders, der nur zehn

Stunden hinter ihm war, um diese Zeit nahe an seinem eigenen Halteplatz sein. Wenn Sanders an einem weiter unterhalb liegenden Stapelplatz haltgemacht hätte, würde er gewiß einen Läufer schicken, um Nachricht zu erhalten. Im Gehölz war es totenstill, und Bones dachte in einem kurzen, menschlich durchaus verständlichen Augenblick an Geister und schauerte.

»Vorwärts!« sagte er mit gedämpfter Stimme, und der kleine Zug setzte sich in Bewegung.

Wieder hielten sie nach Verlauf einer Stunde. Sie bewegten sich jetzt mehr nach dem Innern zu. Dennoch waren sie noch im nahen Bereich des Flusses. Die »Zaire« hätte mit ihnen Schritt halten können, wenn er nur die Richtung der Verfolgung gewußt hätte. Einen Augenblick lang war der Argwohn gegen den Führer mehr rein gewohnheitsmäßig als begründet. Der Mann mochte vielleicht den sicheren Pfad zu dem Lager der Roten Männer einschlagen.

Weitere zwei Stunden brachten sie an eine Bodenerhebung.

»Gebieter, auf der anderen Seite von diesem befindet sich der Platz der Roten Männer«, flüsterte der Führer. Er dampfte förmlich von Schweiß, der teilweise seiner Furcht zuzuschreiben war.

Bones rief Ali Ahmet zu sich.

»Laß die Leute die Bajonette aufpflanzen!« befahl er mit leiser Stimme. »Es darf nicht eher geschossen werden, als bis ich es befehle.«

Die Bajonette waren vorher, ehe sie von Bord gingen, in dem Rauche eines Öllampendochtes geschwärzt worden. Bones hörte das Klick-Klick, als sie die Bajonette in ihrem Sitz befestigten... Als er sich darauf wieder zum Führer wenden wollte, war dieser verschwunden. Lautlos, wie der Wald um sie herum, war er aus dem Gesichtskreis geglitten.

Bones drückte die Sicherung seiner Waffe nieder und grinste lustlos in die Nacht hinein.

»Schulter an Schulter im Kreise, Ahmet Ali!« befahl er und fühlte seinen Weg zu dem nächsten Mann. In diesem Augenblick vernahm er einen gurgelnden arabischen Fluch und den weichen Laut eines Bajonetts, das sein Ziel traf. Und gleichzeitig packte ihn jemand an den Knöcheln, und er stürzte mit einem Krach zur Erde, daß ihm der Atem wegblieb. Zweimal hatte er auf den Körper gefeuert, der auf ihn fiel, und er fühlte das krampfhafte Zucken, das darauf folgte. Und dann traf ihn etwas an die Schläfen, daß er bewußtlos wurde.

Als er wieder zu Sinnen kam, konnte er das warme Naß des Blutes fühlen, das langsam von seinen Wangen rann. Jemand hielt ihn fest, seine Waffe war fort, und er hörte einen Mann zu seinen Füßen vor Schmerz schluchzen.

»Wir wollen sie zum Schlachtort bringen!« sagte eine Stimme, und dann rief ein anderer Kilibi beim Namen, nur gebrauchten sie das N'Gombiwort »N'gosobo« dafür.

»Er ist tot!« sagte eine dritte Stimme. »Tibbetti fällte ihn mit dem kleinen Gewehr, das ›Ha-Ha‹ macht.«

Der erste Sprecher grunzte etwas, und die Gesellschaft bewegte sich vorwärts. Bones hörte auf die Fußtritte und unterschied jeden einzelnen.

Seine Leute befanden sich noch am Leben. Er stieß einen Seufzer der Erleichterung aus und grinste wiederum, dankbar für die kleine Erleichterung, die ihm dieses Bewußtsein gab. Seine Hände waren nach Eingeborenenart gefesselt; das hieß, sie waren so zusammengeschnürt, daß seine Hände zu schwellen anfingen. Wenn er die Kerls nur hätte bewegen können, seine Hände frei zu lassen; er hatte noch einen kleinen Browning in der Innentasche seines Hemdes.

»O Mann!« rief er aus. »Warum fesselt ihr mich? Ihr habt doch mein kleines Gewehr, das ›Ha-Ha‹ sagt, und ihr seid euer viele.«

»Ein gefesselter Mann schneidet sich nicht in die Hände«, war die unheilvolle Antwort – und das alte Kannibalensprichwort.

Er versuchte, seine Hemdentasche zu erreichen, aber das zähe Tau, das ihn knebelte, war zwischen seinen Schenkeln durchgezogen und von hinten an seinen Ellenbogen befestigt.

Als sie über eine Erhöhung mußten, gewann Bones einen vorübergehenden Ausblick auf den Fluß und sah, weit in der Ferne, das Aufblitzen eines Feuers.

»Tibbetti, in dieser Nacht stirbst du!« sagte eine Stimme. »Es gab einen kleinen Hund, der einem Leoparden in den Wald folgte, aber die ganze Zeit über folgte der Leopard *ihm.*«

Schweigen trat darauf ein, und alsdann befahl der unbekannte Anführer unerwartet Halt.

»Ich höre…«, sagte er, und sie standen und horchten…

Eine scharfe Stahlspitze berührte Bones' Kehle.

»Es ist nichts…«

Fast im gleichen Augenblick, als er sprach, drang eine Stimme aus dem Walde – eine Weiberstimme, die sang:

»Während die Hirten zur Nachtzeit ihre Herden hüteten
Und alle auf der Erde saßen,
Kam der Engel des Herrn herunter,
Und Glorienschein war weit und breit.«

Rein wie Glockenklang, dennoch weich und unaussprechlich süß schallte diese Stimme. Jetzt klang es nahe. Bones überlief es kalt. Er hatte niemals Mama Kleines Stimme gehört, aber diese hier sprach ein amerikanisches Englisch.

»O Ko! Was ist das?« fragte eine heisere Stimme.

»Es ist der Geist von Mammi-Jesu!« kam eine Antwort.

Man wartete, aber da war kein anderer Laut zu hören als der Schlag der Herzen, die wild gegen die Rippen schlugen.

»Wir sind da!« bemerkte jemand. »Laßt uns ein Feuer anzünden!«

Bones hörte den Laut, als ob nasse Blätter beiseite gefegt würden, und ein düster glühender Kreis erschien auf dem Erdboden. Ein Arm voll trockenen Strauchwerkes wurde auf das verborgen gewesene Feuer geworfen, rauchte dort aromatisch einen Augenblick lang und brach dann in lodernde Flammen aus.

Und nun sah Bones nicht zehn, nein, vierzig der »Roten Männer«, hauptsächlich N'Gombis. Einer, der eine gewisse Autorität zu haben schien, hatte eine große Beule an der Stirn, und die anderen nannten ihn Obisi.

Bones sah sich nach den Überlebenden seiner Leute um und fand sie mehr oder weniger unversehrt. Er wunderte sich, warum man sie am Leben gelassen hatte. Obisi gab ihm die Antwort, als ob er seinen fragenden Blick erraten hätte.

»Die lebendige Ziege läuft, aber die tote Ziege muß getragen werden«, sagte er.

»Sie verkaufen uns auf den Hufen!« sagte Bones auf englisch und lachte nervös über seinen schauerlichen Witz.

»Dich, Tibbetti, werden wir töten, weil du weiß bist und dich niemand kaufen mag«, bemerkte Obisi.

Er nahm aus der Hand eines seiner Leute eine sichelartig geformte Waffe, breit im Blatt und mit rohen Gravierungen versehen.

»Das...« sagte er und fiel zu Boden.

Bones hörte das »Ping« und den Klatsch des Dinges, das Obisi getroffen hatte, aber er war auf das Zusammenbrechen des Scharfrichters nicht vorbereitet gewesen. Ein Mann schrie vor Furcht gellend auf, lief zu dem der Länge lang hingestreckten Obisi und drehte ihn auf den Rücken.

»Das ist Zauber!« gellte er, und seine Hand suchte nach dem Sichelmesser. Da:

»Ping!«

Der Mann fiel auf die Knie, griff mit seiner Hand an die Seite und verzerrte sein Gesicht zur Grimasse.

Von irgendwoher längs des Waldweges ertönte der Knall von Schüssen, und in diesem Augenblick kamen drei nackte Gestalten in den Schein des Feuers gestürzt und schrien etwas über ihre Schulter zurück. Bones hörte die Worte und sank fast in Ohnmacht.

»Sprich gut für mich, Tibbetti!« stammelte atemlos ein Mann und hackte das Tau, das Tibbetti fesselte, entzwei – und er hatte Glück, denn die Kugel, die an ihm vorbeipfiff, fehlte ihn, als er sich bückte, um die letzten Fasern der Fesseln zu durchschneiden.

»All right, Sir!« gellte Bones, als Sanders' Browning erhoben war.

»Dem gütigen Gott sei Dank...!« begann Sanders.

Dann kam eine Unterbrechung, die sie erschauern ließ. Aus der Nacht des Waldes klang die Stimme des süßen Sängers:

»Nun danket alle Gott...«

Sanders starrte in die nächtlichen Schatten.

»Um des gütigen Himmels willen!« sagte er atemlos, und dann kam das überwältigendste Ereignis dieser Nacht.

Ganz langsam, gemessenen Schrittes erschien das grauhaarige Schlangenweib.

»O, Lobili...«, begann Sanders.

Sie lachte, ein leises glucksendes Lachen der Freude.

»Ich heiße nicht Lobili«, sagte sie, und Sanders hätte sich am liebsten hingelegt, denn diese alte Negerin sprach englisch. »Ich bin Dr. Selina Grant von der Gregorystadt-Universität, Kurator und Lektor der Biologie. Wir waren gezwungen, jemand in dieses Land hineinzuschmuggeln, Mr. Sanders. Meine Farbe half mir viel dabei, schätze ich, aber es erforderte ein gutes Teil Selbstüberwindung, ehe sich eine Frau meines Alters entschloß, die spärliche Kleidung einer Eingeborenen anzunehmen.«

»Du meine Güte, Sie sind eine Farbige?« sagte Sanders mit hohler Stimme und zwickte sich in das Ohrläppchen, um sich zu überzeugen, daß er nicht träume.

Sie nickte lachend.

»Sicher. So, wie mich der Herrgott geschaffen hat. Mein Vater war ein Doktor in Charlestown und meine Mutter eine reine Bantunegerin. Bomongo lernte ich von einer Missionarin, die zu Hause auf Urlaub war. Ich meine, das geschah alles ganz natürlich. Ein bißchen einsam war es ja – ich bin seit drei Jahren hier –, und wenn ich nicht auf meinen Wanderungen gesungen hätte, hätte ich vergessen, wie die amerikanische Sprache klingt. Und Mr. Sanders, ich habe die feinste Sammlung wissenschaftlich noch nicht bestimmter Schlangen, die man sich wünschen kann – Sie müssen auf meine Insel kommen und meinen Schlangenkäfig ansehen.«

Sanders nahm seinen Tropenhelm ab und streckte ihr seine Hand hin.

»Lassen Sie mich Ihre Hand drücken, Frau Doktor!«

»Entschuldigen Sie, liebe alte Madame!« Bones fand die Sprache wieder. »Waren Sie das, die da sang?«

»Gewiß!« antwortete Selina.

»Und Ihre nette alte Luftpistole...?«

»Luftpistole war meine einzige Waffe, aber sie war mächtig nützlich.«

»Entschuldigen Sie, Madame!« sagte Bones aufgeregt.

»Ich wette, keiner von euch Jungens hat das Zeug bei sich, um Zigaretten zu drehen?« fragte sie. »Dieses Pfeiferauchen ist zu primitiv für Selina.«

Bones fand eine Zigarette und reichte sie ihr. Als er ihr Feuer gab, bemerkte er: »Sie sind die erste eingeborene Dame, für die ich so was tue.«

Es war wirklich das ungewöhnlichste Erlebnis seines Lebens.

C.C.Bergius

Er bietet immer hochinteressanten Lesestoff voller Spannung und Information.

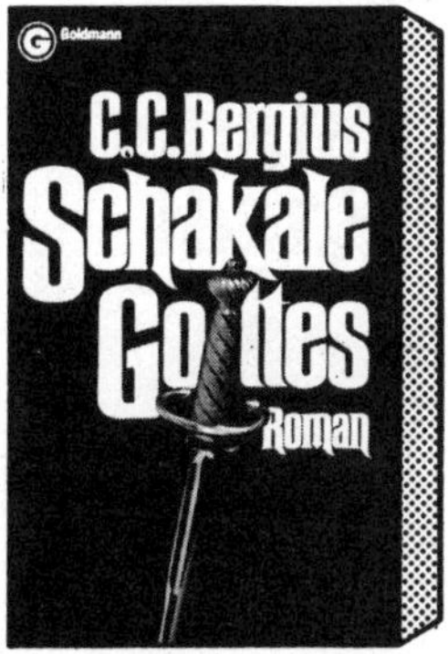

Von C. C. Bergius sind folgende Romane und Sachbücher im Goldmann Verlag erschienen:

Söhne des Ikarus. Die abenteuerlichsten Fliegergeschichten der Welt. (3969)
Heißer Sand. Roman. (3963)
Schakale Gottes. Roman. (3863)
Der Fälscher. Roman. (3751)
Entscheidung auf Mallorca. Roman. (3672)
Dschingis Chan. Roman. (3664)
Der Tag des Zorns. Roman. (3519)
Das weiße Krokodil. Roman. (3502)

Die Straße der Piloten im Bild.
Die dramatische Geschichte der Luftfahrt. (11206)
Emil Jannings: Mein Leben.
Aufgeschrieben von C. C. Bergius. (11931)

GOLDMANN VERLAG
Neumarkter Straße 18 · 8000 München 80